岭南新语书系

# 神电卫小城

吴兆奇　张慧谋◎著

南方日报出版社
NANFANG DAILY PRESS
中国·广州

**图书在版编目（CIP）数据**

神电卫小城 / 吴兆奇，张慧谋著. -- 广州 : 南方日报出版社，2025. 5.(2025. 7重印)-- (岭南新语书系). -- ISBN 978-7-5491-2960-7

Ⅰ. I267

中国国家版本馆CIP数据核字第2025LX7187号

SHENDIANWEI XIAOCHENG
神电卫小城

著　　者：吴兆奇　张慧谋
出版发行：南方日报出版社
地　　址：广州市广州大道中289号
出 版 人：周山丹
策划统筹：谭庭浩
责任编辑：陈　焱
装帧设计：邓晓童
责任校对：阮昌汉
责任技编：王　兰
经　　销：全国新华书店
印　　刷：广州市岭美文化科技有限公司
成品尺寸：138mm×210mm
印　　张：10
字　　数：192千
版　　次：2025年5月第1版
印　　次：2025年7月第2次印刷
定　　价：58.00元

投稿热线：（020）87360640　　读者热线：（020）87363865

# 序　一

熊育群

我还在湖南工作的时候就到过电白。二十世纪九十年代初参加“南粤老区行”活动，随记者团一路从汕头采访到了这里。记得县城离大海很近，海滩还没有开发，浓郁的海腥味一直弥漫在鼻腔。那时广东喝酒的风气寡淡，喝酒的人稀有。我曾调侃“打遍广东无敌手”。想不到一到茂名就有人认真了，找到一位据说是全市酒量排名第三的人来比试。我的酒量并不大，一上桌就来了一个“下马威”，把他吓跑了。第二天反应过来，或是被人激将，他竟然找到电白来了，中午在餐桌上等着我们回来。由此可见，这里的人热情好客，既朴实又豪爽。

后来调来广东工作，又多次到电白。印象中县城的主街道都是弯曲的，车与密集的人流抢道，纷纷扰扰的，既充满了活力又显得有些杂乱。

电白的名字很特别，让人联想到闪电。事实上，这里台风多，雷电也多，当地人把刮台风叫作“打台风”。这是个神奇的地方，我在《好心赋》中写到当地的地理、气候与物产："赤土隆之海岸兮，芒荔累于川岙。沉香孕之奇树兮，橘红酿之妙方。潜蛟蜃之淖尔兮，匿铜鼓于西瓯。山海魂之勾连兮，云雨阵之连襟。南徼炎之火云兮，旱魃行之千里。风伯伴之雨师兮，樯帆倾之泽国……"二十世纪五十年代，这里发现了一种"火石"，可以点燃。这是新中国成立后找到的第一处石油资源——油页岩，于是，一座油城茂名诞生了，全国各地的人汇聚到了这里。

正是一座"移民"城市，才可能有那样的喝酒经历。这是北方酒文化与生活风习、趣味的表现。更有令我惊讶的事情，近读吴兆奇、张慧谋所著的《神电卫小城》，想不到电白古城最早的"居民"也是来自北方。明洪武二十七年（1394），修筑神电卫城，选址在电白县白石坡（今电城镇）。这是一个防御倭寇的军事城堡，入驻者是北方来的军士及其家属。

我曾写过《边地所城》一文，那是深圳大鹏湾的一座明代古城。通过写大鹏所城，我发现了一个数万人甚至几十万人参与的伟大工程，同时在数千里的荒无人烟的海岸线上展开，堪称海上长城！广东境内，朱元璋设置了广州卫、潮州卫、南海卫、碣石卫等九卫二十九所，大鹏所城就是二十九座所城中的一座。我却没大留意神电卫。想不到电白是从这样一个军事城堡发展而来的！

读到书中的《神电卫筑城千户张贞及其族人》，我感到震惊。神电卫负责筑城的千户张贞与修筑大鹏所城的千户张斌不但同姓，还同属一个叫南头村的地方！

明代的“卫”“所”是基层军事单位，部队军官世袭，称“世官”。军士也世袭。他们兵农合一，既当兵又种田。军士和家属有特殊的社会身份，有专门的军籍，由五军都督府直接管理。边军三分守城，七分屯田，国家供给土地、耕牛、种子、农具。军粮、官兵俸禄就靠田里的收入了。城堡既是军事堡垒，也是一座生活之城。正是这样，有的卫所如威海卫、天津卫、海参卫，后来慢慢衍变成了一座座生活的城市。

一本书就有这样神奇的作用，你脚步丈量过的地方你不一定熟悉，譬如我来电白多次竟然所知甚少，书却有力量把你拉近，一切变得熟悉起来。《神电卫小城》让电白的陌生感全都消失了，甚至有了故乡般的亲切！书中所写虽然是粤西滨海小镇十分独特的历史和生活场景，我却从中看到了自己童年的影子。我越读越入迷，它颠覆了我的认知。

两位作者用深情与眷念的笔墨写了许多的旧闻、旧事、旧景、旧人、旧物，它们是人生往事，远逝如风，令人感慨。吴兆奇写的钟鼓楼、城墙、咸水歌、庙戏大都消逝或正在消逝之中。张慧谋写的南街烟火味、三冼遗址、年例、春海天等留下了一些踪影。譬如《南街烟火味》里：“上小学时，每天都经过南街，那时临街的房子都是砖瓦结构，矮矮的，旧旧的，褪尽了原色，清一色的暗淡灰白，门是门，窗是窗，轮廓分明，线勾素描一样的寂寂地立在小街两边，像极了线装古书里的插图。早上走过大半条街，也没遇上一个行人，清清冷冷寂寂的。”

“旧时的南街大河沟流着一泓清清浅浅的水，沟两边住着人家。小时跟父亲去菜市买菜时，他总是带着我从大河沟边踩着凹凸不平的石头小径，然后穿过猪仔行、鱼行才到菜市。菜市也不只是卖四时菜蔬瓜果，肉行、杂货、各种小食也在其中。菜市往北，穿过一条小巷，就是番薯行、柴草行。最让我难忘的是，番薯行有棵老凤凰树，每至花期，风一吹，火红的花瓣就落了一地。”

这样的文字浮现了一幅幅生活的画面。

《神电卫小城》是一个时代的背影，是几代人生活的记录，如同油页岩一样点燃了记忆，照亮着旧时空。

地方历史与风物的书大都是知识性书写，类似地方志。《神电卫小城》却不是，它用的是自己朴实无华的语言，极富文学性，特别是带入个人的感觉、感悟和感情，以独特的眼光和视角来统摄全书，把一个地方的风物融进个人的成长与经历，其娓娓道来的诗意文字里，浸满了浓稠的情感，闪烁着“乡愁”之光。

从书中我看到神电卫这座古城慢慢呈现出来，我与街巷里的人物相遇、相识，旧时光在身边飘浮，像大海的气息无处不在。我看到了作者正在成长，走进了他们的心灵，也走进了这一块神奇的土地，看到了人们的生活与心事。这是个人史，更是小城的历史。因其个人的血肉，小城才鲜活，才真实、亲切。

电白有幸了，《神电卫小城》留下了小城的历史和文脉，不至于荒芜无考。

（作者系中国作家协会散文委员会副主任、鲁迅文学奖获得者、中宣部文化名家暨“四个一批”人才）

# 序　二

习　习

在黄土高原干涸荒芜的冬日，读这本《神电卫小城》，满眼满心的温润。这些在时间中沉淀的文字，显现着时间本身的质地：绵长、深厚、沉静、了无边际。

书分两辑：《小城旧事》和《城里城外》。二辑分别由两位先生所著。

《小城旧事》的作者是九十多岁的吴兆奇老先生。先生一生从政，但对文字始终一腔热爱。而且到了他的晚年，真是落笔的好时候，那么多好记忆活灵活现，那么多现在人已然看不到的景致听不到的掌故在先生心里苍郁蓬勃。情感和思索已蓄积到足够，只等着让它们在笔端涌出。人生已是炉火纯青，文笔就该如先生的文字这般：平静、醇厚、满含深情却不事张扬。

吴老对小城真是爱，每个句段里都能读出感情。正如先生所言："人越到老时，越是想念故乡，往往魂牵梦绕，乡愁难遣。经历了八十多个春秋来写《小城旧事》，便是热切地思念故乡最明显的印证。"（《人到老时》）

吴老写小城的旧样子、老故事、风物典故、名人轶事，如数家珍，述说起来又不慌不忙，但在这不慌不忙中能读出情感里的节奏来。“小城虽然很小，城墙以内，仅一平方公里地，但麻雀虽小，五脏俱全。司政机关、司教机构、仓署机构、集社机构、庙宇神社、守备机构等等，遍布城中。东街区有县署衙门、教谕署、文昌阁、明伦堂、儒学、莲峰书院、文庙、武庙等等。西街区有察院行署、布政分司署、按察分司署、志学书院、康王庙、冼夫人庙，等等。南街区有旧神电仓署、社学、石古宫、五显庙、天后宫，等等。北街区有参将府署、守备司署、三官堂、雨香庵、广生书院、玄天宫、城隍庙等等。这么多的建筑场所，把小城渐渐地胀满了。”（《青春期的县城》）小城不落一角地盘踞在先生心里，白描一般，那么密密摞着的词语，全是谙熟的记忆，又这样密密地说出来，仿佛不可抑制的情感在静静倾泻。

被先生誉为“小城魂”的“十字街”，端的是活色生香，读文字恍若置身其中，有气味有声音有颜色有晨昏的时间。这样的文字全是时光于先生胸臆中的凿刻，也是弥足珍贵的小城史料。

吴老笔法，按今天这个时代来看，颇有古风。写人物，极是生动，呼之欲出。身穿长袍脚踏布鞋的老师陈汝鉴、天生活宝的李鸿秋都如是。《陈先生的铃声》，用笔简约素白，细节处，稍事停留，也不延宕，满篇下来，人物活生生立在纸上。真是一篇人物散文的典范文章，让人忍不住想起鲁迅、朱自清先生的文风来。

> 摇过上体育课铃之后，陈先生站在操场上，严肃得似军队的连长，瞠着眼，嘟着嘴，他要学生把队列整齐得好似一线牵，他说，整齐队列是认真做事的起点。在整齐队列时最最重要的是“向右看齐”，他有两句话要大家遵守，叫做“脚下一条线，鼻梁瞄得见”。然后，他即高呼口令：“立正！向右看齐，向前看！”
>
> …………
>
> 每当下课他走在东街石板上的时候，都会遇到三五成群的鬼头仔跟着他逗趣：“一齐唱，陈先生，担伞嗦沙螺，陈先生，担伞嗦沙螺！”这时，陈先生总是用似手杖一样卷起的雨伞，向街上的鹅卵石重重一戳，微笑着，口里嗔怪地吐出两个字：“龟仔！”街上的居民便连忙走过来将顽童们驱散。
>
> （《陈先生的铃声》）

多好的文字。

往事纷至沓来，于任何写作者而言，在纷繁往昔中选材、立意和表达，都显现着作者的胸襟、品格和学识。在这些文字后面，我看到的是一位温厚善良、勤勉谦恭、对家乡满怀情感的长者。写这些回忆文章时，他已届高龄，还能对人事有如此明晰深长的记忆，字里行间又那样干净纯正，令人感佩！

第二辑《城里城外》的作者是张慧谋先生，我一直称他为兄。十几年前，作家朋友张鸿引见，我们一起去茂名拜访了作为当地文化名人的慧谋先生。摄影家李好开车，慧谋先生领路，我们仿佛去了所有他爱的地方。慧谋先生待人诚挚、善解人意，很懂我这个远离大海的西北人的心思。我还记得街角的一棵凤凰树，正开满一树火红的凤凰花，不知这棵树是不是慧谋先生文中所写的小街上的那棵。跟着慧谋先生，我第一次看到了海盐的制作，天空澄澈，晶亮的阳光下，莹润的海盐仿佛能捏出油来。慧谋先生恨不能带我们走遍他文中所写的所有的城里城外。深夜，我们吃鱼炸和糖水。不知那糖水铺是不是《南街八十七号糖水铺》。我们登上钟鼓楼，钟鼓楼被橘黄的灯光映照，竟让人觉出那好像已是十分古远的往事。

慧谋先生一身文气，说话低声细语。穿的麻布的盘扣衫子破了，还洗得白白净净，说不舍得扔，布衫到这个时候和人的身体最为亲近。也正像到了这个年龄的慧谋先生，才能更深情地回望小城的“城里城外”。慧谋先生虽是吴老先生的晚辈，但他们的文字气息相投，怪不得他们在生活中不分年龄惺惺相惜。这也是本书虽为两个作者所著，但全书文脉始终相通的缘故。

《城里城外》并非史学家的视角，是一个作家眼里小城在旧时间中的风貌和历史，也因而渗透着作家的文学功力、对事物的考量，还有丰沛的情感。慧谋先生把他记忆中的城里城外写全了，小城简史、历史遗迹、古人留下的诗文、烟火气浓郁的小食风味、凡人名家，还有极富个人特色的往事。

如若读普通史料，一定读不到这样特别的《小城简史》。作者抻着一根时间的粗线，以短小的篇什，在这根时间之线上刻画出点点醒目的历史。《城之初》《屯田复耕》《老县城》《市舶贸易》《参将府兵变》……如若读普通的史料，一定不会读到这样耐人寻味地记录下的《小城那场春雪》《连下三夜流星雨》《流星雨后续》。作为名符其实的“简史”，文字表述既精准，又简短节制、不动声色，紧张处戛然而止，让人浮想。大约这就是春秋笔法的妙处。

《城里城外》不乏个人情味浓郁的回忆文章，依旧都是短章，却都诗性盎然。诗人慧谋，把诗歌的意趣和笔法都恰到好处地放在了这些文字里。

慧谋先生的文字隽永、冲淡，有着安静的辽远，还常孩童般顽皮地在清亮干净的表述中不时跳出些明媚来。

慧谋先生不善饮，记得那次相聚时，他喝了几小盏红酒，然后闪身默默坐在旁处，看他眼睛湿着，说是想起了刚走的父亲。

和吴老先生一样，他们都是情深意长的人。

《神电卫小城》是一个小城的旧事，也是两个对小城情深意长的人的小城旧事。有意思的是，两人在书中如古人般以文字唱和。吴老在文后写了以慧谋先生为中心的《后记》，慧谋先生在吴老的文后写了《吴老与他的“小城旧事”》。这唱和，颇有流水知音的意味。

三读此书，一再觉出全书风格的平静悠长。我想，这大约和他们长期生活在海边有关，不似西北人文笔的大跌大宕。浩渺无际的大海，这么波谲云诡的事物，想看时，时时可见，内心也会随着时光变得波澜不惊吧？这么大的事物，时时可见，心里又有什么盛不下的呢？两位先生心中的小城，又哪里只是个小城呢？人世的乾坤，皆在其中。

因《神电卫小城》一书写的这篇小文，在吴老和我尊敬的慧谋先生面前，怎敢称之为序？就算是我的一篇读后感吧。

2025年2月25日于兰州

（作者系兰州市作家协会主席，著有散文集多部，曾获冰心散文奖等文学奖项）

# 目录

## 辑一　小城旧事 / 001

## 辑二　城里城外 / 099

辑一

# 小城旧事

吴兆奇 著

# 人到老时（代序）

人越到老时，越是想念故乡，往往魂牵梦绕，乡愁难遣。经历了八十多个春秋来写《小城旧事》，便是热切地思念故乡最明显的印证。

只要躺在床上，闭起眼睛，小城旧事便来“过电影”。那古老而充满魅力的城墙，那肃穆地高耸着的钟鼓楼，那整整齐齐的沿街骑楼，那热闹非凡的十字街口，那狭小的街道正中的三条石板铺成的街心路，那迷人的孔圣人庙宇旁的圣殿坡，那带着浓郁神秘感的城隍庙，那永远令人追忆的新年龙腾凤舞、鱼戏狮游，那全城轰动的庙会和孩子们留连忘返的“戏台脚”，那七夕乞巧之夜的家家捏“公仔”、户户育豆芽，那让外地人为之倾倒的特色美味“蚝仔炸”“鱼片炸”，那香喷喷的炒米饼、杏仁绿豆酥，那一群鲜活有趣的名人逸事，那鬼仔节的满城火光，那抵抗疫病时的游神驱鬼，那革命党和无辜民众的血洗街渠……都一一从眼前掠过。还有那，南门外大海潮起潮落时汹涌澎湃的涛声，那北门外庄山上石溪美景的潺潺流水声，那钟鼓楼头司晨报夜的钟鼓声，那入夜后“得得笃笃”清脆而有韵致地敲打着街道鹅卵石的木屐声，那小食摊上用瓷匙敲着瓷碗儿叫卖糖水芝麻糊声，那关帝庙前踢毽子的喝彩声，那孩子们跳莲花、做牛脚踢游戏的欢笑声，那妇女们凄惋的叹歌声，那东街区老十家的狼狗群的狂吠声，那西街巨昌茶楼伙计的唤唱茶点声，那南街私塾的读书声，那北街玄天宫庙会时发射纸扎火箭的鸣啸声，还有那，日本兵入侵时的枪炮声，还有那，那热血青年要自强求解放的呐喊声……都一一从耳畔响起。

唉，我的小城！

# 卷首曲

有一段时间，小城的人们喜欢唱这支歌：

小城故事多，
充满喜和乐，
若是你到小城来，
收获特别多。

看的看，
说的说，
小城故事真不错，
请你的朋友一起来，
小城来做客。

踏着小城走过的脚迹，来追寻小城旧事，这座可爱的小城，不但有喜和乐，而且还有苦难，还有哀愁，还有伤痛。

旧时的小城，另有一支难以忘怀的歌，现今七十岁以上的老太婆都会唱，这就是海方歌谣的《怨叹调》：

斩缯就斩缯，
莫斩胶丁丛，
留给胶丁生幼籽呵，
十恶年垌救穷人！

小城南门头外两里之遥便是海。那广阔的滩涂，长满了当地人叫作“胶丁树”的灌木。树下，是鱼虾产卵繁殖的好去处；树上，每年都结着密密麻麻的苦味胶丁籽，这是田垌歉收时的饥荒之年穷人用以度荒的食粮。

辽阔的滩涂上，穷人用竹子一排排插下去，一圈圈地围起，拉上矮矮的网，便是“缯”。涨潮时，鱼虾随着潮水进了缯，退潮后，就撑着小艇去打捞鱼虾，运气好时，收获颇丰。地主恶霸看到这是一条好财路，便不时命令家丁恶棍砍碎缯网，抢走鱼虾，霸占滩涂。于是，小城便有了海方歌谣《怨叹调》。一年年，一代代，唱着，唱着……

# 神电风光

小城历史上有过长长的辉煌时期。七百年前，这里还是一块叫作“白石坡”的荒丘，由于它处于控南海守一方的地位，明朝的皇帝便在这里设置了“神电卫”。

史载，明朝初年，太祖朱元璋命令在京师和各要塞地方都设“卫”。每个卫屯驻军队约五千六百人，辖护着几个府，卫的直接上级是“都”，属省级；卫的直属下级是所，驻军一千一百二十人，因此，叫作“千户所”，再下就是“百户所”，驻军一百二十人。那时广东有十五个卫（旧县志说二十四卫），神电卫的辖护地是阳江、高州、信宜、吴川、电白等。

公元一千三百九十四年，都指挥花茂向朝廷奏请建筑神电卫城，于是委派了惠州指挥和千户张贞监工，夯土建成了土城墙，自此，小城呱呱坠地。白石坡也就进入了历史视角。

到了小城十五岁时，便是明朝的第三个皇帝朱棣的永乐七年，公元一千四百零九年，小城面貌发生了一次大变

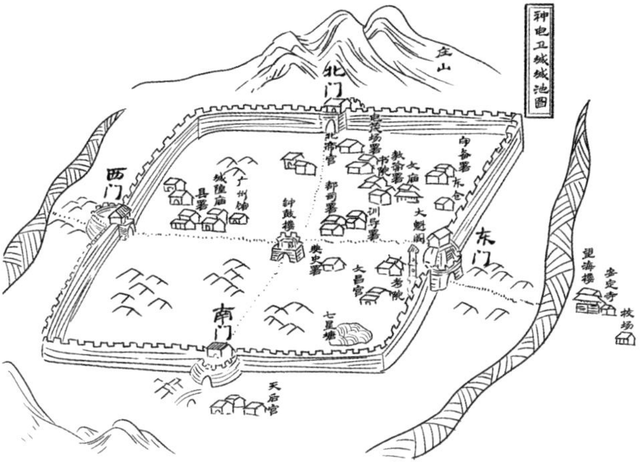


神电卫城城池图

化，历史上称作“甃以砖石”，土墙变成了石脚砖身的新城，而且，城墙有了固定的规制。有一个翔实的资料，请看：“计六百四十步，周长一千一百丈，高一丈二尺，堞高五尺，共高一丈七尺；为门四，上各有楼，敌楼四个，角楼四个，窝铺四十二”。这时，小城已是神气十足的军事重地。它的正南、东南、西南有炮楼八处，大炮五十九位，还有碉楼、要隘讯守多处和兵船快艇，以小城为指挥中心。风光的小城，便作为边防要塞，用炮台做眼睛，傲视着粤西沿海，守护着祖国的西南一隅。

时间向前推移，到了公元一千四百六十七年，明朝第八个皇帝宪宗朱见深的成化三年，把电白县城迁移到神电卫城。为什么电白县城要迁到神电卫？说来话长。

《电白县志》记载，巡抚都御史韩雍奏议称“高州府电白县城内居民仅三五十家，瘴疠毒甚，岁调守官军十亡四五，损军费粮，其所德善、上下保宁三乡皆滨于海，而神电卫城适当县中。请以电白县移神电卫城”。可见，电白县城原来在高州（史载即今长坡）。那个地方本属山区，不仅自然条件恶劣，而且山寇瑶民不断作乱。《电白县志》又有记载：“正统十三年（1448）山寇攻破电白县城，烧毁廨舍，杀掠军民。”“天顺三年（1459）广西瑶民暴乱，侵入高州境，群众挈家小赴府城逃避。”“成化元年（1465）广西瑶民作乱，夜陷高州电白城……瑶寇遍掠居民，并掳走官吏人等……劫掠公私财物无数，逗留城中三日始退走。”由此可见，这个电白县城，再也站不住脚了。朝廷便于成化三年（1467）九月，将电白县县治迁于神电卫城，其实，是电白县与神电卫同治。电白县衙就建在神电卫的卫署左边。

# 青春期的县城

到了清朝的雍正三年（1725），正式撤销卫、所，神电卫从明朝洪武二十四年（1391）开始建制，经历了三百三十四年的风雨沧桑，结束了自己的历史使命，之后把小城交给了电白县。

小城于是变成了县城。

小城变成了县城，自有一番新的气概。城墙高了三尺，修筑了护城河、城池、吊桥，城外四面增建了十二座敌楼，还增设了敲更报警用的击柝铺，小城俨然成了守备完善的一座坚固的城堡。小城于是进入了青春期。

小城成了县城，功能完全转变了。

小城虽然很小，城墙以内，仅一平方公里地，但麻雀虽小，五脏俱全。司政机关、司教机构、仓署机构、集社机构、庙宇神社、守备机构等等，遍布城中。东街区有县署衙门、教谕署、文昌阁、明伦堂、儒学、莲峰书院、文庙、武庙等等。西街区有察院行署、布政分司署、按察分司署、志学书院、康王庙、冼夫人庙等等。南街区有旧神电仓署、社学、石古宫、五显庙、天后宫等等。北街区有参将府署、守备司署、三官堂、雨香庵、广生书院、玄天宫、城隍庙等等。这么多的建筑场所，把小城渐渐地胀满了。

小城成了县城，政府官员来了，财主富户来了，营商客户来了，教师学子来了，求神拜佛的来了，手工杂艺的来了，贩运叫卖的来了，进城采购的来了，戏班杂技的来了，游手好闲的来了，赌徒娼妓来了，打官司的来了……小城空前热闹起来。

小城虽然很小，但却很美。

不知出于哪位大师国手的筹划，小城周围环境打点得光鲜亮丽。她的正北是抱碧聚翠的庄山和巍峨的大岗岭；正南是波涛澎湃的莲头海、四季常青的莲头岭和浮在海上的放鸡岛；正东是青草如茵的大校场和居高望远的望海楼；正西是逶迤透碧的大桥河和开阔的油绿田畴。城内四条街整整齐齐地摆成一个十字，同城墙四周连接起来，恰好是一个田字。如果登临庄山寺的三层楼上南眺，小城风光尽收眼底。在祖国约九百六十万平方千米的大地上，小城的建筑就如一个袖珍艺术品。

# 十字街·小城魂

小巧玲珑而狭窄的十字街，无疑是古今中外城市街道的珍品。

五百多年前，高明的测绘师把四条街拉得笔直。街当中铺着约莫有三尺宽、由三块石板合成的街心路，似长长地伸延着的石龙；两边各垫着约五尺宽的拳头般粗细的鹅卵石，显得凹凸不平，活似给石龙镶嵌着一溜雕花艺术板块。这十字街，连三条石加上鹅卵石，共有十三尺宽，十尺坎坷三尺平。

小城的人们，平时走在十字街上，都比较自由，可是当听到衙门皂隶的吆喝时，都自然而然地迅速向左右疏散。可见，这三尺平的街心石板道，是天然的“官道”。但是，除了“官”之外，小城还有三位是走“三尺平”的“专利者”，一位是拥有三千石田租的邵香庭大老爷，一位是以教书为生的陈汝鉴先生，还有一位是东街卖凉茶的自称“凉茶王”的李鸿秋老大公仔。邵大老爷是为了扬威，他常常要戴起大框墨镜，由师爷搀扶着，从东郊司马第大宅漫步到西街他的苏杭布行泰昌号，去品尝碧螺春新茶，顺便问问生意。陈先生是为了礼仪，他要接受学生们的敬礼。李老大公仔简直是为了“摆款”：老子四十年前比你还帅！每当这三位走在“三尺平”上的时候，对面的行人都会自然而然地左右让开；如果走在他们的前面，只要听到后头一声咳嗽，人们也十分自愿地闪避。

十字街的两旁，有约一尺五寸宽的夹道水沟，天上下雨时，积水会迅速地带着潺潺的响声向东南角的水关口流泻。隔着长长的水沟，便是十分整齐的店铺。它们的最前沿，是一色的骑楼，这是中国一些南方城市建筑的经典：上街的人们，骄阳似火时可以稍得阴凉遮蔽的实惠，大雨滂沱时也能避免做“落汤鸡”之苦。不过，十字街的骑楼毕竟太窄了，只有二尺来阔，行人对开，必须侧身而过；所以，小城十字街的人们，真真确确是“朝见口晚见面”。

十字街的店铺，多是“猪笼屋”长方形的两层格式。下层商铺，是经营的主体，上层是阁楼，伙计们的栖身之所，里间是仓库、厨房和餐间。店铺临街，几乎是清一色的店门连着阔大的侧窗，清早起来，打开大门，托上窗板，便开始一天的生意，黄昏将临，关起大门，插上窗板，便在煤油灯下盘算着一天的盈亏得失，筹划着明日的营生。

# 小巧玲珑不寻常

小小的十字街，不但衣、食、住、行、文、教、乐、医、药一应俱全，而且还有一定的行业序列：东街多是杂货铺和山货店，柴、米、油、盐、酱、醋、茶、酒、纸、墨、笔、砚，还有元宝、香烛、竹帽、蓑衣、扫把、铁锅、瓦煲、碗筷……西街是一溜的“苏杭店”和故衣铺，经营着苏、杭来的丝、绫、绸、缎和各地的棉、葛布匹、故衣及服饰。南街多是美味作坊，制作和经营着炒米饼、马拉糕、香肠、腊肉和出了名的金银蕊、鸭脚包，这条街的中部，还有鱼桁水产和肉菜市场，因此被称为香喷喷、臭腥腥一条街。北街则多是水果、糖仔、榨油桁。十字街也有一些经营售卖山珍海味的专号，冬菇、香蕈、虫草、海参、鱼翅、虾米、蚝豉、鱿鱼之类，交易也颇为频繁。

十字街除了商铺之外，其中也夹杂着一些居民住户，有拖着木横弄安着黑漆大门的富户，也有开着破旧小木门的穷家。十字街侧横陈着许多小巷，住着各色各样的居民，掺杂着鱼目龙珠、书香地痞、绅士土豪、正人君子、嫖客赌徒、鸦片瘾友、娼妓窃贼。

十字街最重要的地方，分布着官署、卫署、布政、按察、参将、守备、仓署等官僚机关，还有学宫、教谕，书院、试院等种种教育机构，统统在皇帝老儿的控制下实施着有效的封建管治。到了最后一位清朝皇帝宣统帝被革命党人赶下龙廷，又被另一些变了相的革命党人进行着不同名目的管治。

不要小觑这小小的十字街，它虽然很是狭窄，但却有着冠冕堂皇的大名，连着四个城门的大名，东街叫作承恩街，西街叫作武安街，南街叫作永宁街，北街叫作长乐街，都是向皇帝注了册的，用斗大的字刻在四门的城楼上。由于地理位置的特殊优越，它曾经一度成为南国的交通中心要道，上广肇，下雷琼，入高化，赴南洋，这是必经之地。它以特有的魅力，吸引着苏、杭、沪、京、津、穗、琼、川、康、藏的许许多多客户和商号。更重要的是方圆百里的几十万乡下人，都常常在这里进进出出。在正常的时局下，十字街商人最喜欢贴的对子“生意兴隆通四海，财源茂盛达三江”，是两句大实话。它具有一种十分特别的因素：无论是圩市“一、四、七”，还是“二、五、八”或者“三、六、九”，总是每日有圩，逢朝必市，人头涌涌，人流如鲫，人声如潮，好一派岭南重镇气象。

# 市井深处道风情

熟知十字街的人们，都不约而同地陶醉于这里的四件大事：

这第一，就是在北街外十里的山兜丁村，一千四百多年前诞生了被周恩来总理赞誉为“中国巾帼英雄第一人”的冼夫人，这是十字街人的“最骄傲”。后世人祀奉她的“娘娘庙”和“隋谯国夫人冼氏墓”都在她的故里。国家文物考古机构的专家们的多次考古发现，震撼着岭南甚至全国，一个推动着岭南俚、汉民族文化融合的历史时期在这里出现，辉煌的冼夫人文化在这里发祥。长乐街的冼夫人庙，是历代官祭的重要场所。每年的农历正月十七日至二十二日，十字街更是人头涌动，热闹得很，因为城里城外的许多人成群结队去参加丁村的“乡傩”，向冼夫人的英灵祈求赐予一年的平安和福泽，同时瞻仰这位划时代女英雄菩萨的姿容。十字街人都有一句骄傲得不得了的话：“我是冼夫人的同乡。”

这第二，就是演绎着十字街历史文化沉积的非物质文化遗产，丰富多彩的传统民俗舞蹈，这是十字街人的“最

二十世纪八十年代的钟鼓楼

兴奋”。不知上溯到哪朝哪代，东街的“双凤展翅，百鸟朝凰”，西街的“金龙夺珠，神采飞扬”，南街的“双鳌戏海，水族腾欢”，北街的“醒狮献瑞，精武雄风”，简直令小城百十年来沉浸在如醉如痴的境界。逢年过节，十字街都是锣鼓喧天，唢呐长鸣，鞭炮震耳，欢声雷动，人山人海，水泄不通。要过年了，十字街总是沉浸在兴奋的日日夜夜之中。从新年初二起，街里街外的农、工、商、学、兵都不约而同地涌上街头，或者做公干，或者当看客，一直兴奋到元宵的闹花灯，足足要闹腾半个月。如果从百年老店锦芳纸扎店造龙扎凤的准备到民间的排练，要连续费上两三个月的工夫。这凤舞龙腾、鱼戏狮欢的时节，对于十字街人来说，十足是一年之中的狂欢节。为了要彰显一下门庭光彩，富足一点的人家，门面大一点的商号，都扎着长竹竿，挂上几千头的鞭炮，在楼上拄起红包彩礼和青菜，门口摆设着方桌、条凳、茶水，等候着舞狮队的到来。随着惊天动地的擂鼓和动人心魄的锣钹，醒狮顺次舞了过来，看热闹的大人小孩子立即聚拢，将主家门口团团包围起来，街道马上被摩肩擦背磕磕撞撞的层层人墙所占据。每到这一阵子，无论是“尚武堂”还是“精武堂”的队伍，都必须舞完所有的套路，最后用大藤牌一层层地叠起罗汉人梯，狮子奋勇舞上顶端，张开大口吞掉楼台所悬的彩礼，吐出被咬碎的青菜，踏着人梯下来，狮舞遂告胜利结束。之后，武术队还要挥舞刀、枪、剑、戟，大打一番中国功夫，向主家行过拱手礼后，又擂着大鼓雄赳赳气昂昂地舞到下一户主家。其他三种舞蹈，也各自选择着欢迎他们的主家，按着一定的程式完成承传下来的整套技艺。其中看客最为踊跃的是东街的“百鸟朝凰”，艰苦而灵巧的两位舞凤人顶戴着头高三尺、翼长三尺、尾长三尺、周身闪着金光的巨凤，惟妙惟肖地表演着“凤求凰”，半个钟点后，鹰、鸾、莺、鹊、鹤、鸠、雀等十多只飞鸟，各自做着颇有特色的飞翔、嬉戏、觅食等诸多动作。之后，随着“歌舞升平”的乐曲，鸟雀们用舞蹈交织成“天下太平”四个大字，主家最后燃起鞭炮，拿出赏钱大红包，散发饼干、糖果，围观的看客感到心满意足，留下满面笑容，再到别家去欣赏龙腾鱼跃。就这样，连续十多天，十字街夜以继日，人不思睡，马不停蹄，城外几十里的人们，汹涌入城，尽情欢乐。这当儿，亲戚盈庭，朋友欢聚，商品速流，银钱快转，生意兴隆，皆大欢喜，锣鼓声、唢呐声、爆竹声以及满街的炮纸屑、遍地的垃圾刺激着人们的神经中枢，整个十字街沉浸在高度的兴奋之中。

这第三，就是历史悠久而非常普及的神文化，这是十字街人的“最迷情”。在那迷信盛行的年代，小城人相信，人的悲欢祸福，都与对神的态度有关。那时，围绕着十字街的东、西、南、北，分布着四宫六庙，祀奉齐天大圣的猴王宫、祀奉妈祖的天后宫、祀奉北方之神的玄天宫、祀奉盘古的石古宫、祀奉岭南圣母的冼太庙、祀奉关公的关帝庙、祀奉司财之神的康王庙、祀奉盘古之神的石古庙、祀奉司水之神的临水庙、祀奉十殿阎王的城隍庙。十字街的这若干庙宇，绝大部分无不是飞檐翘角，雕梁画栋，斗拱螭脊，殿宇轩昂。除了这些讲究排场的主要神祇之外，十字街的男女还敬供着魁星、华光、哪吒、二郎神、天师，甚至灶君、床头神、猪圈神、鸡栏神，还有各家各户的列祖列宗之神。北街外庄山寺的如来、文殊、普贤、弥勒、观音、韦驮，是佛，东街的文庙孔子，是圣，不是神。十字街人对于神、佛、圣的概念是再明确不过的。这许许多多、大大小小的神，形成了一个庞大的神威网络，庇护着十字街人的荣华富贵、福寿康宁，实施着人神一体、天人合一、同乐共荣的大统一战线。平时都香火旺盛，年节更炽；如果遇着神诞，那种隆重，要慢慢细说，才能道出其七八。这些庙宇之中，关公庙是受人普遍敬奉的。人们生男孩，都要备齐三牲酒礼去“契名”，就是用“关”字作为给儿子起名的字首，因此，十字街很多人都有“关某”的小名，表明自己是关公的契仔契孙，以求得到他老人家的额外关照。当然，这其中立志承传他的忠肝义胆的，也不乏其人。如果生了女孩，是没有这种福分的。

庙宇之中最使人发生兴趣的，是城隍庙。它的殿宇最大，占地最多，内容最丰富。因为十殿阎罗王要摆开一整套阴间地府的架势，他们掌管着阳间人们的生死，“阎皇要你三更死，不得留人到五更”；他们又掌管着人们来生的轮回报应，“善有善报，恶有恶报，不是不报，时辰未报，时辰一到，一切都报”。这些阴阳相关的事儿，都要塑成一套套栩栩如生的人鬼相。阴间的讼狱、奖惩、报应、轮回，都一律在每座殿中的铁面阎王座前展开。无常、牛头、马面、判官、鬼卒提着锁链，举着刑具，捧着册簿，施行着阎罗的判令。岳飞屈死风波亭，在地府告了秦桧夫妇一状，阎王一声令下，牛头、马面便用长长的铁链将这对狗男女的鬼体锁起，然后以酷刑钩舌头、倒拉锯、过油锅，给岳飞一个说法。杜十娘怒沉百宝箱之后，到了阴曹状告李甲负情，阎王便命鬼卒锁了薄情郎到轮回殿，判他下世做被阉的公猪，永世孤老不得幸母猪。还有在世时身为孝子，死后被阎王表彰，轮回出去投胎，长大后当了状元郎。在世时打骂父母，死后在阴曹地府被阎王判打屁股、吊十字，投生世上做小鱼小虾被大鱼吞吃。今生做官清正廉明，为民造福，来生做人，福禄寿三星拱照。今生杀人放火，来生做猪做鸡被人宰杀。真是地网恢恢，丝毫不爽。城隍庙的公正、公开、公平，孩子看了痛快，大人看了承教，好人看了得到鼓励，坏人看了受到鞭挞。凡是到过城隍庙的人，保管他对于积德和缺德会有深切的领悟，永世都将耿耿于心。

这第四，就是家家户户必备的特产——“大碌竹”，这是十字街人的“最受用”。“家家有条水烟筒，人人都爱大碌竹，省鱼省肉不要紧，没有干饭喝糜粥。”可见，大碌竹在人们生活中地位的重要，吃稀粥不要紧，没有水烟筒是万万不行的。十字街里平日都可以见到有人在制造这种重要的器具：选了上好的石竹，五节长短，用烧红的小铁棒将竹节搪通，然后安上四寸长的小竹管作烟嘴，注入适量的清水，用心的人还在烟筒口和烟嘴上镶着铜匝，以求美观和耐用。平日家居或款待客人，在烟嘴上按了烟丝，用火一点，嘴巴紧贴着烟筒口，吧咂吧咂轻轻地吸吮，烟筒里的水便发出咕噜咕噜的妙音，然后抬起头呼一口气，便有一股浓浓的烟雾伴着一种异香喷向前方，那种享受感、自在感顿时扩散于全身。这就是十字街人男、女、老的一种至高受用。好奇心重的少年也会来试尝其乐。因为它普及，日日都要供应烟丝，销量极大，所以，十字街就开张了许多“熟烟铺”。他们大量收购农民的烟叶，焙干扎好，用刨子蘸了花生油把褐红色的烟丝刨出，便叫作“熟烟”。开熟烟铺的店家，都立了一条行规，允许人们前来享受而不得收费。狡猾的老板都特制了一根五尺长、五寸直径的大碌竹烟筒，你要前来免费吸烟，便要爬上他特设的四尺高的梯凳，把嘴纳入烟筒口，然而，那烟筒口大得简直可以纳入人的半个脸庞，所以，你要来吸烟也觉得嘴巴漏气，难以吸吮。但是，知难而进的还大有人在，前来享受无偿待遇的人依然络绎不绝。这种执着和顽强，可以说得上是十字街的一道风景线。

水烟铺

## 钟鼓楼的晨钟暮鼓

主宰着十字街人起居作息的权威，是矗立在十字街口的钟鼓楼。这楼高五十三尺，三层之上是文昌阁，其中端坐着笑眯眯的粉面文昌帝君。据说，供着这位菩萨，会使一方文运大兴，广出人才，因此，颇受人们的欢迎。这文昌阁下的两侧，是大钟和巨鼓。它们用准确的时间，指挥着十字街的活动。每天的辰时，四野还蒙蒙亮，辛勤而负责任的报更人便敲起大钟，一口气十八响，告知人们要“黎明即起”了。这时，守城的兵丁便大开城门，十字街于是逐渐地喧闹起来；到了黄昏将近的申时，鼓响了，一连敲三刻钟，进城的人们便要纷纷离开十字街，城门随即关闭。此后便是按着申、酉、戌、亥、子、丑、寅、卯、辰，一更更地敲下去，直至天亮。表面上看，十字街似乎有点“日出而作，日落而息”的味道，但其实不然，关了城门这段长长的时间，正是这里人们丰富而惬意的夜生活。糖水粑子、炸煎堆、芝麻糊、藕粉膏、叉烧包、鱼生粥，吸引着一群群吃客，叫卖声、笑骂声，混合着逛街人们脚下的木屐声，汇成了令人陶醉的交响曲。这时，富人们在“叹宵夜”、在推牌九，穷人们在补破衣、在唱怨叹调，雅集在巨昌茶楼的文人墨客在吟诗作对，生意人在招待着外来的客户，花枝招展的妓女出来拉客，畏畏缩缩的赌徒探身悄悄进入赌博窝，鸦片烟馆不断飘出烧烟泡时的异味。影绰迷茫灯火下，正是光怪陆离时。

十字街几百年来都是乡下人的信息中心，它不断地给人们传播着希望和生机。海上的渔汛来了，十字街便传出开刀鱼十文钱一斤、小蜡仔两文一斤的消息，离城三十里外的渔民，鱼一起网便要“走新鲜”，挑上百斤的重担，迈开快步，飞跑进城，穿过钟鼓楼的洞门，跑到菜市场，将名贵的龙趸、石斑、海瑁这些大鱼送上鱼贩摊，鱼贩便马上摆开大砧板，挥动大砍刀，吆喝着卖出好价钱，七成

钟鼓楼

揣进自己的腰包。如果你不飞跑，那鱼腐败了，三成钱你也得不到，海上的辛劳也就白搭了。至于那些寸丁长的蜡仔鱼，从东门头摆到十字街口，两文钱一斤也不容易卖出去，那就只有挑回去沤肥的份了。所以，渔民们是有苦难言的。他们汗流浃背走新鲜的时候，十字街的小鬼头仔便唱起方言童谣："走青妻（新鲜），跌爆披（鼻），无米煮，煮海蒂（苔）。"为了几顿稀粥，千辛万苦的渔民们不惜冒着跌破鼻子的危险。每当这时候，他们总是仰望着这高高的钟鼓楼，发出无奈的叹息。

钟鼓楼的晨钟暮鼓，日复一日，年复一年，伴着历史的车轮，越过了无法计算的时空，让十字街人的朝朝夕夕周而复始地从它的眼皮底下溜过。有时，钟鼓楼也偶尔通报不幸消息，火灾祸起，兵劫来临……

高高地耸立着的钟鼓楼，它见证着十字街的喜怒哀乐。

唉！旧时小城的十字街，好事一箩箩，坏事一件件，趣事一宗宗，傻事一束束，哪里说得完？

有多少骄傲，有多少兴奋，有多少堂皇，有多少受用，十字街都从容地享受着，纵情地拥有着，从而铸造自己的美丽；但是，又有多少无奈，多少悲哀，多少黑暗，十字街也艰难地忍受着，痛苦地承担着，从而咀嚼着自己的辛酸。

十字街有一笔笔灾难史：

——公元一千四百七十一年，即是明朝成化七年，十字街毁于山寇，小城大部分被破坏。

——公元一千五百七十一年，即是明朝隆庆五年，十字街被倭寇攻入，遭受了几乎毁灭的命运。

——公元一千六百四十八年，即是清朝顺治五年，大饥荒，一担谷子卖一两银，十字街以人换米，饿死者众。

——公元一千九百一十七年，即是民国六年，占据着海南的军阀、袁世凯的爪牙龙济光，举兵妄图进攻广州护国军，路过小城，肆行劫掠，十字街十室九空。

——公元一千九百一十九年，即是民国八年，孙中山手下的同盟会会员许国锋准备挥师北上支援讨袁护国战争。反动军阀却阴谋以整编为借口，在东街北侧的文庙圣殿坡大草坪上突然袭击许国锋的武装力量，十字街血洗渠沟，尸横街道。

——公元一千九百四十年，即是民国二十九年，日本侵略军铁蹄蹂躏小城，十字街的昔日荣华荡然无存。

——公元一千九百四十三年，即是民国三十二年，瘟疫流行，死神恣虐，十字街巷冷街零，老少逃亡。

——公元一千九百四十八年，即是民国三十七年，国民政府发行“关金券”“金圆券”，银纸票面额高达二十五万元，物价飞涨，朝不保夕，十字街破落凋敝，民不聊生。

十字街呀，你还剩下些什么？剩下的难道是摇头叹息？是迷惘彷徨？历史告诉人们：也是，也不是！更多的应该是不屈的人的观望、等待、追求和奋起。小小的十字街，经历过几多山重水复，几许惊涛骇浪！见证过几番风雨黑，几度朝阳红！

十字街人在不断地酝酿着苏醒，谋求着新生。

# 远去的城墙

城墙是小城的骄傲。如果放在三四百年以前，城墙绝对是一幅美丽的油画。两人高的石墙脚，庄严肃穆而坚固。“城墙砖”是特制的大火砖，规定长一尺八寸，高六寸，砌起来一溜平整，显出泛紫色的墙身，华丽而沉实。城墙有东西南北四门，各有名号，东门为“承恩”，西门为“武安”，南门称“永宁”，北门称“长乐”，八个大字，都是馆阁体的手笔。城墙门洞侧墙上都有神龛，两员保护神端坐其中，又威武又慈祥地监视着出入行人。厚厚的城门上打了八八六十四颗碗口般大的钉。关了城门就闸上横横的大闩。这般美丽的城墙，配上流水淙淙的护城河，把整个小城安置在绿水的围护之中。加以背负“庄山挺秀”，面临“莲海流长”，小城人都说是高明的“国手”，才选择和造就了这样美好的风水宝地。

我在八九岁的时候，最喜欢同几个小鬼头仔爬上城墙顶去玩走马赛跑，到城墙脚的露兜丛中去抓那好斗的小虫“露兜虎”，比赛谁的虎能斗赢。可是，那时已是中华民

“中”字款城墙砖砌成的石柱

国时期，城墙已发生了大变故，城垛已经逐渐崩溃，墙面已经长满了青苔，墙砖已经逐渐破损，墙脚已经荆棘横生，护城河已经渐渐变成一堆堆的萋萋芳草。很明显，城墙已经衰落了，小城也已老态龙钟。那个时候，日本帝国主义者的铁蹄已经踏残了大半个中国，这座远在南海之滨的小城，也常常遭到敌机的狂轰滥炸。每当钟鼓楼上的警报呜呜响起，人们就要拥挤着涌出城门，到田野去寻找可逃命的树丛、小村。这时，已经很明显，城墙不再是居民的保护者，而变成了日本帝国主义者摧残的目标，变成了全城人避难的障碍。从来不关心人民疾苦的国民政府，忽起“为民之心”，很快征夫将城墙拆掉。矗立了六百多年的城墙，终于倒在了自己人的手上。

城墙荡然无存，遗留下一堆堆残土，“田”字形的小城，只剩下一个“十”字，似一位躯体不全的老者。小城的人们，只得用惋惜的心，去凭吊这发生在八十年前的往事。

充满魅力的城墙已经远去，留下来的是一串回忆，一串思念……

是重重的小城殇，浓浓的爱国仇，深深的民族恨。

# 欢声笑语圣殿坡

小城东街的北侧，临街有一座气势恢宏而且堂皇肃穆的文庙，因为它供奉大成至圣先师孔老夫子，人们便称之为“圣殿”。紧挨着圣殿东边，是“千丈绿茵万尺坪”的大草坡，这就是有名的圣殿坡。由于背靠着翠林石溪长流水的庄山，受着亚热带气候的滋润和清风的吹拂，圣殿坡一年四季都是绿意盎然，即使是夏伏时节，坡上都轻泛着丝丝凉意。

## 好风凭借力

去圣殿坡放纸鸢和看放纸鸢，是小城人的赏心乐事。每到春秋佳日，风清气爽，人们便兴致勃勃地成群结队来到坡上。小城人善于扎纸鸢，自扎自放，世代相传。每年除了像大蜈蚣、大八角、双鲤鱼、小蝌蚪之类以外，还要挖空心思去创新：用海边沙滩上生长的鲎仔藤刮出的薄片做成弓，安在龙珠的头顶上，称作响弓龙珠，放飞天上，在那蓝天白云之中，发出嗷嗷的清叫；用小风车做老虎头的眼睛，在天上被风吹得骨碌碌转，更显得虎虎生威；用两个不同大小的纸筒做戽斗，让它在天上滑稽地做着一高一低的戽水动作；用橡皮筋做成美女鸢的手脚关节，婀娜多姿的美女于是曼舞云端；在垃圾堆里捡来电报局废弃的明码纸条，给小蝌蚪粘上两丈长的双尾巴，小蝌蚪带着长尾巴在好风的扇动下翻筋斗，那难以形容的姿彩在高天上可真是压倒群雄。

如此等等，圣殿坡上放纸鸢，可说是欢畅舒心，丰富多彩，但这些都不是小城人的绝招。小城人放纸鸢的绝招，是“飞蛾上天”。用灵动机关组装成的双翅飞蛾，扣在纸鸢绳上，劲风一吹，飞蛾便扶摇直上，当触及纸鸢锁结的时候，活动钮一打开，五彩缤纷的花瓣随风飘散，或者点燃炮仗，乒乒乓乓在高空炸响，这时的情景真令人心醉。如果遇着好风力，圣殿坡便会出现一串纸鸢王，那就是二十五节长的巨无霸大蜈蚣。它一出场，抬鸢的，搬绳的，扛绞车的，要四五十人才能放得上天，上了天，就得用滑轮车或收或放地相机操作，这时，放飞大蜈蚣的团队，立刻就会获得满坡的喝彩。圣殿坡上，每逢放纸鸢的好天时，总是欢声笑语，美意如潮，放纸鸢的人，都是全心全意做着“好风凭借力，送我上青云”的功夫，看放纸鸢的人，也在全心全意地观赏着蓝天上飞舞翱翔的纸鸢，评论着那些拽绳人手中抑、扬、顿、挫的好技艺。小鬼头仔们满坡嬉笑奔跑，大人们忘记了喉渴腹饥。

## 赤兔追风任驱驰

去圣殿坡赛马和看赛马，是小城人的雄心勃发。爱马、养马、赛马，是一些大户人家子弟的精神寄托。他们为了求得一匹良马，往往不远千里，不惜千金。良马到手之后，便大肆张扬：我得了奔跑如飞的“四蹄踏雪”，我得了称雄一方的“青龙骠骓”，我得了日行千里的“贴面白额”，我得了力扫千军的“烈红藏雪”……这些纨绔子弟的求马、养马，其目的是炫耀家门，最终的追求是在圣殿坡一决雌雄。平时，他们把马匹伺候得毛光水靓，体壮蹄轻，等待春暖花开和秋高气爽赛马时节的到来。到了开赛前十天，马要喂足稻谷芽、黄豆浆，人要喝好人参汤、强心茶，养精蓄锐。开赛这一天，骑手们一个个上穿丝褂绸衣，下穿马裤长靴，头戴鸭嘴帽遮阳，雄赳赳，气昂昂，骑着心爱的壮马，踩踏着街心石板路，敲打出揪人心魄的蹄鸣，像做广告那样召唤着看赛马的人群。其实，这时好看热闹的小城人，多已早早吃完晚饭，来到圣殿坡，等着看马匹进场呢。这时，赛还未开，人们已经吱吱喳喳地发表着各种议论和猜测：哪匹马的雕鞍装饰得最美丽，哪匹马的臀后银铃响声最好听，哪匹马的身材最苗条，哪匹马的美容最到家，哪匹马有望跑第一，哪匹马不第一亦第二。真是议论纷纷，莫衷一是。参赛的六套人马到齐，经过拾阄分班排队，总指挥一声令下，响鞭手挥动长鞭，啪的一声，那一匹匹马儿都像离弦的箭，蹄不着地，向前飞奔；骑手们凭着自己平日驯马时的功夫，尽量发挥。看赛马的人众，好像发狂一样，放开喉咙，狂喊着，攘着臂，跺着脚，挥着拳，跳着，搡着，给人和马助威，真叫作手舞足蹈，得意忘形。除了看赛马，还会有什么事能让小城人这样动心、这样亢奋呢？小城赛马，用的是三式赛，直奔式，单环式，双环式，还有预赛和决赛，因此，一个落日斜晖的时间不够用，还要加上一个旭日东升才行，要足两天的时间才够用。小城的赛马，最透彻地演绎着赛马人和看赛马人的真情互动。赛马的英雄好汉们都把参赛看作年中天大的事情，不论是赢家还是输家，领了红旗奖和不领红旗奖的，看他们飞身上马时的雄姿和纵身下马时的状态，以及不可一世的脸色，都说明内心正在炽燃着一种满足感，赢不足骄，输不足馁，这样的赛马，每年都有几次呢，下次还有夺标的机会呵！最重要的是在圣殿坡对着千百的小城人炫耀一番自己的人和马。那些看赛马的人群，那一脸的高兴，即便是喊破了喉咙，搡痛了手脚，也是值得的，没有一个人说是悔不该来的，他们的心里也与赛马人一样，炽燃着满足感。

# 咸水歌，唱满坡

去圣殿坡唱咸水歌和听唱咸水歌，是小城人浓厚的俚情俗兴。咸水歌，小城人也叫作海方歌谣，用自己的海话来唱自己的歌，唱出自己的憎和爱、苦和乐，唱出自己的情和趣。小城的海话，有人也叫作俚话，它具有本土的原创特色，它比闽南畅意，比潮汕醇秀，比湛江柔顺，比海南悦耳，因此，配上那些出自民间原汁原味的歌谣，唱起来和听起来都直叫人沁心滋肺，彻骨入髓。小城人的海话好听，但是要用文字来表述很难，它同全国推广的汉语普通话简直是两码事，与广东普及的粤语也大不相同，因此，小城人有一句话，叫作“海话好听字难写”，譬如一句非常简单的话“明天和你去博贺喝酒”，要用文字来表达，就成了“向日藻鲁库北夏歆酒”，这样一来，就一塌糊涂了。讲海话对人的称呼也很有特色，例如，人称为“能”，幼童称“细蛹仔”，少年男称“小鬼头仔”，女称“妹仔精”，大人男称“城能翁”，女称“渣补婆”，老人男称“老大公仔”，女称“老大荬仔”，男人结婚叫作“讨渣补”，女人结婚叫作“嫁城”……旧时，小城流行着一本《电白海方歌谣一瞥》，是一位马踏人王安仁老先生编印的。他收集了二三百首民间歌谣，他的文字表述就是以汉语词句为主，一些必须用海话的地方就用谐音字或者自造字，尽量保持歌谣的海方色调。

小城人爱唱歌，特别是女人，旧时成了流行的习俗。圣殿坡，就是小城人唱歌和听歌最好的去处。吃罢晚饭，一群群的渣补婆、老大荚仔、妹仔精，夹着草席，拎着矮凳子，参参差差来到圣殿坡，各寻知己，一圈圈一围围，咿咿啊啊的歌声，此起彼伏。

坡东围坐的多是老年妇女，她们正在唱穷人大旱之年接待亲戚的歌："南风透透北风啴啊，竹筒载水救人命；十八铜钱籴唛（半升）米呀，喝饮（米汤）留糜（粥）等亲戚。亲戚来到担凳坐，敬口哱哝（槟榔）奉盅茶。我去茶山有茶欲呀，我去海南有哱哝。哱哝青，哱哝红，哱哝结子吊灯笼，留得槟榔换糙米啊，肚饿喉渴有米汤。"

坡西那边妹仔精们唱的是逗趣歌："锁匙喧宋锁匙筒，打开轿门看新能；看见新能哏卡妮（很美丽），做我无心去书房。去到书房三铺路，回到书房暗模模，双脚踏入书房内，踏着鸡屎用手摸，噫！臭呀！"

南坡的渣补婆绕起口令："月光光，照篱照壁村，照个公仔担条棰。走起坡，拾大刀，走起岭，拾刀仔。大刀斩大竹，细刀斩竹仔。大竹破大篾，细刀破篾仔。大篾织大箩，细篾织箩仔，大箩载大鱼，细箩载鱼仔。大鱼饲大猫，细鱼饲猫仔。大猫捉大鼠，细猫捉鼠仔，大鼠剥大皮，细鼠剥皮仔。大皮蒙大鼓，细皮蒙鼓仔。大鼓敲大棰，细鼓敲棰仔……"

歌声娓娓中的圣殿坡，夕阳西下，月牙初升，清风徐来，绿草如毡，多么美妙，多么动人！

夏天的黄昏，炎热退去，宽阔的大草坡，清风阵阵，月光底下一群群的小鬼头仔们跳莲花，玩雷公生蛋，做掩目躲，打风车，后生仔们赛推手力，翻筋斗。学生哥来这里散步交友，斯文人来这里寻找灵感，吟诗作对……

有一处这么好的圣殿坡，怎不叫小城人感到自豪呢？圣殿坡是小城的伊甸园，是小城的宝，是小城生命的一部分。

# 七月的火光

时令行到农历七月十四，小城人按祖宗传下来的惯例，家家户户都要忙碌一番。因为隆重，所以，长年积累下来的经验，节前就大体上有一个不成文的日程：七月十日开始，家家户户都要买草纸，印花纸。有钱人家都有一版花纸印，这就是在木板上刻了各种花纹，供涮花纸时用的印版，它们大小与土造草纸相仿佛。这种土造草纸，出自深山的农家。竹子砍下来，切成段，放到特制的池子里，泡上石灰水，旬日之间便逐渐软腐，然后拿到水碓里去舂成纸浆，用纸帘筛掉水分，晒干便成尺把高二尺阔的厚厚的黄草纸。小城人到杂货店买回大香大叠的草纸和花红粉花绿粉，用水泡好，把小刷子涮到印版上，然后敷上草纸，用手摩压，便印出花纸来，晒干后还要卷成一条条的纸筒备用。此外，还要用金银色纸织成一大堆金银锭。这些事，有钱人家都是由工人婢女们去做，一印就是万几千张。穷人家当然就得全家动手，少说也要印千几百张。

七月十一日开始，在东门街关帝庙左侧临街广场的西端，用竹木搭起丈把高的坛台。这个高台，要有能够容得下十几位道士做法事的空间，还要有能够摆放十张八仙桌的大案台，以供陈设香烛、花卉供品以及大量小面包、小馒头、大米之类。在广场的东端，还要搭起观音大士镇座的亭棚。

七月十二日开始，由锦芳艺术制作百年老店扎制形体巨大的“大士人”。据说，这“大士人”是大慈大悲观世音菩萨的化身。它身高九尺，头大如斗，青面獠牙，全身满布金光闪闪的鳞甲，高高抬着的手，一手持着令箭，一手捧着金锭。据说，这尊大士人神通广大，法力无边，谁若是得到它一片鳞甲，贴在猪栏鸡舍上，保证会猪鸡旺相，六畜平安；若贴在人的腰腿上，保管能治好腰酸腿痛。总之，它全身是宝，獠牙能治牙痛，头皮能治头痛，手指能治手痛，足趾能治脚痛，令箭能驱妖鬼，金锭可赐货帛钱财。锦芳老店除了要扎好这位大士人之外，还要扎好九洲神仙的居所，这就是金碧辉煌的九座小纸屋。

七月十三日开始，家家户户杀鸡煎鱼煮肉做三牲，准备进庙酬神过节。

七月十四日开始，密锣紧鼓地去应付这个正节日的大忙。

上午，公干人员将一切神要、鬼取、人需的事物布置停当：广场打扫得一干二净，高台上挂起了幡帜、帘幕，横额上亮出了“祭妖台”三个大字，大士人威风凛凛地站在亭棚里，神仙的九洲居所整齐地排列在广场的北侧。

下午，祭妖台上香烟缭绕，烛气冲天。最令人瞩目的，是案台上叠放着大堆的小面包、小馒头、白大米。道士们排班端坐，敲、打、吹、弹，奏响了祭妖乐章，齐声唱起祭妖咒文，主祭的“天师”扭起莲花手，领起慰鬼咒。这样的祭妖仪式要坚持到半夜，道士们水不能喝，口不能歇，手不能停，一直祭到法事做完。

随着太阳西偏，广场四周燃起香火蜡烛，大士亭和神仙居所更是火光通明，场上冒起了阵阵烟雾，来看祭妖的人也渐渐多了起来。

到了黄昏，节日的活动便进入了高潮。

东西南北四条街，居民们把花纸筒、金银锭之类在街道当中顺溜叠放，一瞬间四街已形成了两三尺高的花纸龙，有钱人家还在纸龙上搭起小架子，拽起长长的绳子，挂上纸衫裤、纸鞋袜、纸钱链之类。此外，家家户户还有一件必须做的事，就是用大量点燃了的香烛，把自家整座屋子的外墙根团团围起，不得疏漏。据说，在香烛的围护之下，妖魔鬼怪都不敢进屋而远避他乡。

由于灯烛香火的照射，小城之夜的上空，月色也变得迷蒙，星星也被夺去了光彩。

到了八九点钟，烧花纸的讯号由钟鼓楼传出，四街一齐点火，霎时间，四条火龙把全城照得透亮，火光把七月烤得更灼热了，烟雾把小城熏得更苍老了，月亮和星星都黯然失色。

等到火龙渐渐留下了灰烬，花纸的残灰碎片随风飞舞的时候，四面八方的人们很快向广场聚拢，去看祭妖的热闹。

这时，台上的“天师”咒文唱得越发起劲，他的声音几乎盖过了人潮的回响，他的莲花手扭得更加好看，活似戏台上戏旦般柔软。

人群中那些老大婆子、渣补婆（中年妇女），还有那些成群结伴的小鬼头仔们却越看越心急，因为他们都急手要向大士人求宝，要向妖鬼们争吃呢。“天师呵天师，你越唱得响，我越不爱听，你越扭得柔软，我越不爱看，快点收起吧，我们等得不耐烦了。”显然，“天师”听不到他们的心声，还一个劲地唱，一个劲地扭，而且，还要做到下半夜二点钟呢！

渐渐看到北斗转向，银河星稀，“天师”忽然高高举起黑色道袍的宽袖，过头遮挡了自己的面庞，在眼前形成了一个小小的黑暗区，然后在黑暗中左右寻找着台下的鬼魂，口中念念有词：“今乃祭妖之节，本城仁人善士，备足包点米粮，饱尔孤魂野鬼，尔等速来领受，呜啊——”跟着他就提高了嗓门呼喊着台下的鬼魂：吊颈鬼到，无头鬼到，长舌鬼到，独脚鬼到，断臂鬼到，饿死鬼到，冤死鬼到……他连呼唤了十多种鬼，然后放下道袍的宽袖，露出了一副慈善的面孔，伸手从案台上抓了一把小面包，猛力向人群撒下去。跟着，一阵馒头，一阵大米，一阵面包，撒得满地都是。引得台下等待已久的小鬼头仔们大喊起来：“抢啊！”他们乱跳乱窜，都来抢夺面包和馒头，大水通通被踩在脚下。广场上的大人们这时都已回家睡觉了，剩下那些活跃的女人也来加入你争我夺的行列。

撒完面包、馒头，台上的道士们纷纷站起，“天师”也开始解带准备褪去道袍，忽见人群中一声吆喊，那些老大婆子、渣补婆们争先恐后地冲向大士人，你推我撞，你撕我剥。顷刻间，这威武庄严的纸扎偶像，已被剥得鳞甲尽失，外皮无存，可怜巴巴的，只剩得一副竹扎的骨架。抢到一鳞半爪的女人们，心满意足地回家贴猪栏鸡舍，贴腰贴腿……

抢了许多面包和馒头的鬼头仔们心里并不满足，他们还要四处走动，去各家各户的墙脚下拔香脚骨。为了多拔，有的人竟要通宵达旦，因为明天早上还要带着满袋的战利品，去参加三五成群的转拧香脚骨的赌博呢。这种赌博，就是三五个人相邀结成一摊，每个人都持同等数量的香脚骨，轮流着抓起六支，贴着平滑的地面，用力一转拧，香脚骨之间便立即出现了交叉所形成的大大小小孔隙，然后撮着适量的香脚骨对准孔隙戳下去，再提上来一支一支地清点数目，之后，每个人都必须如数交赔。这样周而复始地玩二三十个回合，大家都玩腻了，就搞君子协定，下次再玩。于是大家都拿出所有的香脚骨来计算总数，公布结果，拥有最多者，最受同伴们羡慕。

七月的火光过后，小城人如释重负。该给妖鬼的都给了，衣服、布匹、金银、钱币、粮食，妖鬼终可得到温饱了吧，生活有了着落，就不会兴妖作怪了，小城的人们，可以心安理得地营生了。但是，又有人说，花纸、衣服、钱财的灰烬都被风吹走，面包、馒头也被人们抢走，妖鬼们什么也没得到，叫他怎样安生？也有人说，世上本无鬼，都是人造的孽。这样说来说去，说了好几百年，七月十四的花纸还是一年一度地烧，面包、馒头还是一年一度地撒。

这个节日，世代相沿，屡盛不衰。可是，它并没有一个堂而皇之的节名，小城人只好把它叫作“鬼仔节”。历史在小城这棵老树身上刻下了六百多个年轮，岁序行进到新的世纪，七月的火光，在小城新一代的脑海里，也许已经逐渐淡去，但是，鬼仔节啊鬼仔节，要怎样解读你才好呢？

# 说不尽的戏台脚

春光伊始，寒气袭人，庙戏的热闹，把小城的气温提高了几摄氏度。

庙戏期间，最拥挤，最自由，最舒心的，便是戏台脚。

小城人把戏台之外的空间，统称作“戏台脚”，做小买卖叫赶戏台脚，看热闹叫逛戏台脚，做赌博叫玩戏台脚……

戏台脚最贴近戏台的前沿，是几排整齐的长椅，专供对庙戏出过钱作过贡献和有面子的人看戏之用。戏台脚的最大众，是从城外城里来的许多群体：一家人组成或左邻右里相邀的群体，主人带着远来的亲朋戚友的群体，姐妹婶嫂结成的女人群体，学生书友互邀的群体，浪荡子弟呼朋引类的群体，乡下人扎着篱竹火把来回照明的群体，此外，便是单人匹马的散众。

这几千人的观众，有的是自己扛着凳子，早早入场去选择好位置作为群体的看戏领地，迟到的群体便用长凳高高站起，成了层层叠叠的人墙，一层高过一层，那些单枪匹马的看客则使出机动灵活的本领，钻空占隙。一片片一群群的看客，站着的，坐着的，把偌大的戏台脚拥挤得水泄不通。乡绅财主们在庙戏开锣前几天，便选择了最佳的位置，搭起高高的“梓台”，活似戏院里的包厢。绅士、太太、小姐、公子哥儿们晚饭过后便艳妆浓抹，端坐台上边看戏边嗑瓜子，还专派出下人负责不时地赶走前方遮挡视线的观众。

戏台脚最特别的事儿有两件，可以说是小城庙戏的特色：一件是在广场远左方，搭起好几丈高的竹架，挂着五千头的大炮龙，准备着台上的名角演出最精彩时，燃放起来表示奖励和助兴；还有一件，就是在戏台前右角十几位老大公仔的座位面前，摆放着破砖、碎石、西瓜壳、香蕉皮，准备着台上的角色演得最糟糕时，扔掷上去以示惩罚，如果惹得这班老大公仔性起时，连台上照明的大光灯也霎时打破，戏演不下去还要加罚一出。那种台上台下的互动，到了极致。小城的庙戏因这两大特色闻名遐迩。来这里应庙戏的班主，也因而提心吊胆，总是警惕万分地告诫班中各种角色，戏要做到十二分，力要出到十三分，如果出了差错，毫不留情马上收拾包袱走人。所以，来小城做戏，是对每个戏班最严峻的考验，也因此而令戏班的老倌们做戏时使尽浑身解数，不敢有半点怠慢。庙戏的观众于是享受了日日有好戏、场场皆精彩的福气。

戏台脚拥挤着的人们，也不是百分百地都在聚精会神看戏，有几种人是不怎样看戏的。赶戏台脚卖小吃的人，全神贯注他的生意摊；做赌博的人，把精神集中到赚取对方的银纸；当扒手的人，总是东钻西瞧，想着得心应手；那些浪荡子弟，站在人群之中，抬头向着戏台，那眼神老在搜索着戏台脚标致的女人。最特别的是南街财主潘家巷的登明四叔，他早早吃饱了晚饭，抽足了鸦片烟，梳洗停当，穿起丝棉缎褂，戴好金丝眼镜，头上戴顶荷兰帽，脚下踏双黑皮鞋，手里拄着鸡仔藤做的勾头手杖，然后用手指头在腮边点了两点法国香水，一派斯文地慢步来到戏台脚。夜幕下借着微弱的灯光，他放眼环视一下四周，拣那女人群集的地方，踱了进去，不时地翘起高傲的鼻子，嗍得嘶嘶作响；这样滞留约莫半小时，他又另换一个同样的空间踱进去。

特别调皮的小鬼头仔，也不看戏，他们三两成伴，专门钻到戏台之下，拿条小竹枝，透过舞台地板隙去戳花旦们的脚底；跑到大庙的庑廊之下，看闲着的戏班穷老倌用火砖块垫起炉灶，炒着蘸了薯粉的小石粒喝糖波酒；拎着小烟花在人群稀疏的地方燃放，口袋里装着小挞炮去寻找互相挞掷的对手；钻进围着赌博摊的人群，聚精会神看赌徒们的较量。

戏台脚的赌博是最自由不过的，庙戏时警察也绝不会去干预。戏台底下的温暖之地，是做赌者的圣地，通常都有好多处赌摊，时不时地吆喝着“金钱葫芦双开”“杆下三摊”“黑桃二十一点胜”！输得脸红耳赤的赌徒憧憬着赢钱时的风光，赢得心花小放的赌徒希望着庄家的崩溃，因此，庙戏中每天每夜都是戏散赌散，难解难分。

泛着丝丝寒意的戏台脚，最使人舒心的，是那一大群卖着热食的小食摊。小城极为吸引人的传统招牌美食都摆出来了：大薯粒仔糖水、花生麻蓉汤圆糖水、糯米酒糟糖水、薏米芡实芝麻糊、现蒸叉烧包、现场捶打的叠踏粒、滚热糯米粉现搓的糖心糍、五香肉馅粽子、用蛤蝼叶包蒸的蛤蝼粑、煮溶了红糖胶扭打成白色的花生糖条、南乳八角炒花生米、用油锅炸得喳喳响的鱼炸和蚝炸、隔水蒸果蔗辘……应有尽有，在戏台脚广场形成了一片温暖的亚热带，那热烘烘的摊档上空冒起了一层层的薄烟，而且一阵阵地散发出诱人的香气。

啊！这色彩缤纷的戏台脚，这杂七杂八令人神往的戏台脚。

# 说不尽的看花灯

东街关帝庙门前广场，三天三夜的戏以外，最为动人的场面便是元宵放花灯。

小城人结婚生了男孩，大都要到庙里去，认那“汉寿亭侯伏魔关圣大帝君”做契爷，一家人在庙戏时最重要的事莫过于送灯。有钱人要请福建或佛山的制灯能手，花上几十两银子去造大型的“龙凤走马灯”“双龙吐珠灯”“九子连环灯”；小康人家也要花十几两银子去买“牡丹富贵灯”“鲤跳龙门灯”“状元及第灯”；手头吃紧的贫穷人家，也逼得筹措几两银子，送盏双鱼灯、蝴蝶灯、双金钱灯、喜鹊灯。送灯的时候，有钱人家都要备好金猪、酒礼、红包，雇请锣鼓亭，吹吹打打送到庙里，由庙祝祷告一番保佑孩子速大快长、百病消除、攫取功名富贵。之后，金猪抬回去请客，酒礼、红包送给庙祝，彼此皆大欢喜。穷人家送灯，三牲、酒礼、红包也在所难免。

拜过契爷，小的灯便挂在庙堂内，三昼夜烛火长明；大型的十几座灯，则在庙外几丈高的灯架上凌空挂起，供人观赏，到了第三夜，便是最精彩的放花灯表演。

华灯初上，人流不断地涌进广场，等待着钟鼓楼的一更鼓起。不多时，随着鼓声，那些放灯师傅，一个个身着标准唐装，依次就位，各各准备着燃放自家的得意之作。拥挤在广场上的人们，踮起了脚，眼光都投在几个放灯人的身上。不一会，忽然有人大喊起来“放灯啰，放灯啰”，引起广场一片喧哗。

按预定的次序，先是燃放最大最靓的三座灯，最先是第三等龙凤走马灯。只见那放灯人抬起一根长长的竹竿，用力捅弹簧，顷刻间，镶金镂银的一龙一凤从灯顶冉冉升起，环行三圈之后，灯体霎时通明，二十四孝图影立即清晰地缓缓转动起来。广场上跟着响起一阵热烈的掌声。懂得其中故事的人，兴奋地伸手指着呼喊起来：快看呀！这就是“孝感动天”，那就是“雪中求鲤”，这就是“戏彩娱亲”，那就是“郭巨埋儿”……四周的人群发出啜啜唧唧的感叹。肚里有点墨汁读过《二十四孝歌》的人，便指手画脚大讲特讲起故事内容来。不等故事讲完，忽听又有人大喊：“不要讲了，双龙快要吐珠啦！”

双龙吐珠灯是第二等大型灯，就挂在龙凤走马灯的对面，放起来具有更大的吸引力。嘈杂的人群，忽听嘭的一声巨响，一颗闪亮的大珠从灯顶升起，把广场照得通明；大珠升到半空，忽然变成了一个大火球，升到人们向后仰着脖子才能看得见的高度，火球里忽地散发出无数的明珠，向下撒落。这时，两条金龙闪着金光从灯顶腾向上空，张开大口喷着更大更亮的龙珠。三番金龙吐珠之后，双龙隐隐地降落灯内，随即滑出挂在灯下，摇着头，甩着尾，惹得人们拍红了手掌。

轮到燃放第一等大型九子连环灯的时候，看花灯之夜进入了最高潮。这套灯体型高大，装饰精巧，金碧辉煌，凌空出世，它就挂在最醒目的广场正中央。当放灯师傅出现在灯下时，整个广场突然肃静了起来，人们聚精会神，注视着他的一举一动。只见他不慌不忙地拉下灯上的导火线，套进一只红色小盒里，用力一拍，那导火线立即似一条火龙，闪着四射的火星向上迅速延伸，灯一点燃，一阵金星迸发，伴着唧唧啾啾的百鸟齐鸣，那灯顶上的四朵大牡丹花徐徐开放，花瓣映着照天的红光；人们正待开声喝彩，忽地里又一阵金星迸发，噔的一声，灯内坠下一盏光芒耀眼的金边白绫方盒，盒的四面，绣着一个金色的大“沐”字。过一会儿，灯体微微震动，又听一声响，再坠下一只“神”字白方盒，顿时人群一阵骚动，这太奇妙了！忽然间又有人高声欢呼起来：“快看啊，‘恩’字下来了！”不多时随着噔噔几声响，几次星光闪烁，接二连三地先后坠下九盏同样的方灯盒，形成了一串美丽的九子连环，明亮地挂在半空，随风微微摆动。这时，看灯的人们一个个高仰着头颅，僵抬着颈项，有些人把巴掌拍痛了，许多人异口同声地把绣在灯盒上的字读了出来：“沐神恩共享荣华富贵。”人们欢呼着，跳跃着，吱吱喳喳地盛赞着制灯人的奇思妙用。

灯放完了，人群许久许久不肯散去。每年的庙戏，关帝庙总是令人流连忘返的地方。

# 说不尽的抢炮头

北街玄天宫大年卅晚庙戏期中的抢炮头，热闹的程度也不比关帝庙逊色。三天前，去年抢到头炮、二炮、三炮的主家，都要组成一支长长的队伍，扛着金猪、酒礼、长香、巨烛、烟花、大炮，由元宝亭、八音亭做前导，大造声势游齐四街，然后进庙里去“还神”。去年许的愿，今年要加倍酬还；今年烧的炮头，人们又要立定决心抢到手。据说谁家抢到炮头，保管他全年顺利、平安兼发财，所以，抢炮许愿，送炮还神，就成了玄天宫周而复始历盛不衰的经典。至于是否果真灵验，相信谁也不愿去查证的。

固然，能抢到炮头的只是个别人，但来看抢炮头的却是千百居民大众。吃过大年卅晚的团圆饭，小城人的第一件大事，就是去玄天宫看热闹。

夜幕降临，庙前广场上已经挤满了人，按习惯，人们自觉地腾出了一个供烧炮操作之用的大圆圈。整夜的活动，分作两个阶段进行。先是发射各式各样的烟花，一

抢炮头

阵阵的砰砰嘭嘭，噼噼啪啪，火光冲天，五光十色，吸引着人们的注意力，闹腾了约莫一个钟点。之后，便是抢炮头。

忽然一阵紧凑的锣鼓声起，揪人心魄的抢炮头就要开始了。司仪一露面，人们的神经立即绷紧起来。当一宣布完第一炮是三等“彩凤炮”，公干人员即从庙里把炮抬了出来。细看这炮，底座是装饰着金叶银花的八仙桌，上面扎了三尺高的红绸炮架，四面布满大大小小的殷红千头连珠电光炮，中间站着一只金光耀眼的展翅凤凰，凤脊上安装着二尺高、海碗般粗细的发射筒。正当人们七嘴八舌，

玄天宫

品评着这座三等炮时，燃起的导火线已经嘶嘶作响，冒着火星直伸向炮架，顷刻间，那连珠炮乒乒乓乓地闪着电光向四方迸射，炮火银白色的光芒把广场照得如同白昼。待到连珠炮的火星落地，广场又恢复了夜的平静。不多时，导火线又冒起了火星，似白蛇一样伸向凤凰。突然一声震耳欲聋的爆炸，从发射筒口飞起一枚大炮头，腾空几丈高，随即一个倒栽葱急速地插向人群。这时，广场上你推我搡，乱蹦乱撞，都来抢这高高落下的炮头。结果，几个彪形大汉战胜了所有抢炮者，高举着抢到的炮头飞步冲入玄天宫向神叩头，祈求玄天大帝赐给好运，许愿明年送还更大更美的彩凤炮。大汉们从庙里出来，众人都投以羡慕的目光。

过了两刻钟，司仪又宣布，第二轮是排在第二位的“麒麟炮”，人们一下子又把目光转向庙门口，只见一座装饰得八面玲珑的大炮架，被锣鼓亭簇拥着扛到大圆圈的正中央。众人放眼细看，光鲜夺目的一只大麒麟，被四只小麒麟拱护着。这些被尊为“瑞兽”的神物，周身满是金箔鳞甲，金光闪闪，炮头的发射筒十分隐蔽地装置在炮架正中。这个精巧的造型，博得人们的称赞。放炮人点燃了引线，只见四只小麒麟张口向空中喷射着一串串金珠，形成四条美丽的抛物线交叉闪耀，随即不断地掉进大麒麟的嘴里，引发了一团团的火花，旋转着直向高空飙升。接着又是一枚炮头伴着巨大爆炸声飞上半空，再次引起了人们的疯狂拼争，又是另外几个彪形大汉抢到手中。

庙里许愿的手续刚刚办完，紧跟着，惊天动地的狮鼓擂起来了，使得人群精神更加亢奋。在司仪的引导下，随着醒狮起舞，头号狮子炮由四人抬着，雄赳赳地出场了。历年的头等炮，都一律是成例不成文的“火箭啸天狮子炮”，主家谁能花更多的钱造更多的火箭，就是最有诚心的“还神”和最大的体面。火箭是由一个个五寸长的发射箭头扎在三尺长的箭杆上，再以引线连接起来，上千支火箭挂在三层大圆圈的炮架上，炮架正中的高墩上蹲着一头雄狮，周围装置着上百支更大的火箭。由于火箭总是一年比一年多，看惯了抢炮的小城人的兴趣总是一年比一年浓，看火箭发射，是最过瘾的事；那嗖嗖作响的火箭，一支接着一支地带着火光刺进黑暗的天空，飞向不知去向的远方。当燃烧到雄狮高墩上的火箭时，霎时百箭齐发，呼啸入云，那满天星火，划破寒空，看得人们如醉如痴。直到发着巨响的大炮头腾空而起时，大家才如梦初醒，加入了抢炮的战斗和看抢炮的序列。抢头炮是这一夜最激烈的争夺战，如果看到有十几条大汉扎着腰带大打出手，志在必得，这种局面出现时，人们就会习惯地猜测到：这是某富商雇来的抢炮队来了，参与抢炮和看抢炮的人们便赶快避让，以免受伤。因此，每年这座堂皇的狮子火箭炮，都注定是富商们的“专利”。

小城庙会时的看灯和抢炮，年复一年地重复着，一年比一年升级，一年比一年好看，然而，在皆大欢喜的背后，也反衬着人世间的天渊相去，峻谷难平啊！

小城的庙会，这人的文化，这神的文化，这历史长河的民造民享的艺术节日记录着小城人的欢乐和满足、虔诚和天真、惬意和忧愁、精灵和愚蠢。然而，这一切，都如滚滚向东流去的逝水，终于，庙的痕迹已经消失，戏也在新生代的脑海中淡去，只剩下玄天宫门口还搭着小小的戏台，几位老大公仔有时还在这里唱几句粤曲，弹几下月琴……

# 庙　戏

小城一年一度不可或缺的大事，屈指数来有好多件，其中之一便是庙会。

殿宇轩昂的四宫六庙，供奉的主神、友神、将佐、随从，少说也有几百号人马，这若干神祇何年何月来到小城，怎样来到小城？现在的百岁老人都说不清了。

从庙中的神来看，盘古、猴王、关帝、玄武、天后、康王、龙王、城隍、冼太等等，都是中国古代传说中和历史上实在的生命，几千年、千几年、几百年，这些生命就活跃在历史舞台上，叱咤风云，树勋立业。在小城人的心目里，这几百号人马，是一个权威的盛大群体，是第二种世界，他们是可敬可亲的另类生命。可以肯定，这若干神祇，是小城人慕名请来的。这一大群另类生命被请过来之后，聪明的人们便用堂皇华丽的庙宇，作高级的接待和安置的场所，同时，用文化的介入来演绎神和人两种生命的渗透和融合。

经过艺术天才的描绘、能工巧匠的精雕细镂，完成了这些另类生命的栩栩如生的再生，然后便开始了接受香火熏陶、信士叩拜的生涯，千百年拜下来，种下了一条永不凋败的根，结下了“神因人灵，人因神旺”的果。

不知从什么时候开始，小城人除了对神供以三牲酒礼、顶礼膜拜之外，还要一年一度请梨园行的名班，隆重地做戏给神看，也给人看，神和人一起看，于是四宫六庙都挂上了“神人同乐”的红底黄字大绣屏，庙宇的香火和供品，这期间都进入了鼎盛时节。

## 说不尽的神人同乐

庙戏要持续三天三夜，有的庙宇是在旧年的除夕开始，有的则是在元宵前后。因此，正在辞旧迎新兴头上的小城人，又在庙戏中兴上加兴。夜以继日的锣鼓声和庙宇上空缭绕着的香火烟雾，使得方圆几十里的乡下人都被动员起来，和城内人一起倾情于庙前广场上高高的戏台。

小城庙戏的中坚分子，是十几位有着超级戏迷资格的老大公仔。他们对于活跃在各地的戏班、各班中的出名老倌都了如指掌，尤其令人惊服的是，他们对传统戏文和唱做功夫的知识，简直似梨园行的教习。因此，他们在看戏的人群中有着极高的威望。庙戏时的选戏班、挑老倌、点戏目，都由他们说了算。因为有了这班老大公仔的见识、固执和认真，庙戏请的戏班，就非“日月升”“天上月”“胜华年”等这类名班莫属；名噪一时的大老倌如杂脚寿、武生泰、帖式德、赵莲碧、小凤女等，都汇聚到小城，使得城里城外的戏迷大饱眼福。

据说，在清朝的时候，庙戏只做一本戏。那个时候的戏都是历史故事，一本《瓦岗寨》，从各路英雄相争相聚一直做到唐太宗得江山，戏班三天三夜锣鼓不息，台上的老倌疲惫不堪，台下的观众也烦腻不胜，只有那庙里的神仙端坐着不动，一直笑眯眯地看下去。后来大清的皇上被赶下龙廷，民国初期有了大的革新，一本戏缩短到一天一夜。到了民国中期，庙戏更彻头彻尾地发生了变化，一天一夜的戏分为日戏和夜戏，日戏称为“正本”，夜戏叫作“出头”。正本戏做的多是历史剧，什么《薛仁贵征东》《薛平贵别窑》《四郎探母》《五郎救弟》《野猪林》《狮子楼》《百岁挂帅》《宝莲灯》《三气周瑜》等，尽是老传统；出头戏做的则是时髦的新剧，什么《白金龙》《黄金龙》《胡不归》《黛玉葬花》《七月落薇花》《乞米养状元》之类。正本戏规定唱的是官腔，出台的老倌都是武生、公脚、杂脚、帖式、大花面、刀马旦之类，台面则必然是大锣、大鼓、大钹、唢呐，配合着大老倌的大喉、大打、大亮相；有些好老倌还身怀绝技，譬如那帖式德扮周瑜，演到诸葛亮用计接走了刘备和孙夫人，隔江唱道“周郎妙计安天下，赔了夫人又折兵”，气得周瑜一跳三尺高，大口大口地吐着鲜血，那血箭直喷出二丈多远。

凭着这一特技，帖式德的《三气周瑜》便名扬四海。看戏的人也都有了一种经验，凡是周瑜快要吐血的时候，戏台前的人都远远避开，以免遭鲜血淋头之祸。

夜间的出头戏，唱的是粤语，出台的是文武生、正花、须生、丑生、妹仔旦、帮花、帮生等等。那台面也是用小鼓小锣小掌板，二胡琴箫铃，后来甚至还配上了洋乐器；戏文做的尽是伦理言情，喜怒哀乐，悲欢离合，好人好报，恶人恶报，等等。夜间的戏，因为内容更贴近民众，又易看懂听懂，所以，看戏的人特别热烈。

小城的庙戏，第一晚一定是《六国封相》大开台。因为这出戏是戏班阵容实力和水准的大展示，所以，一切好老倌、靓戏服、劲道具、新乐器，都统统搬上戏台。戏文是古代战国时谋士苏秦说服六国，采纳他的合纵之术，抗秦有功，公孙衍奉命前往，封赠他为“六国都丞相”，位极人臣，威风八面，享尽荣华。这出戏，坐车的大人物，推车的大美人，骑马的大将军，翻筋斗的大武士，吆喝开道的小皂隶，逗马耍乐的小花旦，掌罗伞的女当差，撑幡帜的小卒子，人人亮相，个个有戏，戏班里的文治武功，桃花人面，吹打弹唱，一概亮出台上，接受观众的检阅。因此，年年的庙戏，这时总是爆棚。“早早吃饭看开台，不看开台悔不该”，锣鼓未响，戏台前已经座无虚席，企无隙地；看开台戏，人人都有一种热切的心理，就是争看岭南名旦赵莲碧推车。

每次庙戏的开台，当演到锣鼓敲打得最起劲、最紧密的时候，人们就预知，推车美女赵莲碧快要出场了，这时台下人群准会出现一阵骚动。眨眼工夫，只见她一身轻装，一双白嫩的手把持着丽亮的彩车，踏着碎步，一阵风似的走到戏台的正中，一个腾跳，腰肢轻盈一扭，粉脸嫣然一笑，秋波左右一瞟，一个扎架亮相，那戏台下的人群，即刻爆发出一片喝彩。扮演公孙衍的武生泰这时迈起他特长的方步，捋着过腹的白须，威风凛凛、仪表堂堂地出场，他几次摆动着蟒袍，一低头坐进了车子。台下马上肃静了起来，人们目不转睛地注视着这一对大老倌。车子稳稳当当地绕场一周，那赵莲碧忽地轻身一跃，跳起一尺多高，跟着一个劈叉，双膝点地，柳腰柔软得活似没骨的面人向后缓缓拗过去，一直拗到贴近地面。这时，武生泰也扎稳了单脚，跷起二郎腿，随着节奏鲜明的锣鼓，摆弄着他的美髯，并且不时地将一二绺长须垂直地高高吹起，在灯光的照耀下，似白练在舞动。“噢嗬！”这时，台上的将军、皂隶、美女、走卒一同吆喝着，欢呼着。这美不胜收的艺术造型，这训练有素的武功本领，这热烈闹腾的高潮场面，引发了台上台下锣鼓声、鞭炮声、喝彩声，汇成了一片欢腾的海洋。“赵莲碧推车”也因而成了她的艺术名片，同时也是庙戏最精彩的一段。

庙戏，使小城沉浸在神人同乐之中，神的乐，是人给的，人的乐，是自己给的；说不尽的神人同乐，一年复一年。

——神的乐，尽在不言中。人的乐自有实实在在的表现。

——人的乐，最乐是庙祝，每年他都替神照收了很多红包和供品，所以有民谣说："十年庙祝，不买田，也起屋。"

——人的乐，乘了庙戏这个契机，一些财主富商绅士要去拜谒县太爷，县太爷也会拣了那有势力的有钱银大户去回拜，做客者从来不空手，为主者也付出了大情面，从而实现着行之有效的官、绅、商的联手。

——市井中的各式人等，也以各种方式去享受人的乐。经商的打开铺门做生意，银圆铜板溜溜来，朝朝夜夜开口笑；居民家家户户尽情地看戏、看放花灯、看抢炮头、看烟花，乐够方休；穷人为了招待亲戚朋友，赊钱借债过庙戏关，痛快地实践着"今朝有酒今朝醉，明日愁来明日当"的小城谚语；那些不知忧愁的小鬼头仔们，看完戏回到家里，找条毛巾绑了两角挂在耳朵上，算是胡须，拿起棍子、木片作刀枪，嘴里喊着咚咚锵，咚咚锵，演起了《三英战吕布》。

## 说不尽的赵莲碧

赵莲碧不但在《六国封相》中推车出了名，她在所有的戏中都惹人喝彩。因而，每听说她来赶庙戏，小城人们一下子都精神了起来。毫不夸张地说，她的戏迷遍及城内外好几十里哩。尤其是那些渣补婆。

旧时，人们把梨园行子弟称作伶人、戏子，是三教九流中的下等人，可是这位赵莲碧有所不同，她受到人们的普遍敬重。她既是声、色、艺压倒群芳的名旦，在高、雷、廉、琼下四府名噪一时，甚至在广、佛、肇、南、番、顺珠江一条水都颇有名气，而且又是一位侠美人、奇女子。

先说赵莲碧的声，那才真正是天赋娘生的一副金嗓子。旧时庙戏的戏台，都是在庙门外广场上用竹木高高搭起，四方空旷，又没有麦克风、扬声器之类，全凭老倌的唱功。赵莲碧的嗓子，吊尖而响亮，优美而悠扬，如果顺风，十里外的乡下人都听得见；城内人坐在家里，可以隐约听到她唱的戏文。因此，老百姓送给她一个美称，叫作“唱爆台”。古话说“绕梁三日”，一点也不夸张。南门街李二叔公最爱说赵莲碧唱戏的故事：有一班在每年庙戏中都看得晕坨坨的渣补婆，听赵莲碧唱戏，听得入心入骨，庙戏之后，总要迷糊三几日，眼前晃动着赵莲碧的影子，耳畔回响着赵莲碧的唱腔。三天三夜的庙戏做完，戏班拉箱了，戏台也拆了，庙前已恢复了平时的平静。一天，西门街的严家二婶婆清早起身做饭，在灶边一把抓起洗锅布就去涮锅，忽然听到一阵咪呀咪呀的声音，二婶婆自言自语呢喃着说："奇啦，赵莲碧已经走了，怎的她戏腔还在？"她迷迷糊糊越是用力涮，那咪呀咪呀声忽然变成了嗷嗷大叫，她定神一瞧，原来手下抓着的是睡在灶旁的黑小猫。这个故事，被一传十，十传百，流传了很久很久。

再说赵莲碧的色。古时赞誉美女姿容，说什么沉鱼落雁、闭月羞花，拿来放在赵莲碧身上，一点也不过分。赵莲碧未到小城，那些好事之徒早已编好了顺口溜："赵莲碧腰肢一扭，叫你神魂颠倒；赵莲碧梨窝一笑，叫你眼迷心跳；赵莲碧秋波一扫，叫你脚颤手抖。"那些官绅、富商、市井浪荡子弟都议论多多。县参议老爷和富商们议论着：备一席酒宴，鲍、参、翅、肚、猴头、燕窝齐全，请赵莲碧光临，纵不能亲其芳泽，也能够近睹芳容；那些浪荡子弟议论着在路旁守候三天，也要一瞄她的体态。说实在的，在那时的脂粉群中，赵莲碧真够得上是个大美人。

说到赵莲碧的艺，小城庙戏曾给她赠过锦旗，上面绣着"艺冠群芳"。老老少少的戏迷，都众口一词，说赵莲碧做乜似乜，不管做什么戏，都要比别人做得入戏有戏，好看好听。她在台上做得高兴时，台下立即放鞭炮喝彩，台上台下一齐高兴；做到悲怆处，台下即时跟着呜呜嘤嘤，台上台下一齐落泪。一次做《胡不归》的出头戏，凶恶的家婆要把患了肺痨病的媳妇赶出家门，凄凉的媳妇盼着远赴沙场征战的丈夫归来一诉衷情，赵莲碧悲惨而凄厉地唱出："胡不归，胡不归？归时恐见恨长埋。"这时只见已经成了泪人的她，弱不禁风的身躯在台上摇摇欲坠。坐在梓台上看戏的邹乡长，平时斗大的字不识几个，为人凶神恶煞，这次看戏，被感动得鼻红耳赤，他猛伸手指着戏台，高喊着："这样做下去是要死人的呀！"立即下令停演，引起戏台下一片喊骂。

旧时有点声色的花旦，每到一个地方，那些官绅、富商往往想在她们的身上捞点油水，但是，赵莲碧却不吃那一套。平时，她最厌勾绅结宦，最忌卖风弄月。每到一处做戏，都是与姐妹们同行同企，不去住宾馆，拒绝赴宴会，总是随班住祠堂、庙角，拣个僻静处，布帘一挂，床铺一垫，便是她的房间。她随身行李很简单，但有一件用锦囊套着的宝贝非带不可，这就是藏在枕头底下的双刀。她打得一手好功夫，双刀耍起来似蛟龙出海，不留一点破绽。如果有人以为她是个弱女子，想占便宜，她准会一竖柳眉，抽出武器自卫。平日班中的兄弟姐妹遇到困难，她也肯定会伸出援手，解囊相助。

对于这样一位台上柔情如水、台下冷若冰霜的梨园行中侠女，小城那些文人雅士也议论着给她赠两句赞语："欺雪莲花，傲霜红梅。"小城每年的庙戏，出重金也要请到赵莲碧。

# 陈先生的铃声

小城初级小学上课的铃声响了，摇铃的竟是身穿长袍脚踏布鞋的陈汝鉴先生。

每天，陈先生都要摇十二次铃，截至这次铃声，他在这间学校已经足足摇了四万三千八百次上下课的铃。

因为已经是民国时期，教育也已革过了命，所以气象截然不同了。学校正中的一间小房子门口，挂上了“教务处”的牌子，教务处的正墙上，不再有像寿镜吾先生那种梅花鹿的挂画，也没有了“至圣先师孔子之位”，而是换成了孙文先生的肖像。下面挂着陈先生亲手写的校训“勤以向学，诚以交友”八个大字。教务处的陈设很简洁，除了靠左墙的一桌一椅供陈先生批改课业之用以外，最为显眼的便是墙上高高悬着的一副形似铰剪的大藤鞭。藤鞭上方是七八寸长的椭圆形双圈铰剪大把柄，下方是三尺长的两根大藤条，似两片铰剪的利刃，尊严地向下叉垂着。这样大的藤鞭，要是拿来打人，真是令人生畏的罚具，但是，陈先生从来没有用它来鞭打过学生。他要挂起这副大

陈汝鉴先生（右）九十寿辰与夫人合影

鞭子，可能只是一种象征——我是正正经经地在这里“执教鞭”，或者竟是一种申明施行“教罚兼施”的装饰物。

小城人十分珍视孩子读书，明清以来就有了启蒙教育，叫作蒙学，读得起书的少年儿童，就在其中受教育。蒙学就是私塾。小城的私塾品种很多，有的是“家塾”，就是富人自聘教师在家中教自家子弟读书；有的是“融塾”，文化人和热心人凑钱来办；有的是“众塾”，由祖宗传下的祖产收租出钱办；还有一种是“义塾”，是由庙宇寺产办的免费教育。不论是哪一种“塾”，都是只有极少数人就学，多则一二十，少则三几人，借用那祠廊、宫角、姓馆的弹丸之地，大都是请了长辫子、长指甲、长胡子、长袍子的饱学之士当先生，教读“人之初，性本善；性相近，习相远”和“天地玄黄，宇宙洪荒”之类。私塾之外，小城旧时官办的学官，专门教读四书五经、《东莱博议》、《诗韵合璧》和《十三经注疏》之类，为科举应试做准备。这样千百年教下来，教出一帮满腹八股或满腹经纶的群储，给中国文化做垫脚石，为皇帝老儿以下的有效管治造就人才。据资料，宋、元、明、清四朝，这里出过举人九十、进士十三。数额虽少，但也颇有点荣光。

到了陈汝鉴先生教书的时代，情形已经发生了翻天覆地的变化。戊戌变法时清朝的光绪皇帝想闹一场改革，废科举，兴学校，于是小城破天荒有了“官立高等小学堂”。不料朝廷风黑雨暗，慈禧太后整治了光绪，办学校受到了挫折，但毕竟是滚滚潮流挡不住，慈禧太后不久一命呜呼，办学校又成了时髦。到了辛亥年之后，孙中山带领革命党人把宣统小皇帝赶出了金銮宝殿，民国成立，学校于是成了教育的主流。到了陈先生教书，历史车轮又已经碾过了将近三十年。所以，有理由说，小城初级小学同光绪皇帝倒是存在着一定的因缘呢！

民国时期要兴办学校，就得有新式教师，陈汝鉴先生就是出身于早期的师范学堂。

陈先生受过日式教育，又受过新式教育，他的血液里既有四书五经的基因，也有国文、算术、历史、地理、体育的基因。旧式文化和新式文化在他的身上撞击着、交融着、糅合着，因此，无论是在仪表、礼节、教育方式等各方面都有所表露。

仪表上，陈先生算得上是那个年代的标准知识分子，头上蓄着梳理得相当整齐的分头，脸上剃得不留一根胡子茬，身穿斯文妥帖的灰色触踝长袍，有时则是企领，三个没盖衫袋和竹筒款西裤的准孙文式便服，手中常常拿着卷起可当手杖、打开可遮晴雨的黑布伞，脚下一双布鞋，或是擦得半尘不沾的旧皮鞋，配衬着那白皙的脸庞、挺直的腰身和健康的体格，不管在任何场合，见着陈先生，都觉得他是一位斯文淡定形正行端的君子，因而令人肃然起敬。平时只要从衣着上留心观察，就会晓得陈先生每天教的是什么课。如果穿长袍，陈先生准是去学校教文课。如果穿便服，陈先生准是去学校教武课。

小城初级小学绝对是精简的楷模，校长、老师、职员、工友，陈先生 “一身兼四”，薪水只取一份。

每日天还未大亮，学校有个身影在打扫卫生，太阳出来，看清楚了，是陈先生。

到点上课了，摇着大铜铃的，是陈先生。

铜铃响过，拿了粉笔盒，挟着课业本专心上讲堂的，是陈先生。

摇过下课铃，学生走光了，到各班去转悠，检查整理课桌，然后关锁校门的，是陈先生。

入夜，教务处的煤油灯亮了，伏桌批阅学生课业的，是陈先生。

每周带班轮流打井水、冲水沟、洗厕所、清理卫生死角的，还是陈先生。

“一身兼四”的陈先生，把课程安排得妥妥帖帖，全校三个年级三个班，一年级听课，二年级习字（毛笔），三年级复习，体育课一齐来，转换轮番，周而复始。

这种非常有规律的劳作，日过一日，年过一年，永不改变，永不休止，也无怨，也无悔，任地球旋转，任太阳晴暗，任月亮圆缺。

陈先生十分注重讲礼仪。他认为礼仪教育既合孔孟之道，又合“礼义廉耻”新风，教书育人，当数“礼”字为第一。因此，上课时，陈先生一入课室，班长例行要喊：“全体起立，向老师鞠躬！”待陈先生端端正正地给还过鞠躬礼之后，方坐下听课。陈先生在教务处改作业做公务，学生来请示，必须立正于门口，朗声喊“报告！”得到允许后，方准进来垂手而立。如果走在街上，陈先生必定是走三条石板的街心道。学生与他对面相遇，必得闪立左方，向先生行一鞠躬礼。陈先生铁定是微笑点头还礼，然后学生还要注视先生的身影三秒钟，叫作注目礼，之后才可恢复自由行走。这种礼仪，陈先生持之以恒，不厌其烦，不嫌其琐，日积月累，养成了小城初级小学尊师爱生的精神风貌，而为全城称赏不已。

上国文课时，除了按课本熟读和详细讲解之外，陈先生还常给学生讲故事：一年级讲老鼠戏花猫，教大家要多动脑筋；二年级讲雇工戏财主，教大家要树立骨气；三年级则讲此路不通行不得在此小便，教大家要懂文理、重标点符号。听得津津有味的学生们，常常爆发出一阵阵的笑声。笑完之后，知识入了脑，而且愈觉陈先生可敬可亲。陈先生成了孩子们的精神依靠。

摇过上体育课铃之后，陈先生站在操场上，严肃得似军队的连长，瞠着眼，嘟着嘴，他要学生把排队整齐得好似一线牵，他说，整齐队列是认真做事的起点。在整齐队列时最最重要的是“向右看齐”，他有两句话要大家遵守，叫作“脚下一条线，鼻梁瞄得见”。然后，他即高呼口令：“立正！向右看齐，向前看！”跟着他对学生们说，大家把队列保持得严肃整齐，狗咬不动，要似军队一样，准备好了，我即从两队行间飞跑过去，如果你某人不认真站不齐，撞倒了谁谁倒霉。这时陈先生忽然变得像调皮的孩子，高呼着：“同学们，注意了，我要冲锋啦，冲啊！”只听一阵风响，陈先生从队头向队尾的行间狂奔了过去，全神贯注的学生纹丝不动，竟没有一个被撞倒。这时的陈先生回过头来，和孩子们一同嗬哈大笑。小城初级小学又是一派笑声。

学生们最喜欢体育课，因为陈先生常指挥做游戏。大家最开心的是“马战”。每两个人手臂互相按搭成座椅，这就是匹战马，一人跨上去坐稳了，就是“将军”。两军对阵之后，陈先生的哨子一响，冲啊，杀啊，推啊，撞啊，瞬时间喊杀连天，灰尘滚滚。十分钟之后，收兵的哨声响起，双方已溃不成军，将军落马了，战马散架了，算是彻底的败北。所剩无几的将军还稳坐马上，算是辉煌的胜利。胜利者被拥抱着绕场一周，一时间掌声四起，将军和战马们威风八面，无比荣耀。这样的体育课，真是别开生面，小城初级小学被孩子们视为极乐天堂、自由世界。

陈汝鉴先生教书，对学生很是“苛刻”。他把百五十名孩子分为优、良、劣三等，而且当众宣布不得存在劣等、良等“夹硬”（粤语，即“硬着要”）要变成优等，劣等斩钉截铁要变成良等。否则，你哭也不行，求也不得，无论如何还是要老老实实地学才修德。

陈先生经常给学生讲体罚。他说好学生是罚出来的，体罚是教书的附属物。而且宣布，本校的体罚不是旧时私塾先生用戒尺打手心的罚法，而是实行一种革过了命的新罚法。他向学生推介的体罚有四种，最惨是第一级即最重量级罚，叫作“顶水企单脚”，立定后要抬起一只脚，另一只脚支撑身体，一盆水顶在头上，两手扶盆，单脚站十分钟；第二级罚，叫作重量级“顶水企双脚”，可以双脚立地，头上顶水；第三级是轻量级，叫作“不顶水企单脚”，只是要单脚企十分钟；第四级则是最轻量级，叫作“立正企堂”，在课堂上站立十分钟，立正不得动弹。施行体罚的标准，是看犯错误的程度而定。大凡迟到早退，不完成课业，恶语伤人，打架闹事，偷窃诈骗，违反校规，等等，按轻重定受罚等级。这种种奇特而难受的体罚，都使学生们伸出长长的舌头，捏着一把汗。陈先生讲体罚讲得很认真，不但讲，还要轮番表演给学生看，他企着单脚，头上顶着水，没提防站不稳，一个趔趄，头上的水洒了半边长袍，他连忙拍着身上的水说："不要紧，不要紧。"逗得学生们哄堂大笑，乐开了怀。陈先生津津乐道地说体罚，但他从来不去实践他的体罚理论，从来没有执行过他制订的"刑法"。

令小城人敬佩的陈先生，有不少逸事和趣事。最使人印象深刻的是，每当下课他走在东街石板上的时候，都会遇到三五成群的鬼头仔跟着他逗趣："一齐唱，陈先生，担伞嗦沙螺，陈先生，担伞嗦沙螺！"这时，陈先生总是用似手杖一样卷起的雨伞，向街上的鹅卵石重重一戳，微笑着，口里嗔怪地吐出两个字："龟仔！"街上的居民便连忙走过来将顽童们驱散。这样的逗趣很有文学色彩。沙螺是海潮所及的沙滩里孳生的一种只有寸来长的钉螺，敲去它的尾部尖壳，用力在它的头部圆嘴上吸吮，便能将螺肉"嗦"（吸）出，慢慢咀嚼，颇有滋味。但是，吃这种沙螺通常是一些妇人所为，斯文人是不去问津的，何况是打着雨伞吃沙螺的事，绝对没人见过。鬼头仔们将之安在陈先生的头上，真是使陈先生又好笑又好恼。这种又好笑又好恼，正是代表着人们对陈先生的昵爱。一是昵爱于他外表独特，斯文而淡定；二是昵爱于他神态可亲，严肃而天真；三是昵爱于他专心教学，严格而诙谐。小城人都说，这是一位千载难逢的好先生。

八十年前，小城初级小学是小城人的掌上明珠。它是封建的旧式教育的彼岸过渡到共和的新式教育的此岸，是新生，是希望。陈汝鉴先生把一批批好学生送给高级小学，给小城打造新文化之基，他就是最底层、最坚固、最能耐的基石。事隔八十年，小城人似乎还永远听到初级小学的笑声，永远听到陈先生的铃声……

# 天生活宝

当每天的太阳以柔和的晨光照到小城街道上的时候，人们总会看见一位相貌奇伟、体格健壮的老大公仔，挑着沉重的凉茶担，从东街三条石板的街心路一直走到十字街口，然后利索地打点着凉茶摊，开始一天的生意。到了夜深人静的时候，又打着煤油灯笼，挑着卖空了的凉茶担子，摇摇晃晃地踏着原路回家去。这位老大公仔，就是不见经传却有大名的李鸿秋。

李鸿秋这个名字，小城里不论男女老少，无人不知，有人必晓。但是，李鸿秋本人对于这个名字却非常恼火。为什么恼火？世上几多蹊跷事，这可算是一件。

原来，李鸿秋姓潘。他自出娘胎，就身粗体壮，成人以后，浪迹四方，出身行伍，经风历雨，多见世面。他注重形象，颇好扮相，不到四十岁就蓄起了绅士胡子，到了五十，鼻下的“八”字已长得浓密可爱，而且那左右两撇胡尖高高地向上翘起，配上那圆目、大鼻、阔嘴的生相，活似戏台上一出大戏的恶霸李鸿秋。自从看了这出戏，小城人便把这个名字移植到他的身上，久而久之，就变成了他的绰号。习惯一成，满城的人都这样称呼他，从而渐渐地淡忘了他的真姓名。因为这个缘故，一叫他李鸿秋，他就恼火。然而众口难捂，也就只好恼而受之，习以为常了。不过，他还是最喜欢人们叫他“潘老先生”。

李鸿秋常常在人面前夸自己的骄傲史。早年，他闯荡江湖，游侠任性，学得一手好功夫，加上好打抱不平，在同伴中颇受好评。当时正值革命党把清朝宣统皇帝赶下龙廷，袁世凯又来做皇帝梦，坐上了宝座，激起了国人共愤。于是革命党组织了中华革命军，发起了北上讨袁。正在这时，李鸿秋由朋友相邀，在省城穿起了军装，为打军阀冲过锋，陷过阵，就凭着他的武勇机灵，做起了连长，背着大匣子驳壳枪，颇显威武了好一阵子。谁料后来时事突变，讨袁失败，他的兄弟溃散，四处自寻活路，他只得回到小城，打点生计。风雨飘零，贫穷潦倒，养家活口，路在何方？他忽然想起了摆凉茶摊。他倔强地对家人说：“一条草，一滴露，天无绝人之路啊！”

小城内外几十里，谁人不知道李鸿秋的凉茶使得？举凡感冒发烧，喉肿目痛，鼻涕横流，头昏脑胀，消化不良，胸闷气短，小便不畅，大便秘结，李鸿秋的凉茶上午喝，下午松，连喝三天，诸病消踪。因此，他的凉茶摊前，常常喝客排满，日日卖光，他靠着这点收入，养活老婆和两个闺女。李鸿秋常对人自夸：“我家凉茶配方得高人秘传，现今世上最强的凉茶是二十四味，我的凉茶是三十四味，秘就秘在二十四味中药之外，还加入十味生草。”随即，他就讲述一番自己怎样行侠仗义，搭救过一位濒临危殆的老者，为了报答救命之恩，老者把这凉茶配方秘传给了他。跟着，他就用力一拍凉茶桌，吆喝着：“来一杯哩，有病治病，无病健体，百钱一杯！”那时，民国发行钞票，先是旧票制，后是新票制，旧币的票面额一万圆，新币只是一圆，旧币一百圆，新币就是一分，小城人喜怀旧，把一分叫作一百钱。因此，李鸿秋的凉茶，真称得上价廉物美，城内人有病没病，常愿意掏这一分钱：乡下人入城做买做卖也往往会喝一杯润喉解乏。李鸿秋看到自己的凉茶好生意，就请裁缝给造了一面红旗，绣上“凉茶大王”四个大字，插在凉茶摊上。日间看看摊前的喝客，看看摊上的大王旗，心里洋洋得意。

李鸿秋读过几年书，虽然文化水平不算高，但他最喜欢“丢书泡”（掉书袋），平日坐在凉茶摊前，与人谈天说地，倾长侃短，总会随感而发，“丢”他一两句。比如说到某某女人欺负了男人，他就叹口气说：“唯女子与小人难养也。”谈到某人的儿子不争气，他就“丢”一句：“玉不琢，不成器。”见到街上有人喝醉了酒，他就说：“醉翁之意不在酒，而在乎山水之间也。”这样之乎者也“丢”几个“书泡”，就觉得自己比别人高明。因此，也就总要自以为是，有时“丢”走火了，也坚持己见，与人

"拗颈"，拗得面红耳赤。一次他称自己是"乐天派"，又是"乐山派"。他说："潘老先生旧早江湖得意，如今落得摆凉茶摊，不乐天知命行么？我常常上山采药。与山有缘，岂不是 '乐山派'么？"说得兴起，就摇晃着脑袋，大丢起"书泡"来，说道："仁者乐山，智者乐水，我摆摊卖茶，你扛轿跑腿。"不料旁边有位"喝过墨汁"的老大公仔插话来了："错了错了，应该是'知者乐水，仁者乐山'，那个'乐'字，应读做'傲'而不直读'乐'。"

李鸿秋不服气，反驳说："你的'知'字也错了，应是'智'。"对方又争辩："知者智也，有什么错？"两人你一来我一往，拗得难解难分。旁观的人就来劝解："你们到私塾里去问问老学究，岂不就可分晓了。"他果真托人代看凉茶摊，就一手拉了对方去找老师验证，再回到摊位时，一脸不高兴。

又有一次，一个诚心学艺的汉子，买了饼干糖果来到李鸿秋的面前，要求传授凉茶秘方，李鸿秋又丢起"书泡"来了："你懂么？学而时习之，不亦说乎？"学艺汉子听了一脸的茫然，觉得凉茶学问太高深了，拍拍屁股悻悻而归。可是，喝过墨汁的那位老大公仔又来发言了：刚才你又讲错了，那个"说"字应该读作"悦"，不能直读"说"。李鸿秋正待发作，猛然想起上次的吃亏，只好忍气吞声，不敢再辩。自此以后，心存戒备，有什么机会要“丢书泡”，首先得瞧瞧那位“喝墨汁的”在不在场。由于许多人爱听李鸿秋“丢书泡”，他的摊档好似磁铁一样，吸引着过往的人们。

李鸿秋凉茶摊前人常满，还有个原因，就是他酷爱唱大戏。他唱起来总是气势昂扬，中气十足，还要手舞足蹈，演作一番，使得那一帮好听戏谈戏的老大公仔，每日必到。一次，李鸿秋用标准的官话，唱正本《火烧余洪》的一段。他唱道：“哎呀呀，杀败了，杀呀——败了！我杀来杀去，杀到竹林，后有追兵，前无去路，这，这，这这这，这便如何是好？”他摊开双手，吹着胡子，皱起双眉，瞪着圆眼，感情十分投入。这时冷不防杀出一位老戏迷，说：“你唱错了，是‘松林’，不是‘竹林’，松林才容易烧得起来。”李鸿秋急了，争拗说：“正本戏你都不熟，哪有资格度戏桥？”两人争得下不了马，最后协定，听说日月升大戏班明天在梅箓圩正要演这本戏，双方同意一齐步行五十里去验戏。结果，他带着胜利者的姿态回到自己的谋生阵地，还对着众人骄傲地说：“你不熟戏，就没资格同我度戏桥。”

又有一次，拿了一把折扇，唱《李槐卖箭》，他先是讲述一番：山大王威风凛凛地下山来，寻访天下好汉，遇着落魄英雄李槐在圩市上叫卖自己心爱的箭，山大王想用激将法挑他比武，说要买箭却又诸多刁难。然后李鸿秋学着戏台上的山大王唱道：“你这箭么，翎毛太少，箭嘴不利，箭弯弯曲曲，我说是不好箭。”跟着，他又用李槐的腔调答话“箭是我传家之宝，握在英雄之手，百步穿杨，未曾虚发。宝箭呀宝箭，何时能逢识宝之人！”于是两家发生了争执，争得山大王怒起，一扇打在李槐的头上。李鸿秋边唱边讲，唱到这里，入了神，提起手里的折扇，“啪”的一声朝着坐在对面听戏的汉子头上打过去，那汉子忍痛挲了挲头皮，又聚精会神地听下去。这时，李鸿秋忽然低下了头，唱着李槐的腔：“龙游浅水遭虾戏，虎下平阳被犬欺。”那老泪扑簌簌地滴了下来。李鸿秋是大戏的痴迷者，唱到激动时就来了真感情：“我潘某旧时在江湖是好汉，在军队是连长，飞黄腾达，何等威风，今日贫穷潦倒，落得在这市井街头叫卖凉茶，是可叹也，是可悲也。”过了一阵子，当他觉着自己失控了，才猛然由戏中人回到了自己，抬起头来，对着面前的众人，说道：“男儿有泪不轻弹，我一世人从未流过泪，李槐虽然一时落魄，山大王三次打了他的头，忍无可忍，较量起来，几招便把山大王打翻在地，跪着叩拜大英雄。”说得大家都跟着他大笑起来。说起李鸿秋的凉茶好卖，谁人不知，这是他又“丢书泡”又唱大戏招来的人气旺。

李鸿秋平日一面叫卖凉茶，一面比手画脚对人们讲中国功夫，讲他几招放倒大力士的光荣史。一次，有位乡下人来喝凉茶，正听着他在讲招数，就向他打了个拱，师傅长师傅短地称呼起来。李鸿秋定睛一看，莫非这个乡巴佬竟是行家客吗？他硬是拉着人家要过几招，比比画画。他突然一个“猛虎抢羊”式扑了过去，那乡下人被迫使出太极推手，一拥一捋，年过七旬的李鸿秋，脚下一个趔趄便倒在地上，吓得那乡下人惊魂失魄一溜烟逃出城外。围观的看客都要伸手来扶李鸿秋，他却微笑着说，不用扶，不用扶，看来这个乡巴佬还真熟几手，他懂得我这一倒地，是用了“死蛇拦路”狠招，要不，如果他再向前一步，我这一脚打上去，定叫他跌出二丈以外，他知道自己并非对手，吓得急急逃走了。人们你一句我一句，都称赞起来了：“城内城外几十里，谁敢与你过招！”他这才高高兴兴地爬起来，用力拍净身上的泥尘。小城人都知道，李鸿秋有一股永不言败的犟脾气。

正因为有这一股犟脾气，小鬼头仔们才喜欢与他逗乐，每每在见面时，便唱起童谣：“李鸿秋，秋鸿财，卖沸水，无人来。”李鸿秋也最喜欢鬼头仔们，这时他总会昵爱地回两句：“马骝精，调皮虫，唤一声潘老先生呀！”有时，调皮的鬼头仔还要在李鸿秋眼皮底下耍耍恶作剧。有一次，有个马骝精偷偷摸到他的背后，大吼一声“卖沸水，无人来”，李鸿秋吓了一跳，定下神之后，逗笑说：“抓住你个调皮虫。”站起身来就要去抓。那马骝精绕着凉茶摊打圈圈，李鸿秋也紧跟着追，谁料马骝精身轻脚快，一下子钻进摊底下去了。李鸿秋这凉茶摊比较简陋，两张高高的长木凳，铺上一块大木板，就成了完整的凉茶桌。每天晚上收摊时，拆下木凳、木板寄放在邻居的店铺里，第二天挑来煮好的凉茶，架好木板，摆上盆盆杯杯便营业。这回被鬼头仔捉弄了，他藏身在摊底下，你想把他抓出来，如果拖拖拉拉撞翻了桌板，岂不是一天的生意就泡汤了。李鸿秋只好收敛了犟脾气，低声下气地“大王求小鬼了”。马骝精这时得意地伸出两根手指，说：要我出来，不给这个数不行。李鸿秋连声说，好，好，好，从衣袋里摸出两分钱。马骝精大喊道，不，是两角，你要是不答应，我大闹天宫，用背脊拱翻你的凉茶摊！这一招可把李鸿秋镇住了。两角钱就是二十杯凉茶呀，但你如果不牺牲二十杯，就保不住一二百杯呢，做过连长的李鸿秋当然懂作战时弃小保大的道理。在给了两角钱后，马骝精乖乖地爬了出来。李鸿秋拉着他，伸出大拇指说：“敢在太岁头上动土，调皮虫真是个大英雄。”那马骝精觉得出乎意料，李鸿秋竟没有刮他的耳光，倒反给了褒奖，于是娇声嫩气地叫了一声“潘老先生”，把个李鸿秋叫得心花怒放，神气非常。

李鸿秋到了七十五岁，雪发银须，身体依然硬朗，依然早出晚归，依然永不言败。忽然，一天早饭之后，他梳洗停当，静静地端坐椅子上就断了呼吸，停了心跳。家人将他放到屋堂，哭得死去活来，邻居们也来帮着办后事，买了寿材，穿了寿衣，准备入殓。谁料第二天他竟然坐了起来，看着众人的苦脸，放声大笑。消息一下传开了，街坊都来看奇迹。李鸿秋对着众人说："王母娘娘摆蟠桃宴，派了仙鹤来接我，在天上飞呀飞呀，一不小心，搂着鹤颈的手放松了，一个筋斗掉了下来。可惜呀，下次的蟠桃宴又要等三千年。"说得满屋子的人都大为惊喜，同声祝贺他死而复生。

谁料，到了第二年的一天，又来了一屋子人，同声祝贺李鸿秋的更大惊喜——他竟与老妻生下了个胖男孩，有什么事比老来得子更令人惊喜的呢？

李鸿秋死而复生、老来得子这两件事，轰动了小城。人们街头谈，巷尾议，各种各样版本在四街流行：有说他是神仙下凡，有说他是命大福大行双运，有说他是玉帝阎王管不着，有说他是铜皮铁骨命根硬。两件惊喜事，使得李鸿秋狭窄的屋子天天挤满了人，有人来恭喜，有人来看奇，有人来沾福。亲戚本来不多，街坊们送礼的红包也不外乎五分一角，或者几只橘子一包瓜条，这使李鸿秋伤透了脑筋：惊喜出在自己身上，人来客往总得有点表示，摆酒么，钱银何处来？思来想去，灵机一动，他决定在家门口摆"凉茶宴"，橘子瓜条就是下茶果。三天来，他的门前比有钱人"做年例" 还要热闹。

李鸿秋在小城人的心目中，说政治，他够得上是半个革命党；说文化，他可以算作半个文化人；说艺术，他应该是半个表演艺术家；说经济，他实实在在是一个完全的老人。所以，小城人打从心里喜欢他，信爱他，他是小城一个千金难求的"活宝"。他给小城增添了几许色彩，几许欢乐，几许丰盈，几许充实。

# 缔造香甜世界的人

十字街有着许多值得称道的人和事。说人，尤其是那些名不见经传，不勾结官府，不攀附权贵，而是靠着自己的勤劳和智慧，立于天地之间的所谓下等人。

提起“糖水临”“糖水本”兄弟，可谓是无人不知、妇孺皆晓的名人。他们凭着一套好手艺，缔造着十字街口的香甜世界。他俩的得意之作，是大薯粄仔、芝麻糊和打藕粉膏。白天下村向农民收购扳藤钻地的鲜大薯，回来立马用石碾磨成浆，然后调和着一定比例的香油粘米粉，强力搓捏成一碗碗的作料，撒上炒芝麻，之后，用土糖寮制作的红片糖，煮沸一大锅糖水，准备停当，晚饭用过，即挑起糖水担，进入十字街口他们摆卖的摊位。

说起这摊位，正是他们做生意的理想王国。因为，楼上是日夜繁忙的麻雀馆，临街一层是没门没窗的骑楼底，这正好是不必纳税交租的场所，日长月久，便成了他俩的必争之地。每当他们进入摊位，摆设停当，生起火来，顷刻糖水沸得白热，便拿起瓷匙和瓷碗，敲击出嘀嘀嗒嗒的叫卖调。那么三几下，大人小孩便不断地围拢过来。

看到人圈渐大，人气渐浓，他们即端起准备好的作料，用汤匙居高临下地一点点从碗里刮进锅中，那动作被观众喻为“天女散花”。一瞬间，拿了长勺子向锅面一搪，密集的小粑仔便浮了上来打着漩涡，只见那一颗颗小粑仔都是中间圆胀两头尖，整齐划一得竟似机器压出来的一模一样。这时，吃客们的小铜钱就不断地掉进他俩的木箱子里。

每到夜半时分，还有楼上的麻雀友不停地吊下盛了铜钱的小筐，把一碗碗糖水拉上去。这兄弟二人，不仅大薯粑仔是他们的拿手好戏，精制芝麻糊也是技高一筹，总是比别人做的显得香腻油滑，尤其是那打藕粉膏的功夫，更是他们的成名之作。只见他俩在小碗里调好生藕粉之后，左手捧碗，右手高高地提起喷着热气的长嘴壶，将一百摄氏度以上的白糖水向碗中冲下去，然后用瓷匙使劲地、急速地搅动，只要十秒钟，便可用瓷匙把一碗熟藕粉膏悬空粘起。这个动作，观众也给了一个美号，叫作“福鼠飞天”。随后，再以三个手指抓着事先煮开了花的薏仁和芡实向碗中一撒，便成了香甜可口的上品。这打藕粉膏的杰作，竟似一场令人目不暇给的杂耍，从而博得吃客们一阵阵掌声。

由于临哥和本哥这一手绝活，到他们的糖水摊前，又有好听的，又有好看的，又有好吃的，所以二三十年

鱼炸、蚝炸

来，每晚总是卖得锅空钵净，哼着“得胜令”收摊返家。

“糖水临”“糖水本”之外，十字街还有两位十分了得的人物——“鱼炸成”和“蚝炸盛”。多少年来，小城十字街的美食，首推鲜鱼炸和鲜蚝炸。偶然一次吃，嘴角永留香，因而闻名遐迩，内外称誉。

这两位祖传“炸手”，是行内的领军人物。据推介，他们的秘诀，在于只求色、香、脆，不求赚大利。他们忠于祖传，处处认真，炸前、炸中、炸后层层做到绝好。开火之前，鱼料必选上等新鲜麻胶鳝，蚝料必选久负盛誉的莲头蚝，漂洗后放进通花竹筐中晾去余水。粉料必用自筛的上等香油粘米粉，放进沙钵里慢慢兑水调至适用的稠度，然后加入早已制好的熟粉，搅拌成熟生相参的粉浆，用勺子舀起高举平胸，让其慢慢下泻，检验确认成了“老鼠尾”，才算达标。再说用油，必是头次投炸的靓花生油。用锅，必要一早清洗抹干，不允许有半滴生水。油下锅猛火烧滚，然后用尺五寸长的竹筷（蚝用勺）将鱼放进粉浆里浆匀，夹进油锅再补上边粉，文火炸至熟透，夹出放在锅面的铁丝网上沥干余油，这样做出来的货色是绝对的嫩黄、外脆、里软、鲜香，色味俱胜。据说二位叔叔的秘密都在于生粉和熟粉的比例搭配上。

成叔和盛叔不但有一手好炸艺，而且还有一套独特的吃经：“矮脚条凳蹲猫身，小瓦煲儿白酒尝；微温慢嚼享真味，脆粉鱼蚝嘴留香。”这种吃法，才是懂得特色的享受。难怪有人说，十字街承传着特色吃文化。四面八方的一些人来到十字街，都是为了尝尝“炸”。从这种势头来看，这香喷喷的“炸”，肯定会永世炸下去，而不会进入博物馆。

# 老人讲鬼

旧时的小城人，每每有遭遇着鬼的困惑，又每每自我排解这种困惑。因此，讲鬼，也就成了小城人的日常话题，尤其是七月十四日“鬼仔节”的前后。

小城的讲鬼，往往是讲者煞有介事，听者毛骨悚然。

今日，这处有人说：某年某月某日，某人家中闹鬼，日夜不得安宁。吃饭时，鬼把沙子撒入饭菜，睡觉时三更半夜屋梁上有鬼在呻吟。某人只好去请法术高强的道士来家中跳鬼，又吹牛角又打钹，又舞宝剑又念咒，三天三夜才把鬼捉了。

明天，那处又有人说：某年某月某日，某人出门去探亲戚，回来时已是二更，路过丘陵的荆棘丛，忽然，乌云遮了淡月，旷野刮起阴风，一个半天高的鬼影在他面前一掠而过，他吓得打了个寒噤，浸了身冷汗，跌跌撞撞回到家里，即刻口吐白沫，昏倒在地。家人魂飞魄散地急急在街上请来一位医术了得的“西行佬”施法治鬼。这些西行佬，脸面黝黑，白布缠头，脚踏草鞋，腿扎脚绑，肩上背着两头袋，胸前一头装些口粮银两之类，背后装了一袋的小刀、小叉、小枪、小戟，手敲小锣，口吹尖哨，人见了都害怕。只见他一入门，便在昏迷者的脸上又是吹气又是吐唾沫，还在背上重重踩了一脚，再摸出小叉、小戟，刺了人中刺太阳，刺了太阳刺涌泉，又念了半天的咒语，才把附在身上的鬼赶走。

小城讲鬼的权威，是东门街的烈爵晚翁，许多人都听他讲过三个鬼：东门头当铺的鬼最可怕，不但迷人，还会偷枪。

一夜，天寒水冻，轮到巡夜员李甲巡值。他披了一身大棉袄，拖了一支七九枪，从三楼巡到一楼，从一楼巡到三楼。平日比较懒惰的他，听到钟鼓楼远远传过来的三更鼓，那宽阔的当铺大堂在黑暗中吹来一股阴风，那盏竹笋灯微弱的光照得影影绰绰，一阵睡意忽然袭来，迷迷糊糊眼也睁不开了，他不知不觉地把枪挨在腿边，头一歪，就在睡椅上进入了梦乡。睡着睡着，忽然肩膀上重重地挨了一巴掌，他迷惘中伸手一挲，猛然摸到了一只冰凉的手，他一下惊醒，睁眼看时，一个蓬头散发、身披黑袍的鬼影就在面前，他急忙去摸枪，枪已不知去向，他的脑子嗡一下清醒起来，鬼影也早已消失。这时，他背脊一阵阵地起着鸡皮疙瘩。惊魂未定，四处去找枪，到了三楼，枪却倚在门角后的阴黑处。他竖起耳朵，夜依旧静悄悄，他全身颤抖着待到鸡啼东方白。

当铺闹鬼，伙计们半信半疑地嚷嚷了一个月，才平静了下来，眼见没有什么动静，人们的情绪又放松了。

又一夜，轮到平日最大胆的张乙巡值。他不信鬼，巡夜时常常一半醒着一半睡。每到他巡夜，第二天总是要在人前谈一番："昨夜平平静静，鬼怎敢欺到我张乙头上！"这一夜，他如常地要睡觉了，把枪扶在手上就发出了一阵鼻鼾。谁料，他又同李甲那样，遇见了鬼，那鬼也只是晃了一阵就悄然消失，但他的枪却放在二楼的门角后，吓得他出了一身冷汗。第二天，想到鬼还不太为难他，又神气起来了。在同事们的面前，他大讲特讲昨晚同鬼的战斗："那鬼蓬着头散着发，披着二丈长的黑袍，闪着两只蓝蓝的大眼睛，那红舌头伸出有一尺长，一跳一跳地向我扑过来，我站稳了马架用尽周身力气一拳打过去，那鬼噫的一声肯定是被打伤了。我拿起枪正想扳栓，鬼已经随风飘散了。"这一下，伙计们个个失胆，人人惊心，都说当铺的兴旺，要靠张乙这位打鬼英雄。

过了一段时间，轮到心细脑清又熟功夫的黄五巡值。到了四更天，还没有什么动静，他想，李甲、张乙都可能是在睡中遇鬼，我来个诈睡如何？他瞌起眼睛约半个时辰，那鬼又来拍肩膀了，他一弹身使出个擒拿术，这回，鬼挣扎着脱不了身，只好说话了："黄五哥，不要紧张啊，今晚的事不得声张。"黄五定睛一看，啊！是当铺的师爷。

第二天，当铺老板的副手杀鸡请李甲和张乙吃饭喝酒，鸡屁股朝向两个见鬼的巡夜员。人们立即就知道，要开锅炒鱿鱼了。黄五呢，他接了师爷悄悄塞给他的大红包。东门当铺从此平静了下来。这是晚翁讲的第一个鬼。

晚翁讲的第二个鬼，是撒沙鬼。赵道士青年时就接受高人指点，学得人皆共知的捉鬼术。一夜，从城里捉鬼归来，沿途要走过东门校场三里长的牛车巷。这条牛车巷就似深沟，两边都是密集的簕行林，多少年来，老百姓都说这条路有撒沙鬼，很可怕。赵道士趿着一双布鞋，颈项挂了只牛角，手中拿着铜钹和打鬼杖，身上的道袍还未褪下。这晚月光蒙蒙迷迷，不时出现的阴霾把牛车巷变成一条黑巷。捉了一天的鬼，弄得相当疲惫了的赵道士，一脚高一脚低向村子走去。忽然，黑暗的竹林里一阵沙子撒了过来，“噫，撒沙鬼来了！”他急急吹响了赶鬼牛角，同时加快了步伐，谁料更多的沙子又撒了过来。赵道士觉得这鬼已有了一定的道行，不怕牛角响了。他又拿起铜钹不停地打了起来，脚步也由快变跑了。要命的是，越跑得快，沙子越撒得密。这时赵道士已魂不守舍，远远看见路头铺的灯光，他飞跑着一头撞了进去，关起门来．口里还在喊着：“鬼——鬼啊！”这时，人们看见赵道士已经脸青面黄，上气不接下气，牛角、铜钹、打鬼杖都不知去向，而他的布鞋里，却装满了鬼的沙子。

晚翁讲的第三个鬼更吓人。小城北门头外，是处决人犯之所，那里，停放着收了尸还未入土的五口棺材。一天，几位后生仔打赌，看谁的胆最大，办法是买五只馒头，夜里，每口棺材面放上一只，说一声，“畀（给）个你！”自称胆子最大的一位报了名。这一夜，棺材地里阴气森森，冷风阵阵，大胆仔摸黑走到棺材边，给第一口棺材放上第一只馒头，说声“畀个你！”跟着连续放了过去，“畀个你！”“畀个你！”当放到第五口的时候，突然棺材面板竖了起来，死尸跟着也坐了起来，猛伸手大声说“畀个我！”这突如其来的惊吓，令大胆仔翻身打了个筋斗，一头栽在地上，再也起不来了。讲完这第三个鬼的时候，烈爵晚翁严肃地说：“鬼吓人，不死人，人吓人，吓死人。”

小城人讲鬼，烈爵晚翁最能讲到深处讲得到底，讲得实在，讲白了鬼文化。烈爵晚翁如果活到现今，恐怕是一百二十岁了。他的讲鬼，岂不是七月十四“鬼仔节”最经典的解读么？

# 后　记

感激慧谋，感谢慧谋。

与文学沾身的人，有什么比“出书”更兴奋的呢？

《小城旧事》快要“出书”时，恰好慧谋来我家看我，就请他写些文字。为什么请他写？因为我喜欢慧谋的文字。他的文字，似个乡间耕者，实在得可爱，有文学味人情味得可爱。我家有一个与文学相关的卷宗，其中有一叠文字，我题了个款，名叫《慧谋文萃》。平时我见慧谋的文字必收集，久而久之，成了专卷。

《小城旧事》的出版，放在心上十多年了。经常有故乡的人问起，什么时候能出书。乡人有这个愿望，我十二分地感动。这本有纪实文学色彩的书，源于当年在《茂名文苑》工作的慧谋。那时他负责审编这本文学专刊，是他把《小城旧事》的初稿在杂志上连续刊发。因此说起来，现在能成书，慧谋是第一个鼓励者，首先要感谢他。

现在，我几次读慧谋写的《吴老与他的“小城旧事”》，有些话真使我铭心刻骨，例如“父母不在，吴老伍姨在，就有父母般的亲情温情在”这句。读到这里，我忽然想起唐时李白有诗云“桃花潭水深千尺”，脑子里不禁泛出一句：“不及慧谋此时情”。李白写“不及汪伦送我情”下笔时未免有点造作，而慧谋现在下笔时是真情实感。我读了慧谋这段文字，真是心跳加快，老泪快要夺眶而出了。而慧谋也有出自肺腑的感受，他说这是一种“缘分”，是“上天赐的”。读到此处，我真想喊出：“感激慧谋！”从这些描述，可感受慧谋文字的力度、厚度、深度和穿透力。正所谓“感人至深”，此处还能找到其他什么形容词吗？

# 附录：吴老与他的“小城旧事”

张慧谋

吴老的“小城旧事”系列散文是在旧市委大院石米楼开笔的。

那时我在《茂名文苑》当主编，想起吴老满脑子的小城故事，就去了他的石米楼，向吴老约稿，开设“小城旧事”专栏。石米楼其实是吴老自己起的，每逢有新作而必署的雅号，他住的这栋“石米楼”，其实是市委的“高干楼”，围墙外是春苑公园，池水和绿树尽收眼底。

在楼下按响他家门铃，总是吴老的老伴伍姨应声，一回两回熟了，我与二位长者老乡相处得像家人一样。后来吴老一家搬迁到别处，离开石米楼，离我家更近了。每当吴老“小城旧事”新作脱稿，我必去他家拿稿并讨茶吃。吴老家的茶是好茶，好茶自然是好茶，但好茶常常招来一帮晚辈趁我来吴老家取稿之机，结伴一起来吴老家蹭茶吃，然后开心，嘻嘻哈哈，笑声满堂，那真是人生一大快事。

吴老人缘好，伍姨大大的热情，视我如亲人，后来我就改口叫伍姨“老妈”，这又多了一份母子情，尤其是我娘走后，见到伍姨就真的像见到亲娘一样亲。吴老呢，每见我们来，乐得像个老顽童，煮水，洗茶具，泡茶，又都是家里上好的茶。我们几个晚辈就围坐在茶台边，等着吴老提着茶盅给我们分茶。伍姨又不知从哪处柜角弄出一堆好吃的摆上来。我们都成了二老呵护的幸福晚辈。每次拿到吴老的手稿，兴趣来了，同来讨茶吃的晚辈，都即兴朗读其中片段。好文加上好声音，也就是声情并茂、文采斐然了。

吴老是小城人，与我父亲同代，比我父亲长两岁。我父亲走得早，见了吴老，自然有父辈的代入感。吴老官至正厅，离休后享受副省级待遇，在小城，也是第一人了。可说到底，虽在官场，吴老却一身文人气，离休这么多年，他算是重操“旧业”了，研究冼夫人，写文章，事书法，养兰种花，无一不精，晚年生活过得有诗意且充实。

小城东街人民公园对面的那道巷子，我十多岁时随几位书法爱好者去过那里。记得是春节后某天，天气寒冷下着小雨，我们来到一户人家的家门外，欣赏着这户人家的春联。这户人家，就是吴老的旧居，春联是吴老写的。当时吴老未能称老，与我父亲年龄相仿，正当中年吧。可他的书法，早已成为小城人口头的传奇，与同是小城书法家的陈光宗驰名并列。在我们晚辈心中，他们二位是神，是小城的骄傲。

吴老夫妇与张慧谋（右）合影

吴老是文人，大文人，在茂名，人称文化泰斗，一点不虚，是实实在在的文化泰斗。他花了几十年时间研究冼夫人，编撰冼夫人史料百余万字。他写革命烈士朱也赤，写电白造林史，写香女河，真可谓著作等身。每次听吴老讲述小城旧事，如临其境，听完一则又缠着他讲下去，讲着讲着，他得意，我们忘形，好像吴老讲的不是陈年旧事，是发生在我们身边的近事。其实，那些旧事，真的很旧很遥远了。

吴老是书家，大书家，宣纸风云，笔走龙蛇。怀素、张旭、沈鹏三者的神韵精髓，都在吴老笔底重现，加之个人修为，他的字也就成了众人青睐的墨宝。听吴老说，他早年还治印写生，少年时师从名家，这些都是吴老对传统文化的传承，才有如此厚积薄发、挥洒自如的艺术表现力。

吴老儒雅、温厚、善良，呵护晚辈，视如己出。原本官至正厅，在当地门槛也算高了，换了别人，也就真的有点高高在上了。可吴老，你怎么看也看不出官架子，不但没看出官架子，与晚辈相处，人人都成了他的忘年交，没半点隔阂，没半点官气，没半句假话，甚至没半点长者的威严，慈眉善眼好心肠，真像个宽怀大度的活佛。

吴老的“小城旧事”，经我编发的也有好些篇什了，短则三四千字，长则万字，故人、旧境、旧时、旧事，如一辑辑黑白连环画，看似在记流水账，实则是在演绎着小城的几百年历史。吴老的文字是大白话，偶尔来几句抒情。这些大白话都是实话，写史，写事，写人，写他的个人经历，读来真实、亲切、栩栩如生。

我卸任主编后，吴老的“小城旧事”又在家乡的《滨海文艺》再续，每出新刊，必有读者追着看吴老的“小城旧事”，又必有人在议论，吴老写的这些旧事，让读者认识神电卫这座古城，“相遇”小城里的故人旧事旧时光。这些旧事，吴老装在心里几十年了，这些年，他像掏陈年老谷似的，化成笔下文字，给后人留下小城文脉，留下一部鲜为人知的小城史，真是功德无量。

吴老的《小城旧事》即将付梓之际，中秋节这天去看望吴老时，吴老嘱我给他的书写些话，我也就写了。我说，吴老德高望重，著作等身，我的小文只能附在《小城旧事》篇后，权当晚辈对吴老“小城旧事”的一些印象闲谈。不足之处，请吴老见谅包涵。还有几句话想说，吴老做这件事，是对历史负责，对小城人文的拯救，我打从内心敬佩和热爱。热爱吴老的一字一句，故事里的一点一滴，历史长河中的瞬间和亘古，都是从吴老的文字中和他的修为里获得的。作为晚辈，对吴老，我深深地感恩和致谢。此生遇上吴老和伍姨二位好人、长辈，足矣，这也是我的福气和缘分，上天赐的，我要好好珍惜，铭记于心，永生难忘。父母不在，吴老伍姨在，就有父母般的亲情温情在。谢谢二老，感恩你们。相信每个小城人都会感激你们，因为吴老的笔，因为伍姨相伴在吴老身边，才有如此精彩的小城旧事，才有小城文脉的延续和记忆。

“小城旧事”背后的这位老人，吴老，他同样是小城故事中的杰出人物。我在一篇文章里说过，吴老（兆奇）和陈老（光宗）这样杰出的人物，可遇不可求，是小城数百年一遇的杰出人才。他们的艺术造诣之高，使后人有高山仰止之感。

壬寅年农历八月十七于小舍南窗下

辑二

# 城里城外

张慧谋 著

# 小城简史

## 城之初

白石坡。地名，别的无从考究。

《电白县志》[1]（中华书局，二〇〇〇年版）载：

> 洪武二十四年（1391），是年，都指挥使花茂奏请在广东沿海设神电、广海、碣石等十五卫（旧志载为二十四卫）。神电卫卫所设在电白县白石坡（今电城镇），管辖九个千户所：县外有高州、信宜、双鱼（阳江）、宁川（吴川）四所；县内有左、右、中、前、后五所。后所调防阳春，称阳春千户所。

洪武二十四年，六百二十五年前，那时是明朝，朱元璋的天下。

① 除非另作说明，本文引用的《电白县志》主要是指该版本，引文用楷体标示。

神电卫海边风景

奏请在广东沿海设神电卫的花茂大人，着实做了件大好事。花茂大人是位指挥使，军人，卫所一级最高军事长官。没有他的这个奏请，就没有神电卫，就没有后来的小城，白石坡依然是白石坡。

之前的白石坡，荒野一片，北边傍着原始森林茂密、山涧飞瀑如注的庄山，南边是盐碱地、滩涂、大海。

在白石坡建神电卫卫所是洪武二十四年。初时是土城，三年后重修，城墙才换土为石。城中没有居民，只有镇守海防的官兵，整座城池几乎都是空的，除了驻扎城中官兵们栖身的简陋营房、哨台，也许就再也没有别的建筑物了。

镇守城中的士兵，能听见城北庄山瀑布的鸣响，听见城南海浪扑岸的潮声，有时也有从山中密林窜出的虎豹光临城门，总之，边戍军人的生活是十分枯燥清苦的。

至于电白县名的来由，是否与白石坡有关，不得而知。民间有一说法，说县境内有个龙须潭，潭边的龙须草被触犯了，就会引发电闪雷鸣，电白县名由此而产生。我认为不可信，这个故事太神奇了，且无依据。

当然，电白县名与白石坡也不会有太密切的关系。尽管城西南数里有白蕉岭、白蕉村，城西北有白花岭、白石子村等等，我想也仅仅是巧合而已。

但不管怎么样，六百多年前，白石坡上便有了一座土城。当初建城的士兵去了哪？听长辈们说，城建成后，老兵退役了，来自中原的他们，北望家乡千里迢迢，加上战乱，他们干脆在当地定居，县志里也是这么说的。

## 屯田复耕

宣德七年（1432）秋，神电卫等卫所屯田复耕。

宣德七年，仍然是朱家天下。当时的皇帝是明宣宗朱瞻基，朱元璋的曾孙，整个明朝，他算是位比较贤德的皇帝。虽然在位仅有十年，终年三十八岁，但在当时，他有过不少改革创新之举。例如他发动有史以来最大的扫黄运动，下令查封北京等一批大城市的妓院，废除原有的官妓制度，禁止官员携妓宿娼。

其次是发展农业生产，他推行垦荒政策，屯田复耕。这位年轻的皇帝，他兴致盎然时，还取来农民耕田的农具，亲自犁地。他曾有过“坐皇宫九重，思田里三农”的亲民情怀，可惜他太多的理想没有实现，就英年早逝了。

县志里说的“神电卫所屯田复耕”，大概就是朱瞻基皇帝在位时推行的一项“三农”政策。所不同的是，神电卫“屯田复耕”者都是士兵，类似近代的“军垦”。

有时走在城南村边的田地上，会想起这些“屯田复耕”的士兵来，甚至说，连田基都没多大变动，沿袭拓荒初时的模样。

宣德七年秋天，周边无战事，尚且平安。城中士兵扛着工具走出城门，在周边野地拓荒屯田。

烈日之下，士兵们汗流浃背，一锄一锹地开垦出一块块田地，开春种下谷物，夏天便有了收成。

他们收获的粮食，部分自给，剩余作为“公粮”上缴国库。也只有朱瞻基皇帝在位时，才会看到这番体察民情的大好光景。

## 老县城

成化三年（1467）九月，电白县治所迁神电卫城（今电城镇）。巡抚都御史韩雍奏议称：“高州府电白县城内居民仅三五十家，瘴疠毒甚，岁调守官军十亡四五，损军费粮，其所治德善、上下保宁三乡皆滨于海，而神电卫城适当县中。请以电白县移神电卫城，而以茂名县地下博乡隶之。其旧城则置原设平山巡检司，居守山乡。附郭等里，改属茂名。”

读着这段历史，从成化三年算起，至今已有五百四十九年。这座当年的小城，也算是老县城了，尽管县城后来搬迁别处又过去六十余年，但它依旧是老县城的一处遗址。

城墙，城门，城垛，护城河，十字街，那些纵横交错的巷子，十字街心的钟鼓楼，四宫六庙，电阳试院，文昌阁，参将府，望海楼，三十六口池塘，大河沟，小河沟，水关，等等，依然在长一辈人的记忆里。说起这些旧事，这些老人总是神采飞扬，脸上泛光。他们曾经享受过这座老县城的一切，不像我，总是在他们的叙述里，“看见”这座老县城，顶多从县志极有限的文字中，虚构着旧城的模样。

老县城并不奢华，街面窄窄的，铺着三块青石板条的街心，据说只有城里有身份的人，才有资格走在街心上。老街两侧是清一色的骑楼，行人多从骑楼底下穿过，既避日晒，又避风雨。

街区功能分明：东街（旧时称承恩街）有县署、卫署、预备仓署、儒学、明伦堂、文庙、教谕署、莲峰书院等；西街（武安大街）有察院行署、布政分司署、按察分司署、志学书院等；南街（永宁大街）有神电仓署、社学、五显庙等；北街（长乐大街）有参将府署、守备司署、北帝庙、城隍庙、冼夫人庙、雨香庵、三官堂、广生书院等。

市井也极尽繁华热闹，街内商户摆卖山珍海味、丝绸布匹、奇货特产等，应有尽有。如本地的葛布、棉布、麻布、蕉布，外地的棉绸、蚕丝、生丝绢，还有海参、鱼翅、鱼胶、虎皮、豹皮、鲨鱼皮、鲸皮等，以及药材和土特产。

水产品和海盐是热门商品，交易量最大。县志载："军妇贸易充溢圩市，盐妇担负络绎道途"。

那个时代，城里的军属都热衷于经商，村妇都充当挑夫挑盐进城，足见城中贸易繁荣的一面。

话说回来，要不是旧县城屡遭瑶民骚扰，周边环境恶劣，"瘴疠毒甚，岁调守官军十亡四五"，"城内居民仅三五十家"，相信巡抚都御史韩雍大人也不可能有将县城迁至神电卫的想法。当然，神电卫有它的地理优势，三面环山，南面向海，县治设于此，也的确避免了不少内忧外患。

## 市舶贸易

嘉靖元年（1522），是年，葡萄牙商人被从广州逐至电白港，遂在此互市。

嘉靖十四年（1535）是年，明政府将市舶提举司（管理检查出入海港船舶的官署）迁移于濠镜（今澳门）。明正德十二年（1517），暹罗（泰国）、占城（越南）、爪哇（印度尼西亚）、琉球（琉球群岛）、勃尼（印度尼西亚的加里曼丹岛）、佛朗机（葡萄牙）诸国商人曾一度在电白港进行“市舶贸易”。广州市舶提举司于正德年间迁于电白。（据《明史》《明实录》相关资料）

在我的记忆里，外公家门外的小码头，村边的海湾，几乎占据了我整个童年的画面。这个地方，不是别处，而是我的出生地，城南郊外的一个临海小村庄。

村子南边是海，港尾的海水大潮时常常会漫过村前的小码头。小时去外公家，常常到小码头去玩水，抓那些爬行在海堤石头上面的小螃蟹。小码头离外公家院门不足二百米，明清时，这里就是小商埠。埠外的那片海，也就是县志里说的“嘉靖元年（1522），葡萄牙商人被从广州逐至电白港，遂在此互市”的那片辽阔的海域。

到了嘉靖十四年（1535），这片海域上的“市舶贸易”，就更加活跃热闹起来了。前来做生意的商船，在电白港洋面上往返穿梭，它们都是来自泰国、越南、印度尼西亚、日本、葡萄牙等国家的船只。不同肤色，不同语言，当地人如何与外国人做交易？实在是件费人思量的事情。

“市舶贸易”，简单地说，就是国内商人与外国人在海上“互市”的一种贸易行当。唐玄宗时，就已有“市舶使”一职。宋、元及明初，不少沿海口岸都设有“市舶司”机构，相当于现时的海关。

读县志时发现，明正德年间（1505—1521），广州市舶提举司曾迁于电白。也就是说，电白城里（今电城镇内）曾经是广州市舶司（海关）的所在地。

我懂事时，小码头旧址还在，其原有功能基本没有了，只作停泊“疍家艇”、本地船只装卸货物之用。

至今乡人仍然叫雨伞为“洋伞”，铁钉为“洋钉”，煤油为“火水”，煤油灯为“火水灯”，地瓜为“番莳”，菠萝为“番菠萝”，等等，这些叫法，恐怕与电白港与外国商人“互市”时代的一些商业流行语多少有些内在联系。

## 参将府兵变

隆庆三年（1569）正月，参将府兵叛乱。驻守电白的府兵多为浙江兵，纪律涣散，常骚扰城中居民。十四日夜，府兵乘元宵观灯之机，殴打员生，奸淫妇女。次日，府兵鸣锣呐喊，沿街抢掠而出，西关一带被劫一空。城中居民只好在街巷口立木栅自卫。十九日，府兵将南街口的闸门全部拆毁，街内各商店货物、财产被府兵洗劫殆尽。后又攻打兴贤街及黑家巷的闸门，但久攻不破，不少府兵受伤。二十三日，城中居民义愤填膺，准备反击。府兵惧而散去，有的投降，有的窜入山中为寇。

丙申年元宵刚过没几天，隔着四百余年时空读着这段文字，觉得浑身肌肉都在收紧，不寒而栗。

穆宗在位时，天下还算太平，历史上对他评价颇高，说他是位“宽仁大度，勤俭爱民，留心边陲之事”“端拱寡营，躬行俭约”的明主。神电卫城参将府兵叛乱事件，与这位皇帝实在没太大关系，岭南京城遥隔千里，毕竟是鞭长莫及，山高皇帝远。

县志里所说的参将府，旧址就在电白城北街（旧时称长乐大街）。我有位中学同学，他家就住在参将府老宅里。我去过他家，整座老宅气度非凡，一进正门就觉得有股森严之气，四檐下的大天井足有个乡间晒谷场般大，而且过了厅堂，里面还有一个面积一样大小的天井，厅堂高旷，廊柱挺立。如此奢华的大屋，让我看得目瞪口呆。这家主人未必知道他们家原本就是旧时的参将府，更不可能知道，这座大屋里曾经发生过一场惊心动魄的兵变。

透过字里行间，我脑子里“还原”着这段历史的某些场面：元宵前夕，趁参将府主人外出观赏元宵花灯，蓄谋已久的府兵吃饱喝足，借着几分酒意，拔剑持械冲出参将府，沿街抢掠，大开杀戒。他们一路抄家劫舍，殴打员生，奸淫妇女，扰乱街坊，连参将府官员也无回击之力，只好带上家眷仓皇出逃。

次日，府兵又鸣锣呐喊，沿街洗劫，毁城门，砸商铺，无恶不作，逼得居民无退避余地，众人义愤填膺，奋起反击。这时，府兵如同散沙，一败涂地，或投降，或奔命，部分残兵窜入山中为寇。

这场兵变，两败俱伤，在旧县志里留下一段抹不掉的惨重历史。

## 血洗卫城

参将府兵变事隔两年后，即隆庆五年（1571），兵、寇狼狈为奸，再度攻陷卫城。是年十二月，在城外潜伏的倭寇对卫城发起总攻。

> 是月二日，倭寇二百余人自阳江双鱼登岸后潜伏于电白庄垌。城中虽有传闻，但知县等官员却不作防备。三日，有人报告说，倭寇捆缚长梯，准备攻城，城中官员还是不信。是夜，倭寇从东北、西北卷杀入城，知县蒋晓和指挥范震、李日乔、张大成，千户王朝等官员争相弃城逃命。指挥张韬（电白人）仓促应敌，终因寡不敌众，力战而死。十三日，又有倭寇三百余人自太平而来，与原来的倭寇一起驻扎在城

内，日夜掳掠附近乡村。二十三日，倭寇大肆屠杀城内军民，抢劫财物，焚烧民房，被惨杀者达三千八百多人，妇女被奸淫或投井、自缢而死者不计其数。

这场惨案中，城内军民死伤过半，遗骸遍地，惨不忍睹，小城几近一座残民寥落、了无生气的死寂之城。

隆庆六年（1572）正月，兵巡李材督兵自肇庆至电白，处理善后。李材至电白时，城内遗骸遍地，室庐煨烬，残民寥落，场面惨不忍睹。李材遂捐俸银二十两，命典史王策收殓埋葬，并立碑以训诫后人。碑文曰："惟兹电白，城高池深，典守弛备，殃及斯民，遗骸满街，是谁之咎？葬埋插石，用惩厥后。"其时，城中不法之徒乘机劫掠，人心恐惧，李材多方慰抚民众，严厉制裁抢劫者，城内才稍安。后又报请知府吴国伦拨银二千两赈济残民。参将黑孟阳按兵不发，定罪遣戍；奉命来援的肇庆府同知郭文通不但不救援，还虚报战功，也被斥罢。

这是四百多年前发生在小城惨绝人寰的一场血腥大屠杀，重读旧文，惨杀无辜的场面，仿佛历历在目。

# 城外的河

成化五年（1469），是年，巡道陶鲁主持疏浚电城河。该河在城西二里，与海道开通后，船五日可达广州。

这很可能是神电卫城最早疏浚拓宽的一条河流，或者说，一段人工运河。它起源于城北山脉，下游通海，出海口在今电白博贺港。

成化五年，这位叫陶鲁的巡道官，主持疏浚电城河工程。该河在城西二里，按理说来，城西二里仅有一条河流，即现今的大桥河。“电城河”之称谓，也只有在县志里有所记载。一直都没人知晓，大桥河前身大概就是电城河。

据县志说，电城河疏浚后，可通商船，从神电卫至广州，五天可达，这在明朝，也算得上是最为快捷的水上交通。由此可见，当时的神电卫，不仅是边戍军事要地，同时也是岭南西部一处较为繁华的贸易集市。

万历三十二年（1604），知县林梦琦引浴龙河（电城西二里，源于庄山）之水入护城河，绕城南，与城东河汇合，经莲头出海。同时还于河上建造飞鲤桥。

这里说的浴龙河，是否与电城河是同一河？值得考究。县志里表述这两条不同称谓的河流，距离是一致的，都在城西二里外，而且，其源头都是来自城北山脉。

搁下这些疑问姑且不谈，我的兴趣点放在引浴龙河之水入护城河，绕城南，与城东河汇合，经莲头出海。

我老家就在城南外，护城河边，打小就看着护城河水长大，在河里摸过鱼虾，捞过金鱼草，也摘过水浮莲叶喂猪。但我一直不知道，旧时的护城河水，是从浴龙河引进的，而且经此东行，与城东的河汇合，经莲头港出海。莲头港外，海无边际，再远就是当地人所说的“公海”了。

至于河上的飞鲤桥，全然不知，那是明朝的事儿了。

## 关于盐

海盐于我，再也熟悉不过，每天都吃它，小时候趁海，盐田是必经之路。

我所说的盐田，就是旧时的南厂。南厂这个地名，很早就在县志里出现过，它是个产盐的地方，在城南郊外，我老家村边。

盐田面积颇大，一马平川，东西走向，横跨海岸线足有二三十里。

南厂产的盐，不仅供应本地，在清代至民国期间，其销路辐射湖南、江西、安徽等内地省份。

据县志载：每日前来南门头港（我老家村外的港口）运盐的船只，数量之多难计其数，港面桅樯林立，挑盐村夫络绎不绝，来回于乡道。

读县志得知："乾隆三年（1738）五月，置电茂场大使、盐课司于电白，总理茂名县和电白县之博茂场盐务。"

"乾隆二十一年（1756），是年，电白县制盐技术大改革，开始筑修生盐田。初计划筑六百一十一坵，至嘉庆四年，实际筑成六百二十九坵。逐渐改灶制熟盐为坵晒生盐晒沙为晒水，盐产量大增。"

这是当地盐业史一个小小的缩影。

从这两则史料中，可以弄清几个问题：

一、二百七十八年前，电白县城已设置电茂场大使、盐课司。盐课司相当于现在的盐务局，但它的权力又不止于管盐，还负责征收盐税等，权力非常大。所以明朝官员亲属是不得经营盐生意的，盐税不仅是明清时国家经济的命脉，也是最容易滋生权钱交易的。

这使我想起一件事情。有次去看一片荒落多年的古宅，里面虽无人居住，但从建筑面积和结构看，残墙断壁间，依然透出一种昔日的奢华。这片老宅的主人，在清末就当过电茂场大使（掌控地方盐业大权的官员）。不能说明这些建屋的钱是灰色收入，至少说明"盐务大使"是个肥缺。

二、乾隆二十一年（1756），电白制盐技术已全面改革，我老家南厂一带盐田，这时已开始修筑生盐田（用海水晒生盐），不仅产量大增，盐质也好。

三、县志里说，至嘉庆四年（1799），实际筑成六百二十九墉，逐渐改灶制熟盐为墉晒生盐，晒沙为晒水。这里说的“灶制熟盐”，就是上古时代夙沙氏发明的“煮海为盐”法，这种垒灶煮盐法在宋、元时依然盛行。用柴火煮沸蒸发海水取盐，产量非常之低。

关键是，城西南数里，海边有个“盐灶村”，可以断定，这村子无疑是宋、明时期的一处“煮海为盐”的遗址，一直没人对它做过论证考究。以“盐灶”命名的村庄，广东沿海一带及海南岛仍有不少。

## 小城那场春雪

读旧县志时发现一个词条：同治元年，春，下雪。

这七个汉字，像磁铁般粘住我的目光，思维一下子难以从故纸里走出来，我陷入了无边的想象。

同治元年，即一八六二年，也是清政府被迫与沙俄签订《中俄陆路通商章程》那年，距今一个多世纪。那时的小城，是县衙所在地，城边垒起高高的城墙，护城河水将小城的四周绕过一圈，城中有十字街、钟鼓楼，街道直通四个城门，窄窄的街面铺着清一色的石板条，街道两侧是矮矮的骑楼，典型的小方城。

小城早期是神电卫，抵抗倭寇的兵营，也就是现时镇守边疆的边防哨所。雍正三年（1725），撤神电卫，城仍为县治所。小城的历史有过太多的战事和沧桑，姑且不去说它。

倒是同治元年春天，小城下的那场雪，让我想入非非。

雪后的小城一派静美。积雪覆盖着街面的青石板条，也许有盈尺深，城墙垛上的雪很白，泛着幽幽青光，护城河面结着薄薄的冰块。城里人足不出户，他们一家老小，围坐在装满木炭、冒着小烟的火盆边烤火取暖。

这场雪，如果是在北方，也就不足为奇了。可它偏偏下在南方边陲的小城里，就太不一样了。我查了当地气象史，除了同治元年春这场雪，再也没有任何关于下雪的记录。

这场雪对小城来说，是唯一的，也很可能是空前绝后的。

## 连下三夜流星雨

光绪十一年（1885）六月，下大雨，冰雹。

十一月二十一日，是夜始，连续三夜下陨石，密如阵雨。

光绪十二年（1886）夏，淫雨成灾，庄稼失收。

十一月二十七日，初昏，有流星自东北落向西南，赤红色，大如斗，映红半边天，其声震地。

这两则记录，都与流星有关。不像现时，城市里连星星都难得一见，更何况流星雨。小时在乡下，经常会在坡地里捡到“天星屎”（俗语，即陨石）。夜晚看见流星，在小时并不稀奇，都是司空见惯的事情。

光绪十一年十一月二十一日夜，小城的夜空开始下陨石，用现时的话说，就是下流星雨。这场陨石也下得够大，“密如阵雨”。而且，从是夜始，陨石连续下了三个晚上。

这一天象奇观，无疑吸引着所有小城居民，他们躲避在骑楼底下，或在窗口探出半个脸面，用惊奇的目光，注视着陨石从天而降，通体发光，“密如阵雨”。

他们也许会想，这天咋了？下起那么大的陨石雨？在他们这样想的时候，从天上落下来的陨石，砸得屋顶街面发出砰砰响声。人们开始惊恐。

天亮了，孩子们又通街地跑着去捡“天星屎”。

次年，也就是光绪十二年。是年夏季，淫雨成灾，庄稼颗粒无收。

奇就奇在隔年同一个月，次年十一月二十一日傍晚时分，有流星自东北落向西南，赤红色，大如斗，映红半边天，其声震地。

这一天象，使信奉神灵的小城人心里充满疑惑和揣测，他们无法知道，往后的日子将会发生什么？

## 流星雨后续

光绪十三年（1887）上半年，大旱，早稻失收。

八月初一，刮台风，拔起树木，摧毁房屋。

光绪十四年（1888）秋，全县发生瘟疫。

光绪十六年（1890），是年，多次发生地震。先于三月初一震，七月十五夜二更又震，黎明复震，九月十九日复大震。

这三年发生的事情，也许就是那场罕见陨石的后续。

## 骑　楼

骑楼是小城的耳朵，听风，听雨，听钟鼓楼的晨钟暮鼓。

六百余年，骑楼老了。即便老了，也还是骑楼。直到二十世纪七十年代某一天，骑楼再也撑不下去了，不是因为它老，而是人为要把它拆掉。

没了骑楼，就等于小城没了耳朵。小城聋了，不健全了，再也听不到风声、雨声、人声。

那时的小城多好啊！有耳朵的小城真好！小时跟大人去趁城（即到电城市区），都是屁颠屁颠地跟在大人身后，从骑楼底下走过。街上多毒的日头，多大的雨，也晒不着人，淋不着人。

骑楼是家家户户都有的，从门边儿伸出来，拱顶，有廊柱。骑楼下人家的小铺面，摆卖着各式各样的商品，吃的、用的、玩的都有，还有打银铺、染衣店、药店、裁缝店等等。

记得小时候去上学，早晨，整个小城的街道都是空的，小城的骑楼也是空的。偶有乡下人挑着尿桶从小街上走过，嘴里叫着：“有尿卖无？”声音拉得很长、很远。

至深夜，小城全都静下来了，黑下来了，街灯熄了，家家户户的窗口暗下来了，糖水铺也打烊了，此时的小城也就彻底安静下来了，人们在听着户外的虫子叫声进入梦乡。

古城骑楼

而小城的“耳朵”骑楼，依然醒着。它在听风、听雨、听虫子叫、听南门外的海浪声……

## 城　门

城门早已名存实亡。没了城门，城里城外的人，照旧叫它城门。

旧时的城门没见过，于是想，明朝的城门无外乎如此，在书里见过，电视里见过，或别处见过。

听一城里长者说，他父亲旧时老屋在城南上村，有时去老宅回城晚了，城门关了，就从城墙垛上翻墙回家。长者站在城河边菜地上与我说这些，然后他手指指着环城路的方向说：“就那个地方。”

其实那个地方再也看不到城墙，是挨着环城路边他的家，一幢二层小楼，墙边的那棵簕杜鹃盛开着，整片白墙都被影影绰绰的紫红色花朵遮住。

小时听邻居四伯公说过，民国时，城里抓了个山寨匪头，杀了，然后把头颅割下来，挂在城门上方，进城出城的人都能看到这颗鲜血淋淋的头颅。这还不算，还割下寨匪头的心肝，在城门边架起油锅开炸，进城出城的人都要尝尝，不吃者等同寨匪问罪。我问四伯公吃过不？他笑着说，那时他还小。

在我很小的时候，根本就不存在城门，只有四个街口。我家在南街口外，高高的坎头下面，拖着一段小公路，公路那端就是我们村子，叫“南门头”。

坎头两侧是护城河，一片河水连着两岸，长着很茂密的葵树和竹林，小时只觉得在竹林里捉迷藏好玩，不懂得这是一道很美的风景。

去年岁末回乡下，在南街口铺子买东西，见墙边堆着一堆老墙砖，上面刻有年号，没细看，大概是明清时的。于是合眼，瞬间那些旧时的城门城墙回来了。眼一睁，啥也没有，依旧是刚才所见的空空的南街口。

左看右看，一切如此陌生，怀疑起自己是否活错了年代。

2016年3月4日

# 小城词典

## 趁　城

小时常听父母说去趁城，那时我所理解的“趁城”，就是去城里买菜、买肉，节日时买鸡鸭，过年前去市面剪布料，做过年新衣，有时也会去药店执中药，却极少走亲访友。据我所知，西街除了“打锡伯”，黎百巷除了父亲的一位结拜兄弟，就再也没有亲朋好友了。所以父母趁城，基本是购物。城里演的戏，放的电影，父母也没看过一场，想想他们的日子过得真是单调。

我家在南门头下村，后来在我文章里叫“南村”，没别的意思，这样顺口。但原村名更有特色，地域性明显。也就是说，出了南街口，就是城门头，城门头再往下走，就是南门头下村了。

下村人去趁城，也不远。出村口，走过一段铺满煤渣扎脚的土公路，路东西两侧平整开阔，清一色水田。靠南城门外这段，路左右都是池塘，天后宫塘因天后宫而得

古城南门天后宫

名。这座天后宫，建于明末，至今也有四百余年历史了。庙还在，过去庙里有庙祝，打理庙堂里的事。前年回去，进天后宫看到一块老碑，却不见庙祝了。

村里人常来天后宫上香祭拜，前些年，庙前的戏台还演大戏，只是天后宫塘早就没有了，填平搭了个简易戏台。

下村人，包括南厂盐场总部的“同志”，过去趁城是必经天后宫的。十多岁时，那时农业学大寨，我还在庙墙上用“篱蔸根”蘸着石灰水写过标语。

父亲每天都去趁城，有时我也跟着去，但都是过年过节，父亲才让我跟着去提蔬菜。特别是过年过冬，父亲必买棵大大的黄芽白，让我托着跟着他走，买完别的菜才回家。那时的冬天特别寒冷，南街是冷冷清清的，临街人家有骑楼，全是砖瓦房，木门木窗板，古旧暮气，就像小人书连环画里的老城一个模样。

南街这条老街从小到大走了几十年，老街面拓宽了点，临街拆掉骑楼，特别是近十年间，拆旧建新，老房子没了，新建的五六层甚至七八层的新楼拔地而起，街心就显得比先前更狭窄压迫了。

趁城依然是城外人的一种生活状态，从尘土飞扬的泥路到硬底化水泥路，从明末清初民国到现在，几百年过去了，城外人依然改不掉趁城的习惯。父辈，包括父辈的父辈，未必就清楚他们日常趁的这座小城是有着几百年历史的老城，未必知道这座城的前身叫神电卫，未必知道神电卫是明清两朝驻军打仗的地方。

“趁城”这个词，在城外人的口头中，就是带着小城历史走了几百年的一个动词。

## 生理园

极少有人知道生理园就是菜地，或菜园子。

种生理、买生理、卖生理，在小城人口头中是常用语，谁也说不清它的出处，更说不清种菜为什么叫“种生理”，买菜叫“买生理”。奇怪的是，吃菜就是吃菜，炒菜就是炒菜，不曾有人叫过“吃生理”“炒生理”。

老辈人有句口头禅：生理生理，你不理它，它就不理你。这是在“理”字说事。也就是说，生理是靠人去呵护料理的。只明白一点，道理是，种菜要勤劳，不然就没有收获。

但这，又与生理有什么关系呢？

少年常跟着父亲从上村进城，在护城河东头上了环城公路，父亲挑着两大箩筐鱼走在前面，要穿过一片菜地才能到水产站。这片面积不小的菜地，就叫“生理园”。菜农浇菜水叫“压生理”，当地方言“压”就是淋的意思。生理园里什么菜都有，季节不同，时令蔬果也不一样。比如冬季，种黄芽白、卷心芥、萝卜、小白菜、芽兰豆等；冬春交际，种葱、蒜、菠菜、韭菜、椰子菜、盐茜（香菜）等；夏天，以瓜类为主，冬瓜、丝瓜、甜瓜、苦瓜，红豆角、白豆角、旻菜（通心菜）等；秋天呢，印象中是油菜花、菜心、大葱、小香葱等。大概如此，凭印象，也记不太清楚了。

总之，生理园是极少有闲地的，由着季节时令，种下不同的蔬菜瓜果。但我始终弄不明白，为什么叫“生理园”，不叫“菜园”？“生理园”本是很字面的用语，三个字像出自古籍，但为什么一直在小城内流行，于我，还是个谜。

查了万能的互联网，也无解。宋代洪迈《容斋续笔·苏张说六国》有这么一段文字："今夫主一家之政者，较量生理，名田若干顷，岁收谷粟若干，艺园若干亩，岁收桑麻若干；邸舍若干区，为钱若干；下至牛羊犬鸡，莫不有数。""生理"与"谷粟""桑麻"有点关联，但与"生理园"未必有关系。

## 吃夜灰

一日三餐，小城人的叫法也与众不同，吃早餐叫"吃白早"，吃午饭叫"吃日到"，吃晚饭叫"吃夜灰"。过去不深究，觉得也没什么特别之处。年岁大了，对这些日常用语有了兴趣，深究一番。

一深究，就觉得这些口头用语非同一般。三种叫法，看不到一个"饭"字，都是与一天的时序变化有关。比如"吃白早"，也就是吃早餐，小城人习惯天一亮就吃完早餐出门，这个时间正好是日出时分，白天的早晨刚刚开始，所以叫"吃白早"。"吃日到""吃夜灰"同理，只是时间段不同，字面表达同样有着时序变化的明显特征。"日到"，就是日到中天时吃午饭。"夜灰"，即近傍晚天色渐灰时吃晚饭。道理简单，却非常有学问。

这些口头用语从字面上讲都非常有古意，有文化内涵。也不知从何时起，这些有着独特语境和古文韵味的用词，就已经在小城一带流行开来。

## 骂人的艺术

小城人骂人，也骂得气势磅礴，回肠荡气。

最毒的一句，就是“去南门头拥浪”，意思是叫你去找死。“拥浪”有着诗人浪漫主义色彩，可一把话挑明，就不是那么回事了。南门头是我老家，村南是南门头港，是大海。海面经常兴风作浪，浪头有时高达数米，去南门头拥浪，是找死。你说这咒语毒不毒？毒，特毒。但你找不出一个骂人的字眼，这才叫高手在民间。

还有一句骂小孩的，小孩调皮不听话，大人就骂“去塞天河嘞！”意思是，天河崩了，决堤了，你去塞天河吧。这可真是举世无双的“天骂”，想象丰富，意象辽阔，既形象又生动。我说小城不出人才才怪，骂人都骂得如此有文化，有才情，堪称语言大师。

讽刺一个人的丑陋面目，小城人骂得更绝：“放泡尿照照你衰样吧。”你说，有谁想得出这么绝的骂人话？也只有小城人才会骂得入木三分，体无完肤。

以尿当镜，真是绝了。

# 满汉全席

小城宴席要推满汉全席为最。老一辈人说，满汉全席唯独摆过一次，也就空前绝后了。

那是民国时，城边的海头邵氏是大户人家，在城东有处建于清朝的大宅院，少爷大婚摆满汉全席，在地方上轰动一时。方圆几十里的官员豪绅、名人雅士、四亲六戚都请了过来，宴席连摆三天，共计一百零八道菜式，南菜五十四道，北菜五十四道，有咸有甜，有荤有素，山珍海味无所不有，属清朝时宫廷盛宴。

说起邵氏满汉全席，城中老人津津乐道，那场面气派呀，简直是世间无与伦比。三天不同菜式，早中晚各有区分。早宴以茶点为主，中宴山珍海味，晚宴南北菜摆“龙门阵”，各显神通。南人吃北菜，对于小城人，也算是换了回新口味。

席间搭着大戏台，从早到晚连演，吃菜听戏，品茶敬酒，交杯碰盏，真是其乐融融。老一辈人每每说起邵氏的满汉全席，羡慕之情溢于言表，但没一人真正吃过满汉全席。

陈老是小城走出去的书画名家，师从岭南画派大师关山月、黎雄才，是小城出了名的“神童”。陈老说他五六岁时，被邵氏家人请去写春联，对子写好了，邵家人只请他吃了碗糯米糖粥。小时的陈老不懂世事，一怒之下把写好的对子撕了，屁颠屁颠回家。陈老说起这段往事，哈哈大笑。

邵氏确实了得。因时势变迁家境衰落，但邵氏后人，多有出色，从教经商，移居海外，留下大片老宅，残砖败瓦，门庭冷清，昔日风光不再。早些年去过一次，只是邵氏当年摆满汉全席的地方，空留一地荒草瓦砾，景况寂寥，残阳如血。

## 去城河洗身

明末，一京官公务来到小城，时值盛夏，有次他从衙门回住处时，发现他的随从“失踪”了。头天不太在意，以为年轻人刚到一地，四处走走也无所谓。可是第二天，他的随从又“失踪”了。他纳闷，这小子去了哪？

第三天，随从照样“失踪”。他不问，留个心眼，尾随随从默默跟踪，看你小子搞什么名堂。随从穿过石板条老街，一直往城外走，出了城门，来到护城河边，终于真相大白。原来小子是来此处看当地人在护城河里洗澡。光是洗澡也没什么新奇，奇就奇在男女同河洗澡，对于京城来的他，就是破天荒的大新闻了。后来京官为此事写了一文，大叹，没想到南方边陲小城如此开放，竟然可以男女同浴一河。

在小城，男女同浴一河不是什么稀奇事，这一风俗持续到二十世纪八十年代。护城河是活水，清澈见底，一到夏天，小城男男女女都带上浴巾衣服，到护城河洗浴。但有一规矩不能破，虽同河洗浴，但男女不能混在一起。女的在护城河上方，有树木隐身的地方更衣。男的在下方，基本看不清上方的女人。几百年来都是如此。

“去城河洗身”，成了小城人的口头语。整个夏天，这座方城周边的护城河，都成了小城人的天然浴场。九十年代后，护城河水受污染，再也没人去护城河洗澡了。如今，护城河只有虚名，全都填平造房子。

# 小城三老

## 陈光宗先生

光宗先生，小城北街人，生于民国末年，五岁称神童，六七岁时在十字街头写春联，字好，观者称奇。先生生前回忆说，五六岁时，他被城边一大户人家请去府上写挥春，对子写好了，主人家只给他一碗糯米糖粥吃，封了个小利是，他气不过，说主人家薄待了他，一气之下把对子撕了，甩手回家去。说起这段经历，先生哈哈大笑。

先生的确是人才，而且是小城百年不遇的天花板级人才。十多岁时，他以名列前茅的成绩考取省立艺专（后来的广州美术学院）。有次先生与我说起这段经历，求学途中满是沧桑。先生家贫，为考艺专，赴广州赶考，别人是坐船、车去的，他没钱买路费，硬生生从电城赤脚走路去省城，走了四天五夜，到了广州，脚都肿成红萝卜，疼痛钻心。

落榻在广州文德路高州会馆，这是一处专为粤西赴省城考试学子免费提供住宿的旅馆，相当于现时的某地带有

陈光宗先生（右）与作者

点官方性质的办事处，但又不全是。先生说，进了会馆，是没有床铺安排的，自带草席被盖，伙食自理。会馆仅在走廊或空闲处提供一个可铺下草席能容下身子的空间，尽管这样，对于穷学生，也是莫大的恩赐了。

考试成绩公榜那天，先生去看成绩，他从榜末看起，看到仅剩下前十名时，他不看了，回了旅馆，躺在草席上唉声叹气，因为，前十名后，根本没他名字。正好这时有位同是来省城考试的老乡从外面回来，见他情绪低沉，脸色难看，闷闷不乐，就问，你不去看成绩榜吗？他说，看了。这位老乡复问，你真的看了？看了，看到剩下前十名，就不看了。老乡说，你赶快去看吧，榜上有你的名字。

这时，先生才复去公榜处，他头戴草帽，帽檐压得低低，还是从前十名最末一名看起，看到剩下前三名，没他名字，又一次失望。但这次，他鼓足勇气，看完前三名，结果他名列榜首，内心狂喜，表面却异常平静。

带着佳音回到小城家中，他把成绩告诉父亲，父亲不但没有喜色，反而皱眉头，对儿子说，你这书，还是不能读，家里没钱，供不起学费。先生这时心凉透了，绝望中他看着媳妇，这时他刚成婚不久。媳妇安慰他，不着急，她来想办法。媳妇回了城郊的娘家，求父母支持女婿读书。丈人通情达理，懂得知识有用，从家中扛了一箩筐红糖卖了钱，给女婿交学费。

先生说，要不是得到岳父的资助，根本读不了书，更不会有今天。在省立艺专，他师从著名书画家关山月、吴子复、黄笃维、赵少昂、杨秋人，篆刻家冯康侯、邓尔雅等，以及读中学时他的美术启蒙老师李云，成为他们的入室弟子和得意门生。

毕业前，他考上杭州国立艺专，成绩优异，胡一川教授给他亲笔信，动员他从广州来杭州求学。可是，父亲死活不肯让他继续上学，要他回家找事做，养家糊口。先生说，他只好屈从于父亲的决定，放弃去杭州国立艺专深造的机会。

这时解放了，小城当时还是电白县城所在地，先生毕业返乡，正好遇上县文联成立，他被接纳到县文联工作。先生命运坎坷，他从文联调到县师范任教，反右时期被打成“右派”，从此前途一片渺茫。先生说，他离开了教坛成了牛鬼蛇神，好在他写得一手好字，又能画画，受到“特殊关照”，让他抄抄写写，为县剧团写幻灯字幕，抄大字报。先生说，他当年抄的大字报贴上墙，第二天一早就被人扯走了。别人把他抄写的大字报，当书法收藏。

二十世纪七十年代末先生摘掉右派帽子，被安排到县文化馆工作。这时，先生的环境并没有多大改变。记得初次拜访先生，是县城几位文学青年引见的。先生住的地方叫“柴皮行”，临水东湾海堤，低洼阴湿，白天，先生家里还要开着一只十五瓦灯泡才能见光。先生家没有写字台，平时写字都是把纸铺在凹凸不平的地板砖上写。及至后来家里有条件摆书案，他也不习惯在书案上写字。先生说，这种不习惯已经影响了他的书法风格，在平坦的地方写字，写不出在地板砖上面作书的那种感觉。

先生说，一九七三年，他的恩师关山月来电白沿海写生，创作巨作《绿色长城》，他每天都陪着恩师到当时的南海公社半岛木麻黄林带写生，足足陪伴恩师一个多月。为此，先生写下一首七言作纪念：

绿色长城随我师，终日徘徊木麻移。
同餐共枕三旬日，笔墨因缘有谁知？

陈先生的书画作品

恩师关山月离开电白时，对他说，陈光宗你这人有点怪，别人问我要画，你一声不出。临走前，关老画了一幅小品《椰叶雏鸡图》赠他，回广州后，又寄来一幅六尺整纸《梅花》。先生说，恩师关老这份厚爱，是对他一生的鞭策。关老曾对他说：“中国书法家有，美术家也有，但书画家很少，你兼两家。”这就是关老对他学生陈光宗的评价。

大师关山月的这幅《梅花》，我在先生家里见过，多年前，有人出十万元买这幅画，先生说，天地无价，恩师这幅画同样无价。这幅藏画，先生说，他卖不起，别人也买不起。但是，先生去世后，这幅画也不知落入谁家手里了。

先生有过两次外调机会，一次是时任广州美院副院长的关山月恩师动员他调回广美做教师，他原本有意向，可是考虑到老伴不识字，只会讲家乡话，到广州生活有诸多不便，所以遗憾地婉谢了恩师的一番好意。二十世纪八十年代中期，时任深圳市委书记李灏专程从深圳回到水东，动员他调去深圳。先生说，李灏书记来他家时，还背了一袋贡枣来。年轻时在广州求学，李灏在中大，他在艺专，这段时间，他们有过密切交往。后来，还是因为老伴，他没去成深圳。

先生一辈子身居小城，却名气很大。其作品参加全国第三、四、五、六届书法篆刻展，中外书法家作品展，日本东京书道展，墨尔本书道展，狮城书法邀请展，中韩书法交流展，香港中国艺术大展；应邀赴香港举行书画展，获“秦俑杯”国际书画大赛特等奖、书画冠军奖等奖项；两度荣获广东省鲁迅文艺奖。

先生的作品入选《全国第三、四、五、六届书法篆刻作品集》《中外书法家作品集》《当代中国书法艺术大成》《中南海珍藏书法集》等；其个人小传登载于《中国当代书画名人大辞典》《中国当代美术家人名大辞典》《中国当代美术家人名录》等；他的作品还勒石于三大碑林，并被中南海、毛主席纪念堂等机构收藏；著作有《中学美术教材》《光宗诗存》《陈光宗书画作品精选集》等。

总之，先生获奖无数，名声在外，但他在小县城里，却是一位淡泊如水、渺如尘沙的老人。国内书画界的一些大家却对先生另眼看待，高度赞赏认同他的艺术成就。中国书法家协会主席、著名书法家沈鹏对先生的书法艺术极为推崇和赞赏，并书写“醉墨书屋”斋名赠他。沈鹏说：“陈光宗的伊字（清代伊秉绶的隶书）艺术造诣在当代是罕见的，当代书法家写‘气’的几乎没有，而陈光宗作品的气韵却十分强烈、生动。”著名书法评论家沈定庵先生不远万里驱车前来小县城，向先生求书一幅“梅湖草堂”。后在给先生致函时说：“阁下伊体有所创造，余叹为观止，有望尘不及之慨，所谓见贤思齐焉矣。”

多年的实践探索中，在发展“汉隶”和“伊体”的基础上，先生另辟蹊径，创造了轰动书法界的“平衡童体”，其“天真、笨拙、质朴”的艺术特点，已达到一种返朴归真的高深艺术境界。

先生晚年过着孤清寡淡的生活，九旬老人乃靠卖书画维持生计。先生视我如忘年交，有时我偶尔登门拜访先生，他的听力不行，就用笔在纸上写他想说的话语。我与先生常常是在纸上笔谈，尽管如此，先生也觉得挺开心。

先生在世的最后一次返乡，是我陪先生回去的，小城对于他，是梦牵魂绕的故乡。多年前，先生在小城北庄山留下石刻“故乡山”三个大字，旁附诗一首。然而，故乡近在咫尺，但先生永远也回不去了。

# 吴兆奇先生

吴老从政，官至正厅，离休后享受副省待遇。吴老小城东街人，与光宗先生同代，也是同学。中学时，他们都是师从广州来的画家李云，但吴老后来走的是政道，一路青云得志，靠笔杆子写出他的精彩人生。

二十世纪五十年代，在电白县期间，他曾当过县委书记王占鳌的秘书。吴老曾对我提起，他很想写一本关于王占鳌书记的书，也仅仅是提起，后来因年事已高，这事也就没做成。王占鳌女儿曾对吴老说过，在她父亲身边这么多年，最有资格写父亲的就是你。

我久仰吴老令名，十六七岁时，就知吴老的大名，有一年春节，和城里的几位爱好书法的小青年，去过吴老家。在东街人民公园对面的巷子里，专程来看吴老写的贴在家门两侧的对联。当时还不太懂书法，但在我心中，吴老是个了不起的人物。当然，那时的吴老年富力强，大概是人到中年吧。

没想到若干年后，我和吴老同在市委大院上班。他在市政协主席位置上，我在市文联杂志当主编，知道吴老文章了得，又是老乡，便斗胆登门拜访约稿，给他在杂志上开个专栏，约他写小城旧事，这个专栏名就叫“小城旧事”。

吴老住在市委大院高干楼，楼外是公园湖，一湖静水如镜，每去吴老家时，我都会站在窗前看湖水，水色幽

吴兆奇先生

暗，湖畔垂柳，真是个好地方。拿到吴老手稿时，先睹为快，方格上的一字一句，都那么温润可人，老派文人风格，钢笔字特好，真是喜欢得不行。每篇稿子文末都写上日期，然后是“写于石米楼”。一看“石米楼”三字，就更加喜欢。“石米楼”得名，吴老说，源于他住的这栋楼，外墙全是用石米倒制（铺成）的。想想真有意思。

离休后，吴老搬了新家，离我住的大院更近了。这时吴老是个大闲人，我有事没事，隔三岔五，就会约上几位同好去吴老家讨茶吃。茶是好茶，水是好水，壶是好壶，加上吴老泡的茶。他的老伴伍姨备的好茶点，简直是绝配。边吃茶边聊天，有时围观吴老挥毫，有位朋友见心仪的，“顺”一幅走，吴老哈哈笑，伍姨呢，当然也不会反对。

母亲走后的那些日子，我没了爹娘，就更是常去吴老家了。娘走后的第二个中秋节，我就是在吴老家过的，一群晚辈，围着吴老、伍姨，盘中放着月饼、水果，一派喜气洋洋，唯独我躲在暗处流泪。伍姨见到我，把我搂过去，我瞬时感觉到一种久违的母亲般的温暖。吴老说，这里就是家，我和伍姨把你当儿子。吴老、伍姨都有一副好心肠，这个家，我也就当真是自己的家了。

吴老书《道德经》句

吴老可谓是茂名文坛的泰斗，书法、文章都非常了得，对研究冼夫人文化有重大贡献，编撰出版冼夫人文化专著一百余万字，早期出版过报告文学集、诗词集和书法集，集作家、书法家、学者于一身。

吴老已年过九旬，但仍然精神健朗，伍姨呢，仍然是乐观派，在她心里，没有烦恼事，心静如镜，纤尘不染，真好！

写到这，又心念念了，啥时去吴老家讨茶吃呢？那老壶，那茶香，还有他家阳台的兰草和室内临窗的秀竹，这一切，多么的美好。

## 陆孔尧先生

孔尧先生，小城人都尊称他“陆校长”。

在小城，没人不知道陆校长的大名。他确实当过小学校长，桃李满天下。

陆校长南街人，与光宗先生、吴老同代人，一辈子，他都看护着这座小城。说他“看护”，言不为过。他是至今为止，最懂小城的一位老人，堪称神电卫小城的“活字典”。

与陆校长无过多接触，偶尔在某种场合见他一面，也没有深谈的机会。有次为了请教陆校长一些关于小城历史的问题，我专程去了他家一趟。大热天，他穿着一件老式白背心，没空调，风扇也不给力，他手抓一把葵扇，肩搭一条毛巾，就这样，与我们聊了一个多小时。

陆校长家靠近钟鼓楼下，总觉得，古城的暮气凝聚在什么地方，从空气里，从尘埃中，从那些老墙砖、老街石袭来。他的卧室里，桌面、抽屉、纸箱、床头柜角，都堆满书，和他平时手抄积累下来的大批关于小城的资料。只要你对小城历史存有某些疑惑，找到陆校长，他都会找出

陆孔尧先生

依据给你说得清清楚楚，严谨得无懈可击。

对于钟鼓楼的建筑年号问题，他否定了县志里记载的，否定了文物部门批下的省级非遗保护单位文本上的说法，并说，有机会的话，一定要纠正。他纠正了一些对小城史实口口相传已成为既定事实的说法。总之，在他厚厚的手抄笔记本里，有图有文，有理有据，有地点有人物，把小城几百年的史实记录下来。有人说，陆孔尧校长就是一部活着的“小城史”。

他是一位热心的老人，对晚辈关怀备至。小城有几位热衷于文史的青年人经常去他家请教，陆校长总是把自己花多年心血积累下来的宝贝，全盘端出与他们分享。有时，还冒着烈日严寒，带着小辈、晚辈走街串巷，爬庄山，与晚辈们寻找史迹，讲旧时的故事。有位晚辈与陆校长交往多年，把他录下的陆校长讲述小城历史的录音交给我，希望有时间把这些录音整理成文字，但由于忙，一直未能完成这个心愿。

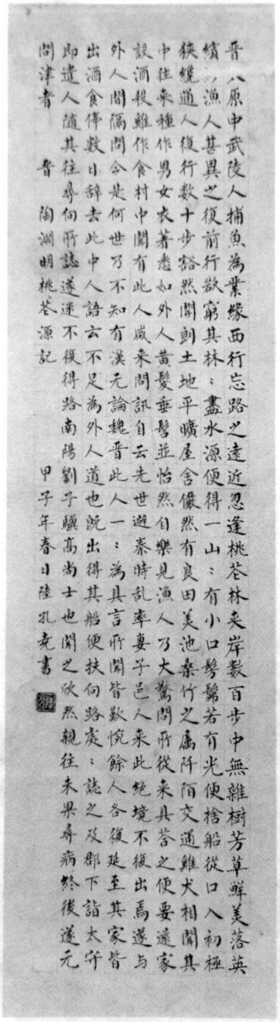

陆先生书法作品

陆校长、光宗先生、吴老都在庄山留下石刻，这三处摩崖，成了三位老人对故乡小城、对庄山这座故乡山情感的表达和寄怀。

至于陆校长，在小城，他还有一个得众称赞的外号，“小城第一写联高手”。春联，进宅联，结婚联，能得到陆校长一联，真是如获至宝。

老人一年前作古了，但他看护了一辈子的小城还在，他用一生延续的小城历史文脉还在。

2024年11月13日

# 神电卫筑城千户张贞及其族人

洪武二十七年（1394），明皇帝朱元璋号召天下修治水利，“以备干旱宣泄、以防霖潦”。这一年，厦门城竣工；置东莞（南头）守御千户所，隶属南海卫；置东莞（大鹏）守御千户所，隶属南海卫；南头古城始建。

同年，修筑神电卫城，选址在电白县白石坡（今电城镇），负责指挥修筑神电卫城的官员是指挥王虎和千户张贞。据《电白县志》载：明洪武二十四年（1391），广东都指挥使花茂奏请在广东沿海设神电卫等十五个卫所。也就是说，神电卫是当时广东十五个卫所之一，而且，卫是地方上最高级别的军事机构，具有非常重要的战略地位。卫指挥官从三品，千户官从五品，卫指挥使统兵5600人，其地位相当于现在的军分区。

张贞，名安可，号觉应，祖籍福建，世居广州府东莞县南头村，明朝初期，原任惠州千户。洪武二十七年（1394），受永定侯张全委派负责修建神电卫城，卫城修筑完成后任神电卫城千户，并携家人定居在卫城西南一带。据《电白元山张氏族谱》记载，张贞公为电城、沙院元山、鳌头飞马等一带张氏后人的开基祖。张贞公去世后，安葬于神电卫城西二十余里的榕树山（今树仔镇文峰乡境）。

张贞家族世袭军籍，多在军队任职，其弟张演曾任临安指挥佥事、广东都指挥使司，军中职位比张贞要高许多，也曾移镇神电卫所。《广东通志·电白卷》曾记载一则张演妾范宜人的感人故事。明永乐年间，交趾（今越南境）一带发生叛乱，张演奉命镇守石康城（今广西合浦境），敌寇来犯，张演率兵出城迎敌未及时返回。有传言说张演战死了，张演妾范氏闻言悲愤不已，立即率领家丁部众赴贼阵杀敌报仇。后因寡不敌众，退入深山老林。张演平定叛乱后，派人寻找了一个多月，终于在深山老林一棵大树下找到已经死去的范氏。范氏端坐在大树下，面容犹栩栩如生。当朝皇帝知晓此事后，深受感动，追封范氏为淑人。

据《高州府志》《电白县志》记载：明隆庆五年（1571）十二月二日，倭寇二百余人自阳江双鱼登陆后潜伏于城东庄垌一带，伺机攻城。城中虽有传闻，但知县等官员却不作防备。三日，有人报告称，倭寇在绑长梯，准备攻城了，城中官员还是不信。当天夜里，倭寇果然从东北、西北攻杀入城。知县蒋晓、指挥范震等官员争相弃城逃命，张演的第六代孙、负责守备东门的指挥佥事张韬，独自披甲迎战。倭寇越来越多，张韬腹背受敌，抚剑长叹："韬为国尽忠，死而无憾！"遂奋力斩寇，终因寡不敌众，壮烈牺牲。

张韬的两个儿子张耀祖、张耀宗，以及孙子张世爵等，继承父辈遗志，继续镇守神电卫城，其中张耀祖也因守城战死。浏览《电白县志》大事记条目，神电卫城在明代的二百多年间，被贼寇攻陷或发生兵乱就有十多次。张韬父子几代人前赴后继镇守神电卫城，真可谓是"同仇敌忾"、满门英烈。

直到张贞孙辈张浚考取举人，家族遂诞生第一个文职官员。说起张浚的考取举人，张氏族谱里还记载着这么一个励志小故事。张浚小时候聪慧诚信，喜欢结交朋友。二十岁时娶城里赵千户之女为妻。妻子贤惠，鼓励张浚读书考取功名。一天晚上，张浚读书稍有松弛，妻子不高兴了，说，郎君如果这样，我一辈子也不过是一个军人之妇了。张浚听了此话，羞愧不已，遂拂衣辞家，誓言不考取功名不回来。此后，张浚赴茂名拜名师学习，景泰庚午年（1450）终考取举人，成为神电卫城通过读书获得功名第一人。后张浚历任南宁宣化教育长官、福建漳州府教育长官、邵武府教育长官。父母故去以后，张浚回家守孝不再任官，在神电卫居住二十多年，聚徒讲学，学生多有建树。张浚死后，因其德行昭著，被乡府推荐，崇祀在乡贤祠。地方政府还为他建了座飞黄坊，自此流芳后世。

张贞后人还出过多位文职官员。张应麒，张贞第六代孙，明岁贡国子监，任清流训导。张元相，张贞第七代孙，明嘉靖贡生，任会昌知县，敏捷善断，慈爱得人，升马龙知州。满任后回神电卫家中教弟子侄辈，多有成就。晚年，疏财仗义与王氏同创神电卫南门天妃圣母庙（即现存南门头天后宫），并亲撰碑文以志之。张元揆，张元相之弟，也是明嘉靖贡生，历任翁源训导、新会教谕、永淳知县。张贞第八代孙张文耀，考取举人，历任富阳、富川知县，梧州通守，著有《富川县志》。张一恺，张贞第八代孙，恩贡，曾任宾州知州，退休后与兄长张一元参与编写万历年间高州府志，并参与重修位于神电卫城东门外的望海楼。

崇祀张浚乡贤祠、飞黄坊，张一恺兄弟参与重修的望海楼，与神电卫的城墙、城门一样，早已不复存在。唯独张元相与王氏同创的神电卫城南门的天妃圣母庙（天后宫）尚存于世，香火鼎盛，荫泽后人。

据张氏族谱载，张氏后人多位杰出者，如张浚、张元揆等，也随祖先安葬于张贞墓左右，形成闻名远近的张氏墓园。张氏墓园于前年被列为电白区不可移动文物加以保护。

（本文参考了张永忠《大明神电卫筑城千户张贞及其族人》一文）

# 南街烟火味

印象里，小城南街是最长的一条老街。

儿时随父母趁城，少年去城中东街上小学，南街是必经之路。及至后来曾有一段时间，与父亲夜里做伴走过护城河岸，去水产站上缴海鲜，回家时，也是要走过这条狭长的老南街的。

南街不是因岁月而老，是一代代人把它走老的。六七百岁的小城，从建城到今，走掉过多少代人，才把小城走老成这样子。

上小学时，每天都经过南街，那时临街的房子都是砖瓦结构，矮矮的，旧旧的，褪尽了原色，清一色的暗淡灰白，门是门，窗是窗，轮廓分明，线勾素描一样寂寂地立在小街两边，像极了线装古书里的插图。早上走过大半条街，也没遇上一个行人，清清冷冷寂寂的。有时偶尔从街心走来一个乡下进城的收尿人，冷不防叫一声：“有尿卖无？”街上才觉得有了点人气。

鱼行巷口有家打铁铺，早晨最是热闹的地方。师徒俩，一高一矮，一肥一瘦，抡起大锤小锤“叮叮当当”地打铁，火星四射。每每经过这里，我都会驻足片刻，看一会儿才去学校。放学时，依然是走过这条狭长而单调的南街。

青春引路把我带到远方，一别就是三十余年。有时回乡下看望父母，也偶尔去走走南街，感觉完全不一样了，全变了。小时南街口的裁缝店呢？打铁铺呢？还有街边坐在家门口聊天做手工活的老人呢？都不在了。不在的又何止这些？

有时我想，一块身上刻着年号的老城墙砖尚且能留下来，而那些有眉有目有名有姓活生生的人，那些挂在临街骑楼柱上的老字号招牌，那些在太平盛世或刀光剑影里的朝朝代代，也早已随风飘散，销声匿迹，连过眼云烟都不是，不免唏嘘。

好在小城南街的烟火味还在。

在小城人的日常生活里，南街就是灯光火着（电城人俗语，即人间烟火味）、柴米油盐、鱼肉菜蔬的地方。旧时的南街大河沟流着一泓清清浅浅的水，沟两边住着人家。小时跟父亲去菜市买菜时，他总是带着我从大河沟边踩着凹凸不平的石头小径，然后穿过猪仔行、鱼行才到菜市。菜市也不只是卖四时菜蔬瓜果，肉行、杂货、各种小食也在其中。菜市往北，穿过一条小巷，就是番薯行、柴草行。最让我难忘的是，番薯行有棵老凤凰树，每至花

南街市场水产行

期，风一吹，火红的花瓣就落了一地。

说到鱼行，任何一个小城人的饭碗都离不开这里。小城临海，每天都有各种各样的海鲜，渔民挑着、扛着、提着到鱼行摊位一摆，或摆在摊位边的地面成行成市，那才真的叫壮观。鱼虾、蟹鳝、乌贼、章鱼、贝类，大海鱼，小海鱼，应有尽有。熟的，生的，咸的，鲜的，进入鱼行，各有所选，物美价廉，菜篮子满满的沉沉的，提着回家。南街鱼行，旧县志里都有记载，清朝就已形成，少说也有几百年历史了。

我倒是更喜欢菜市。过冬至过年的两个节日，菜市是最热闹的，各种蔬菜瓜果呈现出来的颜色丰富多彩，就像冬日里的一幅油彩画。菜叶的绿，萝卜的白，黄芽白的嫩黄，芽兰豆的青翠，蒜叶的修长，椰子菜的浑圆，韭菜头割得一线整齐，慈姑冒出麦芒般的尖。小时候，总是提着一只竹篮，跟在父亲后头，他一家家地选，猪肉、芽兰豆、蒜、慈姑、生菜，然后转回鱼行巷口，在地摊上托起一棵大大的黄芽白，付过钱，带着我，走过长长的南街，出街口城门头，回村里去。一路上，我手脚都冻得发抖。现在回想起来，那时的冬天真冷。

南街明利巷是最热闹的一条老巷子，母亲买煤油灯、埕埕罐罐、碗筷、锅刷、油麸，都是到明利巷来买的。临近岁晚，明利巷更是繁华拥挤，买春联、草席、各种各样的年货，人挤人，乡下人挑担过明利巷，总是侧着身，低头走路。挤不过去时，就使劲地咳嗽几声。二十世纪七十年代末，明利巷开过一间书店，凡有新书新杂志上摊，我都会来，买不起的书，就随手翻翻，等有了钱再买。

近几年，岁数大了，对小城心有所念，周末得闲，总会回来小城走街串巷，看些老物件、老建筑，有时也去鱼行、菜市闲逛。

最近这次去南街，是在镇文化站停了车，过公园，走东街，穿过一段狭长的番薯行巷，才进入菜市的。一路过来，除了八角井巷口的石条是老的，还有几间破败的老宅，就再也没有更老的东西了。

菜市、鱼行比两三年前冷清得多。后来发现，两处市场新装修过，也就没了旧时的味道，反而是小巷和正南街热闹了起来。临街铺面生意红火，原本街面就狭窄，街道两边路面，摆着菜蔬、鱼肉、鸡鸭、番薯、芋头等摊档，应有尽有。热闹是热闹，就是苦了行人，来往的摩托车有时扎堆，停在街心，交通实在不便。但是，恰恰这样，才能更加体现南街的人间烟火味。

逛了半天南街，仍意犹未尽。隔几日，约了几位晚辈，由天华带着去南街潘屋巷（听说此巷后来更名为灯光巷二巷），看潘氏老祠堂。天华是潘氏后人，听他说，潘氏祠堂过去有五进，现在也只有头进门楼和最后一进了，祠堂神台上还供奉着潘氏先人牌位。神台左右墙上有副联："荆树有花兄弟睦，砚田无税子孙耕。"天华说这是他们潘氏祠堂的一副老联。从文句可知，过去的小城潘氏是书香人家。天华说，他们南街潘氏出过两名知县、一名民国时的代县长。

天华家老宅在潘屋巷里，现时已不住人了。老宅有个小天井，靠墙种着几株百年九里香，有小鱼池，鱼池边有几只半径米余的圆形石槽。天华听老辈人说，当年潘氏是大户人家，常有有地位的客人来访，今存的几只石槽，就是供客人的马喂草的。天华懂事时，放马槽的那片草地还在。

南街黎屋祠堂规模是最大的，旧址还在。坐在祠堂门口边上的一位老妇人说，黎屋祠堂有五六百年了。在黎屋后人引领下，我们进入祠堂内，一进还保存着一块旧时的老屏风，有两个大天井，地面砖还是几百年前的老砖，年久失修，主体倒塌，还能偶尔见到残墙。在神电卫小城五

南街旧市场

大姓中，黎姓列首位。这五大姓，也就是小城人常常提起的“黎马潘朱康”。据说小城黎姓出过一位武进士、几名举人，实在了得。

此行有意外收获，几位晚辈带我来看临水宫遗址。别看它小，破落不堪，在神电卫城“四宫六庙”中，临水宫是最古老的一座庙宇。年过九旬的小城文化名人陆孔尧老先生说，临水宫建于明朝洪武三年（1370），至今已有六百五十三年，比城中钟鼓楼早建九年，比建围城早二十一年。也就是说，这座破败不堪的小庙堂，是今电城镇最早的一座建筑物。

临水宫供奉的是护产保胎女神临水夫人陈靖姑，天后宫供奉的是天妃（俗称“海神娘娘”）妈祖，冼太庙供奉的是巾帼英雄冼夫人。一座南方边陲小城，居然供奉着三位历史女神，想是少见的。

陆老先生说，明朝洪武三年，福建临水县抽移丁至电城落居，移丁（即官方招集的非正规军编外“准军人”）把他们的保护神陈靖姑请来立庙敬奉。六百多年，临水宫香火延续至今，只是庙老了，残了。这处小城最古老的建筑物，倘若不及时拯救它，将面临被岁月尘埃彻底湮没的命运。

2023年10月30日

# 北街老巷子

北街曾经是电城最冷清的一条老街。

旧县志里有幅明末清初时的城池图，北城门对着庄山，可以想象，山中古树参天，飞瀑如雷，丛林间，常见老虎出没。光宗老在世时讲过老虎入城的故事，听来恍如隔世。

光宗老家在北街，靠着大河沟。那时他还是个小孩，一个下午，有只老虎从庄山下来，直闯北城门，进了北街，城里人闻虎色变，紧关门户。他好奇，透过门缝，看见花身大虎迈着虎步，踏得街石哒哒响，他看出一身冷汗。这只肆无忌惮的“大虫”，从北街到南街，钟鼓楼门洞是必经之处，然后出南城门。城南是海滩，长着大片胶丁树（红树林），老虎进了海上丛林，久久没有动静。时近傍晚，这“大虫”才又原路返回山中。

可见，北街不仅冷清，还是虎狼偶尔会光顾的地方。不过，也仅仅是偶尔。北街历史还是厚重的。这条老街明清时是军事机构要地，参将署、守备署都设在北街。县署在西街，训导署、典史署在东街。南街只有城南外的税厂和天后宫。

那时电城是卫县同治的一个特殊老县城，它的历史地位不亚于天津卫，行使的权力是一样大的。所以北街的参将署和守备署，都是当时级别很高的军事机构。在明朝，总兵最高，副总兵次之，参将位于第三，属于较高级别的武官。如果要类比的话，参将大致相当于今天的军区司令员。守备是正五品官，相当于现时的厅级，其职能是管理军队总务、军饷、军粮等，是战事时粮草先行的一个关键机构。也就是说，明清时的北街，有两个正厅级军事机构设在那里，可见那时的北街有多么的威武。

此外，北街片区还有电茂场署、冼夫人庙、北帝庙、文庙、武庙、青莲庵等。现时除了北帝庙，其他的都湮灭在岁月尘埃之中。

那晚与日学几位小城晚辈逛北街，走了几条旧时的老巷子。平日里来去匆匆，从来没光顾过这些几经改造至今仍保留着旧时路基的老巷道。有的临街巷口还挂着旧时的巷名，有的没有了。巷道宽约两米，长度就很难说了。在当时，抬轿的，行驶马车的，巷道有足够的容纳空间，可见当时这些多以姓氏命名的巷道，里面住着的人家非富即贵。

日学姓康，北街康屋巷也是赫赫有名的，这条老巷两侧房子密密麻麻。日学说，康姓还有几百丁人住在这里，

北帝庙

他家老宅就是在康屋巷口临街的地方。

北街还有朱屋巷、马屋巷、李屋巷、潘屋巷、盐场巷、黎碧巷、胜利巷、大河沟等。在半明半暗的路灯下，我们逐条走完这些老巷子，真有种穿越时光的感觉。时不时发现一堵破败不堪的老墙，墙上垒着颜色不一的城墙砖，有的砖上面年号隐约可见。这些老墙砖，都是城墙毁后散落在民间。在巷道靠墙根的地方，摆放着石条或廊柱石墩，这些老物件都在透出一股久远的岁月气息，引人遐思。

读小学时，校园大门外有条盐场巷，似乎从来没经过这里，从巷头看过去，幽深狭长，想那地方不是小孩去的，也就不去了。可今夜，非去不可，日学带着一路走过去，巷子确实有点长，靠近中心小学老门时，还有条横巷向南拐转过去，这条子原来就是黎碧巷。这些地名太熟悉了，就是从来没来过。

说起盐场巷，这可是个了不得的地方。明清时的电茂场署就设在这条老巷里。用现时的话来套它，这里，曾经是盐务局的所在地，但又有所不同，除了管盐业生产、经营运销外，电茂场署下面还设有盐税局，也就是说，这也是个征收盐税的地方。盐署官掌握着当地经济的命脉，权力之大可想而知。

小城北的冼太故里景区，冼夫人墓地的那块墓碑，就是二百多年前的清朝嘉庆年间，时任知县特克星阿、电茂场大使张炳重立的。这也是张炳这位盐务官和知县特克星阿给地方上留下的唯一历史遗迹。

隆庆三年（1569）正月，北街曾经发生过惨绝人寰的大屠杀事件，参将府兵变，殃及街坊，三千多城中居民被杀害，血洗街市，一派惨状。

不过，城中五豪门，除了南街黎百万和潘氏，其余三豪门“马朱康”三大姓，都是在北街或城北片区这块，可见北街曾经是极尽繁华之地。

2023年10月12日

# 小城美食图谱

美食是小城的一道风景，分布在大街小巷、菜市店面。百年老字号比比皆是，其特色更是融入江浙菜、福建菜、中原菜风味，以及川味等，自建城以来的几百年间，小城美食形成特有的“电城味道”，品类繁多，连小城人也说不清他们日常的菜式小吃究竟有多少，像我这样经常回小城吃遍四街六巷的吃货，也不知多少。

从哪说起呢？就从钟鼓楼说起吧。

## 钟鼓楼茶市

儿时，最有印象的是钟鼓楼的茶市。这座建于明初古色古香的钟鼓楼，原本晨钟暮鼓、预报军情、打更报时的这么一个庄重肃穆之地，不知何时成了城中小百姓的茶楼食肆。如果把小城美食拼成图谱，我想，应从这座在小城十字街头耸立了几百年的钟鼓楼说起。

小时父亲带我去钟鼓楼叹茶，印象中也就仅有几次，穿过钟鼓楼古老的洞门，沿着楼墙一侧的石阶，一级级地爬上去，实在有点吃力。石阶之间有点宽，大人尚可，小孩一步一级是不行的，所以要大人扯拉着一步步往上走。

那时的钟鼓楼是全城的制高点，楼上能一览小城全貌。四街笔直，房屋老旧低矮，灰瓦顶，鱼鳞状，连成一片。街面窄窄的，临街是骑楼，街上行人稀少。小城北靠庄山，南临大海，站在钟鼓楼上，街区城郭郊野风光，尽收眼底。

自我懂事，钟鼓楼就是城中唯一的茶楼，但在老辈人印象里，就不止钟鼓楼了。听前辈吴老说，民国时，西街宜昌楼是比较早的茶楼，吃茶的人，常常坐满四座。那时吃茶是按空碟计件收费的，有不讲规矩的茶客，吃完茶点，就把空碟扔到楼下池塘里，做这等丑事的，当然是极个别。

印象中钟鼓楼的茶点品类不多，但好吃，一只爆枣，一碟筒爿，一笼马蹄糕，就很满足了。“筒爿”“爆枣”都是土话，其实是面炸甜品，还有“纽绳”“麻旦仔”类似炸面片和炸面团子。现在想起来，这些茶点都是“外来品”，极少是广府风味。泡茶是用大盖碗的，像成都的大盖碗茶，不过茶叶是龙井，而不是成都人喜欢的花茶。

小城起初没有本土人，是建卫城时从江浙福建两地派遣来的官兵，后又从全国各地来了守护海防的军队，县城成立后从各省来任职的官员，还有商贾、文人墨客，逐渐形成小城人脉关系。可以说，在古高凉一带，这里是最早的移民边陲小城。正是从四面八方进入小城的外省人，带来各自的饮食习惯、地方风味，才形成小城独特的饮食习惯，加上当地食材，因地制宜，花样百出，才有了今天说不清道不明品类繁多的小城美食。

钟鼓楼茶市停业后，这里又成了供销社饭店，并以“钟鼓楼炒粉”名噪一时。二十世纪七八十年代，乡下人到钟鼓楼吃上一碟炒粉，是件可在人前炫耀的事情。此时的钟鼓楼，面目全非，大失当年的庄严颜面。再后来，钟鼓楼曾一度是镇文化室，摆上书架和各类图书报刊。如今重新修缮后的钟鼓楼，成了省级非物质文化遗产保护单位，那份肃静与庄重，才又在这座钟鼓楼里恢复元气。在全国，明代钟鼓楼仅保存八座，电城钟鼓楼是其中之一，也是小城唯一留下来的一座这种类别的古建筑。

## 煎　粑

煎粑，是鱼炸、蚝炸、九女（小鱿鱼或小墨鱼）炸的总称，也是小城人钟爱的一道美食。在小城人的日常生活中，煎粑是他们挂在嘴边常常提起的小吃，现时今日，已经成为酒楼食肆作为攀比的一道菜。

哪家的鱼炸、蚝炸炸得好，哪家的不好，在小城人的口碑里，有个相对统一的标准。小城人嘴刁，一口下去，就能给你一个八九不离十的评价。过去的二三十年间，没人不识煎粑全。现在仍然有不少小城吃客，都推崇煎粑全的“麻袋鱼”（海鳗）炸得好，总会常来他的档口光顾，于是他的生意做得风生水起。

早些年，煎粑全白天在菜市开档，常常吃客围满档口，吃的，打包的，一轮去了，又一轮上来，小城人就好那口刚上锅的麻袋鱼炸。夜间换了个地方，在十字街头支起炉灶，同样是那么多城里城外的吃客，围在锅边站着等，没位的就干脆站着吃，有位的蹲着吃，个个吃得满嘴喷香，油光满面。

那年拍纪录片《岭南》，夜里与央视拍摄组的人路过小城十字街头，见通红炉火处围着一圈吃客，摄像师便把这一场景拍下来，编进纪录片里去。这是煎粑全第一次在央视亮相。近些年，他又几次应邀进了央视节目拍摄现场，成了小城几次上央视的名人。

镜头里，煎粑全对着采访记者说；“我四十年就只做一件事。”这件事就是炸鱼炸，从小青年到中年，如今已进入花甲之年的煎粑全，一点也不显老，皮白肉嫩，只是整日与油烟打交道，嗓门不太好。

平时与我交往的一位晚辈说，煎粑全炸的鱼炸味道如何且不说，但看他切鱼片的刀工，就行云流水般，切出的鱼片厚度宽度没差多少。与客人说话时，他手中刀也没停下，唰唰唰地切着鱼片，这是他几十年练就的绝活。

工作中的煎粑全

这些年，小城炸鱼炸蚝的档口也多起来了，相对固定的有公园门口那家，还有北街新开的一家，至于四街小巷白天夜里开的煎粑小摊档，就很难算清了。这些小档，多以炸蚝炸为主，也炸九女炸，若说麻袋鱼炸，没人超过煎粑全。

再说，小城煎粑不单是煎粑，它早就成为小城人儿时的味道，舌头上的乡愁。尤其是像吴老这辈小城人，对煎粑的钟爱是很难让人理解的，一说到煎粑，就神采飞扬。吴老说他有次回小城，一口气吃了十多块鱼炸，真把我吓住了。我平时顶多吃一块，再多就受不了。光宗老更是典型，他是从小城走出去的书画大家，关山月、黎雄才的弟子，原本平时求书画者很多，即使有润笔金，也挑着写画。小城人懂他，就知他好十字街头煎粑全炸的麻袋鱼炸，去前，总会备好十块八块鱼炸去他家。光宗老见乡人，闻到鱼炸味道，二话不说，接过鱼炸先吃两块解馋，再说正事。上门者自然也会得到光宗老的墨宝。

可见，吴老、光宗老那代小城人，煎粑对于他们，压根儿就不仅是吃，而是一种故乡情结。

小城蚝炸也是很出名的，材料是南门港蚝、葱花、米粉等。刚上油锅，还冒着热气，咬一口，爽口脆香，蚝的味道鲜美得不行，未下咽，先呵一口热气，已满嘴生津。潮汕人崇尚单丛鸭屎香茶，小城人偏偏就舍不掉南门港蚝炸的味道。南门港就是我老家村边的那片海，滩涂辽阔，蚝田里产的蚝都是从百十年老石头里长出来的，味道特别。不过，话说回来，小城以外的鱼炸、蚝炸，就远远不及小城的好。

## 酥油饼小作坊

小城刚刚下过一场雨，我们一路踏着雨水来到这家酥油饼小作坊，它坐落在旧时小学“祠堂仔”严家祠对面，这是我小学时上学经常走的一道小巷。作坊门外有口古井，主人说，已有二百多年了，麻石井口，探头看一眼，清冽井水照着一圈圆圆的天空。井沿有块立石，上刻“饮水思源”，也许这就是这家手工制饼老作坊不忘根本的深意。

主人热情，就只有婆媳俩和一位工友在忙活，满屋子都是饼香味。作坊里面的一切都那么有岁月感，从时光里透出的那种味道，弥漫着整个空间。这使我想起，小时在外公卧房看见从天窗照下来的光柱里，尘埃浮动，会让人发呆回不过神来。如果是个大晴天，在小作坊里，兴许能找回久违的感觉。

朋友小鱼多次对我提起这家小作坊，也经常到这里买刚出炉的酥油饼给我们品尝，薄薄的圆圆的，皮色焦黄，一入口就让你找回小时的味道，熟悉的味道里，总有一股淡淡的乡愁和浓浓的乡味。吃过之后，在场的人都说好吃。好吃，其实就是对“和昌”酥油饼最朴素贴切的好评。

作坊里的小媳妇非常年轻，她每天都和婆婆在作坊里干半天活，搓米团，擀饼皮，填馅，整个工序行云流水。小作坊每日只做半天生意，从来就没有隔夜饼，当天中午前酥油饼一只不剩，全卖光。

想起小时从巷头走过，掏钱买块酥油饼，边吃边走，没走完半节老街，饼就吃完了，甩着一手余香回家。直到前两年，小鱼有次来茂名，带来几筒酥油饼，吃回小时的味道，便问小鱼，哪里的酥油饼，小鱼说，小学巷子那家的。

今天总算如愿找到这家小作坊，老房子，小门面。我想，小作坊就应该是老房子小门面的。问作坊主人一天能生产多大的量，小媳妇说，好几千只吧，包括其他品种，酥油饼销量最大。

小作坊名叫“电城和昌饼家”，这家子三代人，已经营了四十多年，也算是地方上的“老字号”了。小媳妇的婆婆说，她自嫁进这个家门，家里就一直做酥油饼，到她媳妇这代，俨然成了家族传承人。

酥油饼有豆沙馅和赤砂糖馅两种，货架上还摆着凸鼓饼、刀切饼、合桃酥、豆沙月饼等，纯手工制作，包装也是旧时的包装，纸皮浸透出油渍，价廉物美，吃的都是回头客。

酒香不怕巷子深。和昌做的是良心饼，不求量，不贪大，几十年如一日，也许这就是和昌饼家的坚守和品质。

## 林记芥菜包

林记芥菜包成了小城人早茶晚茶必点的小吃。春节前给小鱼电话，让她帮我给广州的朋友寄点林记芥菜包，收到快递后，他们打电话或发微信给我，问这是何物，如何吃法。我回复朋友，这是电城的非遗美食，叫“芥菜包”。

在我小时候，只有春节前后几天才能吃到芥菜包。临近岁晚，张家伯母们就张罗着做芥菜包，备料，泡米，撞米，馅料主要是花生、慈姑、五花腩猪肉、鲜蚝，家境好的还用上虾米、腊肠、腊肉等。

我家做芥菜包的主角是父亲，他调的馅料是全村最好的，做工精致，味道极好。我母亲只是打下手，搓米团，煮芥菜叶，蒸煮，这些细活都是我母亲和家人包下。我家蒸煮芥菜包一般是晚饭后，寒冷冬夜，柴火从灶膛口吐出红红的光，寒冷中倍添几分暖意。母亲的经验，蒸一锅芥菜包要烧三支香的工夫，那时家中没有钟表，只能以烧香计时。三支香烧过后，芥菜包就可以出锅了，满屋子都是喷喷的糍香味。

一家子人围在八仙桌边，你一只我一只地吃着，父亲口味大，还要另给他备一碟酱油，外加几滴芝麻油，这是他的专利。我们兄弟姐妹不讲究，能在过年吃上芥菜包，已经是天底下最幸福的事了。不过话说回来，我父亲调的馅确实是好，要不然，那年一群青年伙伴来我家，正遇上我家做芥菜包，其中一位一口气吃下十二只，算是破纪录了。

小城林记主人是“电城芥菜包”非遗传承人，这家店里的芥菜包是纯手工制作，不仅保留着传统的制作工艺，还突破了包裹芥菜包菜叶的原有素色，蒸熟后依然青绿如初，口感相当好。

小鱼发来一份“电城芥菜包”申请非遗资料，将其要素照抄如下：

芥菜包是茂名滨海新区一种民间传统特色小吃。芥菜

芥菜包

包不是包子，是粑的一种。主要是用花生仁、五花腩、腩油、蒜肉、生抽、老抽、蚝油、南乳、花生酱、五香粉、盐、白糖、鸡粉调成馅料，再用糯米、大米粉合搓成团，然后分出拳头一样大小，分别将小粉团压成薄片。将调好的馅料放入糯米团里。有些地方的人喜欢用红豆、黄豆、眉豆或绿豆配些海鲜做馅，不同地方习俗不同。但是这个粑好不好吃，关键也就在这个馅了！然后用薄片将馅包牢，最后外包新鲜的生菜。以前的芥菜包是用芥菜做的，后来改良，用生菜做出来口感更好，从此芥菜包就成了没有芥菜的芥菜包。芥菜包已成为地方一种很有特色的民间食物，凝结着浓浓的乡土之情和人民的勤劳智慧。

这段文字，基本概括了芥菜包的制作工艺和用料。一般家庭的做法，与林记店的大同小异，在配料上更为简单些。

# 南街八十七号糖水铺

街是老街，店面粉刷过了，门牌仍然是南街八十七号。

八十七号是有历史的，闻到门牌的锈味，也许它建时没有编号，明时的老街，明时的老宅，拆拆建建，它的基石是明代的。

这个门牌，与小城老街其他门牌并无二样，只是编号不同。

其实区别还是有的，站在这，站在八十七号店面屋檐下，一抬头，就能看见红墙黛瓦的钟鼓楼。城中唯一一处明代建筑，洞门，檐角，通透的廊柱，精致的屏风雕刻，每一样，都让你穿越时空，回到明朝。

南街八十七号是糖水铺，店面小，却也生意红火，热热闹闹，客来客往，几乎都是熟面熟脸的老街坊。偶有像我这样的“异乡客”，走亲访友，回乡下老家，夜间没事，就想起南街八十七号糖水铺，约上二三乡党老友，过来吃碗糖水，吃回童年的感觉，吃回故乡的味道。

店主是对中年夫妇，慈眉善目，客气大方。早些年来，他们都还很年轻。偶尔过南街进入这间店，吃过一两回糖水，后来每回乡下，我们都会说，去南街吧，去南街八十七号糖水铺，吃碗糖水再走。

一往二来，与店主熟了，被这对年轻夫妇的热情感染。于是我想，味道好是一回事，好客的主人心地更好。

还有个好的理由，八十七号糖水铺是百年老字号，没百年也有近百年了。

女主人说，她婆家很早就做这行当，婆家的先人也做这行当。这样算来，起码三四代了，这样说来，也称得上老字号了。

关键是，这家糖水确实好，品种也多，大薯糖水、汤丸、芝麻糊、杏仁露、海菜糖水、西米糖水、绿豆沙，应有尽有，屈指数数也有十多个品种，纯手工制作，传统得很，吃着吃着，吃出久违的柴火味。

小城人的生活习惯，有别于其他地方，没过五点吃完“夜灰”（晚饭），大人们“上山下海”，爬庄山，或到南门港海堤散步。七点未过，华灯初上，年轻妈妈们又带上小孩，来南街八十七号糖水铺吃糖水。当然还有钟鼓楼下的糖水铺，生意忙个不停。

我带上朋友们，是常来南街八十七号的，一进店面，主人就说，回来了？多亲切呀！多暖心呀！就像回到自己家中一样。

一般是夜间来，十一点左右，这个时段没那么热闹，店面小，来早了找不到位置。

再一个呀，这个时候来，小街开始安静下来了，有时我站在街边，看钟鼓楼，错觉里总有鼓楼的打更声。

唉！人呀，随着岁数大了，对故乡的每样东西，都有感情。南街八十七号，久不回来，对它总有种牵挂。

# 隐于鱼行菜市里的小吃

南街鱼行巷是小吃比较集中的地方，小时去上学，踩着老巷石走过鱼行巷，低矮灰暗的铺面屋檐下，摆着猪肠粉、燕子粑、蛤蝼糍，鱼行转角处，地摊摆着熟鱼、熟蟹、熟虾、熟章鱼。虽然这些不是小吃，但也可作小吃来吃。

鱼行与菜市行隔着一段通道，南边鱼行，北边菜市行，分得清清楚楚。说到小吃，最有小城特色的，都在菜市行里。鱼炸、蚝炸、粥铺、粉皮、乌贼丸汤、鱼丸汤、粑子糖水、汤圆、小麦糖粥等等，都散布在菜市的铺头角落。

印象最深的是铺头的那家乌贼丸汤，一早就烧着一大铁锅猪骨头汤，那汤面飘散着诱人胃口的肉香味。师傅手持一把铁勺子，面对红红的炉火，胸前挂一条油迹斑斑的围裙，左手添柴火，右手掌勺。有吃客来，几颗乌贼丸，一小团面线，落锅煮熟，装到一只海碗里，添上一勺滚烫的骨头汤，撒几粒葱花，滴几滴麻油，稳稳地放在吃客面前。吃客蹲在一张四脚长木凳上，呼啦啦地吃得满嘴生香，汗珠即时从发际从脸颊冒出来。看他们吃的那种满足感，再好的山珍海味也在其下。

这几年间，我也偶尔会来菜市走走，虽然找不回二三十年前的感觉，但烟火味仍在。菜市旁的小食店，店面没太多的变化，有时见到几个乡下人围坐在一张矮矮的小木桌前，摆上一碟炒粉、一碟猪头肉，另加一个菜、几杯小酒，边吃边聊边抽水烟，这情景，与二三十年前并无二样。

有次我在菜市内一个角落里，见到一老妇端坐在地面卖豆腐饼，个头特别大，摆在一张宽大的莲藕叶上面，大概是她卖剩的三四只，我不问价，全买了。我买的不仅是豆腐饼，是一种久违的感觉。回到乡下老家，招来几位老朋友，将豆腐饼切成块，用盐水浸泡过，再加点生抽、麻油蘸着吃，那口感，真是好得不行。后来再来菜市，见不到那位老妇人了，美食，有时真是可遇不可求。

## 十字街头的鸡粥、鸭粥、刺龟皮汤

二十世纪八九十年代，十字街有鸡粥铺、狗肉档，好像还有家鸭粥铺，生意十分红火。那时的街灯早早就熄了，街是老街，房子是老房子，整个十字街口就亮着几盏汽灯，那光也只够照亮砧板和几张小木桌，吃鸡粥的人面孔是模糊的，吃客只顾埋头吃，周围寂静，时不时传来斩鸡的砧板声。十字街头只开夜市，我来鸡粥铺吃过，陪县城的朋友来过几回。半只鸡，一小盆鸡粥，另添一碟豆芽或挤水通菜，吃着吃着，夜就深了，口留余香一路走回家，想想那时的生活，也算是小幸福吧。当下，十字街头夜市喧嚣，再也没有旧时的那份清静了。

前年雨水那天傍晚来到东街刺龟皮汤档口，侄子永忠提前半小时来“占位”，才在角落处找到一张小桌。店主见我进来，热情打个招呼，埋头忙活去了。这家店面狭长，只能容下十来张台桌，吃客常常是面对面，背靠背，拥挤得很，但生意从早到晚，都是那么红火。十来分钟，主人端来一盆刺龟皮汤、一小碟白切鸡、四五只油爆小墨鱼、一碟白灼豆芽，以及调料，感觉里，整个胃口都被侍候得妥妥帖帖。一碗刺龟皮汤下肚，把以往的味蕾记忆一扫而光。侄子付过饭菜钱，我们又打着伞踩着雨水去西街，据说西街有一家蚝煎粑壳，味道也是一绝。

偏偏不巧，西街这家蚝煎粑壳前一天撤摊了，因租金贵，做不下去。记得第一次来这家店时，生意好得很，找不到位置，我们被挤到里面的一个角落。这家蚝煎粑壳很地道，传统制作，材料是鲜蚝、葱花、米粉浆，若干调料，用一只小碗口般大的铁丝网勺，装满米粉浆调好的鲜蚝、葱花，放到大油锅里炸，色焦黄，即可上锅。要趁热吃，沾点熟盐粉，一口下去，外脆内松软，蚝味葱味，那鲜美度，妙不可言。只是，在小城，如今很难遇到这样的炸蚝煎粑壳的档口。

2023年4月25日

# 潘记私房菜

## 墨鱼饼 · 马鲛鱼丸

每逢春节前都给外地朋友寄老家小城特产墨鱼饼、马鲛鱼丸，今年也不会落下，落下会让朋友有种牵挂，虽然不比海参鲍鱼名贵，但也是小城人逢年过节、宴席和待客必不可少的两道菜。

有人说，这两道菜才真正是电城人舌尖上的乡愁。

我感受最深，每到春节临近，老家亲朋好友都会为我备两样东西——墨鱼饼和马鲛鱼丸，似乎只有这两样东西，方可代表乡情、乡味和乡愁。记得我父亲在世时，春节是必做墨鱼饼的，他老人家刀下工细，加上配料精到，墨鱼饼一起锅，即时先让旁人品尝，都会赢得称赞。我儿子说，爷爷做的墨鱼饼最好吃，没人超过他的水平。这倒是不假，因为，这是儿子儿时的记忆，自然印象深刻。

说到墨鱼饼，在故乡小城已有几百年历史了，代代相传，形成了小城人味蕾上独有的遗传“基因”，他们的

墨鱼饼

生活和人生，总是离不开这样东西。大凡宴席，墨鱼饼总是在几片青嫩菜叶垫底衬托出别有风味的个性，抢尽风头。

小城懂得做墨鱼饼的人真不少，我倒觉得让我心仪的是潘记墨鱼饼。潘记主人潘天华，也就是今年春节黄金时段在央视纪录频道热播的纪录片《四季流转年夜饭》（吉林电视台摄制）潘家墨鱼饼和马鲛鱼丸“三代传承人”的天华大哥（老潘）。

论辈分，天华小我一辈。他家的档口就在小城南街鱼行巷子靠近菜市口，白天非常热闹的地段。在我小时印象中，那个地方曾经是打铁铺，经过时总会听见叮叮当当的“打铁声”。如今，这个地方，却成了天华家卖海品干货的档口。

那天吉林电视台摄制组三位青年人来到天华家档口拍现场，他们对天华家的马鲛鱼丸和墨鱼饼情有独钟，从选料到制作成品，拍下全过程。在央视亮相后，潘记墨鱼饼和马鲛鱼丸就成了众目青睐的地方美食，天华朴素的形象也在央视亮相，一时名声在外。

马鲛鱼丸

潘记墨鱼饼（小城人习惯叫“乌贼饼”）与小城其他人家做法并无二样，可潘记墨鱼饼的味道却比其他人的略胜一筹。何故？潘记墨鱼饼传承人潘天华聊到这个话题时，轻描淡写说了一句：选料，精工，用心。我想，当然还有潘记的妙传秘制，在小城众家墨鱼饼小作坊里，潘记总有过人之处。

说到选料，记起我父亲那幕，他选墨鱼尤其挑剔，从鱼摊上拿起一条墨鱼左看右看，皮色光亮，鱼眼珠不浑浊是首要。父亲说，这种墨鱼起海不久，才有如此好成色。至于精工，也就各有路数了。父亲做墨鱼饼，就像做一件艺术品。大盆清水漂洗过墨鱼，剥皮，起脊骨，去内脏，墨鱼肉亮出瓷白色。然后起砧，开刀细剁，直到成糨糊状，装进容器里，加入蒜白、橙皮、鸡蛋白、盐、白糖、生粉等配料，搅拌均匀，用手心捏成丸子，下锅。锅里的水沸点不能过高，大约是九十摄氏度的“虾眼水”，慢火泡煎，直到墨鱼丸子浮出水面，方可出锅上碟。整个过程都做得精致耐心，大概其他人家的也是如法炮制，偏偏唯独天华家的潘记墨鱼饼，总会让人吃出别样风味。

（补记：潘记墨鱼饼和马鲛鱼丸分别获评为市级非遗美食，潘天华和他儿子潘柏冬，分别获得电城墨鱼饼制作、马鲛鱼丸制作技艺传承人的称号。）

## 豆丁糖水

在小城，如今能吃上一碗豆丁糖水是奢侈的。

上个周末回小城，日学提议，趁过年氛围还在，让天华备好豆丁糖水请大家尝尝。正好天华在场，满口答应下来。

豆丁糖水可不是一般糖水，想吃就能即时吃到。豆丁糖水是要有耐心等待的，整个制作过程大约需要一周时间。因其制作工艺繁琐，豆丁糖水在小城几近失传了，也只有天华家偶尔会请朋友们吃一回，因此也有了“潘记豆丁糖水”的外号。

旧时，豆丁糖水是小城人身份的象征，也就是说，能吃上豆丁糖水的人家，非官即富，一般平民百姓是没条件享受的。豆丁糖水不是材料有多么的昂贵奇缺，恰恰相反，食材也是当地猪肉、花生和市场上常见的一些配料而已。

天华说，他家祖上有做豆丁糖水的传统，过大年，或有贵客来访，才提前六七天备料，最考功夫的是腌制猪肉这一环节。猪肉也不是一般家养的肥猪，而是一种极限也只能长到百来斤的梅花猪，选的又只是猪脊部位的肥肉。脊肉结实油少，刀工要特别精细，将脊肉切成片状，再切成指甲般大小的肉粒，然后用糖腌制三至四天。糖必是当地产的竹糖红糖，加以少许冰糖腌制。四天后，肉粒透明状，猪油也被完全分解，方可食用。

再就是选花生。天华说，花生要选当季的，最好是秋豆。花生脱壳，连衣炒熟，用容器密封，保持干脆度。吃时，才去衣将花生粒撒在糖水上面，清香可口。煮糖水也非常讲究，保持温火，水沸后下冬瓜条糖、橘饼等配料，汤色透明，略有胶状，才可以装进白色瓷碗里，接着随吃者所需，抓把炒花生撒进碗里，即可吃用。

原本吃时没想得太多，听天华一说，才觉得制作豆丁糖水的每个环节，都那么苛刻而有仪式感。味道自然没的说，一入口，甜度适中，清香沁心。花生呢，一口一个脆，真是过齿留香，余味无穷。

复想，如此考究的吃法，哪是一般人家消受得起的？

小城甜品种类颇多，光是南街糖水铺的甜品糖水就有一二十种，如海菜糖、大薯糖、秘制汤圆等，是别处见不到的，糖水铺里唯独没有豆丁糖水。问过糖水铺主人，为何不做豆丁糖水？主人告知，工序繁琐，周期长，成本也太高了，一般人消费不起。

豆丁，古汉语里有所记载，《通雅·饮食》里面说道：“今日春盛是也，因作豆丁。”可见，豆丁糖水非本地固有，而是几百年前到小城来任职的官员从外省引进的一种美食。

2022年2月13日

# 城边旧事

## 葵扇树地

西南环有片葵扇树地，在护城河边上。那蓊郁的绿，是一片抹不去的底色，每每回乡下经过这里，都会把目光放到曾经是葵扇树地的地方，取而代之的，已是高高低低的民舍楼房，护城河也早已名存实亡了。

小时候去西门曾外婆家，手提装着汤盅的小竹篮，走在铺着河沙的环城小公路上，到西南环转角处，有个被葵扇叶遮蔽着阴森森的黄泥坑，城里城外的人都叫这地方“鬼子角”。意思是先天夭折的婴儿，都用草袋装着到这坑边扔掉。

那恐慌不说可知。我是每次经过这里，都半闭着眼睛小跑。跑急了脚后跟跳上来的沙子就越密越多，大白天的，就真以为是鬼撒沙。

曾外婆家在西城门外左侧，单门独院，树木高大阴森，人未到竹门边，狗就吠起来了，鸡鸭也嚷起来了。大树下牛绳牵着一头黄牛，在吃草。

狗吠过之后，曾外婆从内屋出来。个子矮小的裹足老人，走得极慢，竹门打开我才能进去。曾外婆满脸皱纹都折叠着笑意，那时她真的很老了。她接过小竹篮，牵着我的小手，慢悠悠地走入内屋。她说的话，我几乎听不懂，哝哝呢呢的语调，语速极慢。

后来我才知道，曾外婆和我外婆，来自十里洋场旧上海滩。曾外婆说的是江浙方言，我外婆也是。

我娘说，曾外婆最后一次来我家，拿走一把木梳子。

我外婆说，你曾外婆最后一次来了。

果真，曾外婆没多久就走了。一走就过了许多年。

与这片葵扇树地结下缘的，是二十岁左右时，也是很短的一段时日。那时我大病初愈，待在家中息养，有两三位城里的同龄人，喜欢文学，常来我家里。

我们约定，每周找个时间去户外看书。都觉得西南环的葵扇树地好，偏僻清静，又靠着护城河，是个看书的好去处。

于是每个周日上午，我们都各自带上一本小说、笔记本，到葵扇树地里看书，边看边做笔记。

文学梦，青春期，葵扇树地，还有护城河，一段极短而充实的时光。

后来我们各奔东西，只有我没有放弃初衷，但路子也走得艰难。后来有了工作，成了家，没有多少积蓄，日子过得还不算差，也就知足矣。

倒是家中多了几个书架的藏书，书架装不下的，四处乱放，书桌边，床头柜，沙发上，能顺手拿到书的地方，都放着各类书和杂志。

现在回想起来，那段短暂的户外看书的日子真好。

蓊郁的葵扇树地，护城河，河床一股清澈见底的活水，翻动书页和纸上记笔记的声音……

## 绿邮筒

绿邮筒是城西邮电所最光鲜耀目的标志。

靠着西城门外的护城河边，三间平房瓦舍，粉墙灰瓦，一只立在门外边的绿邮筒，格外显眼。

常来这里上班的是一老一少的邮电所职员。现在看来，长者也只有四十开外，少者则非常年轻。

他们俩守着一个小小的邮电所，等着每天从环城公路开来的邮车。

一般是上午，邮车一到，等在门外的长者，接过司机从邮车上递过来的一大袋邮件，提着走进邮电所里面。

邮车开走后，少有车辆从小公路上开过。偶尔过来的客车，没站停靠，一股烟尘地开到东门的终点站。尽管是条下达海口上至广州的国道，其实那时过往的车辆并不多，多半时间，小公路总是空的。

我常来邮电所，可以说是天天来。

那时我在邮电所附近的汽车修配厂上班，临时的，学徒。跟着一位外来老师傅，我们几位晚辈称他“胡伯”，胡伯来自开平赤坎侨乡，家族全是华侨，去了美国。

胡伯青年时去过缅甸，做国民党高官的司机。他为什么没离开大陆去台湾？我们从来不问他这个问题。总之他留在大陆，安家在老家开平赤坎镇。

胡伯修车技术超高，用现时的网络语叫“牛B”。胡伯平时坐在修配厂大门口值班室，没活时他总是这样，一壶茶，一只杯，一个人，悠闲自得饮着茶，看天，看进进出出的人。

修车其实才是他的职业，坐在值班室喝茶也是。只要有车辆进厂修理，开过他面前，一听，他心里就明白，这车毛病在哪。他吃的就是这门技术，别的师傅做不到，他能做到。

我在他手下，其实不用下车间干活，帮他开领取配件清单，他说什么，我就写什么，仅此而已。

所以每天我有时间去西门城外的小邮电所。

来这里无外乎做两件事：帮老邮递员分信件，顺便翻翻当天的报纸杂志。其实我还有一个目的，老邮递员不知道，那时我经常给刊物投稿，如《青春》《诗刊》《文学青年》等，遇到有自己的退稿信，跟老邮递员说声，拿走。

有次遇到邮电所上级来查岗，我蹲在邮件堆旁帮老邮递员分信件，这位领导问邮递员：“他是谁？”

老邮递员看我一眼，很尴尬，然后说：“我家侄子，假期他没事做，来这里帮忙。”

领导不再说什么，双手叉腰，走开了。我全身冒汗。

邮电所早撤了，好像那几间平房还在，换了水泥顶。

只是大河沟出水口看不到了。以前一下大雨，大河沟水往护城河泻，满河床白水泡，随着轰鸣响声，向南流去。

## 那堵老墙

花生地边是堵老墙，石头砌起来的，凹凸不平，每年夏天，总有两个外地人来墙边涂石灰水，用刷子大笔写广告。

写的广告内容都是“何济公”“保济丸”“止咳露”。

两个外地人一高一矮。矮的穿圆领短袖白衫，高的穿四个袋灰色唐装，戴深度近视眼镜。矮的涂石灰水，高的写字。字写得真好，和看到的在药店卖的“保济丸”“何济公”外包装的字一模一样。

间或他们俩歇歇，坐在花生地边，掏出绿色军用水壶喝水。

这边写完了，他们俩又骑单车离开，墙边的草地上，洒落着一小片石灰水，白的是石灰，绿的是草。

这堵老墙，是供销社的外墙，在城南西段公路边。农民进城买肥料买农药，都到这里来。大门白天常常是敞开的，夜晚关得严实。

再说远点，长辈人都知道这里曾经是兵营。听大人说，那时兵营晚上放电影，外围墙全是人，人叠人，轮番替换着，一个站在另一个肩膀上，看兵营里放映的电影。我没经历过，只听说，想想多么刺激的事情。

早些年那墙老墙还在，花生地却建起了密密麻麻的房子。

尽管物事变迁，岁月更替，但那堵老墙，还有一高一矮的两个外地人，始终没有远离，像木刻画一样，深刻在印象里。

## 城门坎下人家

南城门坎下有处老房子，也不知住过几代人了。

在我懂事时，这家人就住在这里。

坎下的老房子只看到屋顶，茅舍，屋廓都被树枝绿叶盖过了。

老房子所处的位置，应是当年城门吊桥旁，屋后是护城河，流水长年不断。

乡下有一说，前不种桃，后不种蕉。意思大概是，屋前不宜种桃，屋后不宜种蕉。桃花太妖艳，招情仇未了的女鬼；芭蕉太孤清，一阵风雨，其声如泣，都不吉利。

这家人则反其道而行之，不但门前种桃，而且满院子都是桃树。一到春来风暖，满树桃花压也压不下去，悬浮在树冠上。也只能看到树冠，从坎上看下去，除了若隐若现的屋脊，就是桃花。

这家人的脸色都不好，蜡黄，菜青，但个个长相都端正。女的面如圆月，男的国字脸，气宇不凡。

尤其这家父子，一站出来，你会觉得他们不是本地的种，浓眉方脸，炯炯有神，就像《三国演义》连环画里见过的周瑜，或《水浒传》里的卢俊义那类。

这家人姓黎，黎姓在城南街口外，十户八户人家，靠着天后宫，宫前有口洗脚塘，小时我们叫它“天后宫塘”。前年回老家，进天后宫看了一块碑文，此处庙宇建于明中期，而且是我张家先人筹资建的。

坎下的这家人，有个老太太，矮小，慈祥，坐在家门外桃树下，身边横一根拐杖。

儿时去坎下的护城河角踩河蚌，抓河虾，就经过这家人门口。这家人面部表情不愠不怒，无喜无乐，平静如水。像镜中人，只对镜子看，世外的事不关心，不多看一眼。

过了许多年，年年我都回乡下，没一次遇上这家人。

我想他们活错了朝代，要是活在宋朝，这家人的先人，像苏轼当年，流放到岭南边地来，说不准也是名臣之后。

## 洗脚塘

四城门外都有口洗脚塘，老人说。

我说的老人不止一个，而是如今健在的小城八九十岁老人都这么说。

城里城外池塘很多，我们村至少有十口八口，城里更多，据说这座建于明初的小方城，过去就有三十六口池塘。四条大河沟，若干条小河沟，可见排水系统比现今有预见，先进多了。不管下多大的雨，街面上都没有积水。

过去不大明白洗脚塘的用途，上年回小城，拜访了城中九旬老人陆先生，他说得明白，洗脚塘就是方便洗脚用。

老先生一语中的，惊醒了梦中人，简单的问题我把它想复杂了。

问题是，为什么那个年代要在四城门外设口洗脚塘？始终不明了。

后来查阅小城史料，城是方城，四城门街，街心只有三条石板宽，铺着褐色街心石条。明初小城是神电卫，即镇守海防的军事要塞，有骑兵，有战马，街心是马道，可想见马蹄踏着街石时发出的哒哒声。

但这与洗脚塘没有太大的联系。后又听了从小城出来从政多年又离休多年的吴老说，城里过去有位在钟鼓楼下摆凉茶摊的老者，出门或回家时，都目不斜视地走街心石。

我问何故，吴老说，这老先生把他自己当绅士看。

这我才理出个头绪来，原来有钱有势的人，才有资格走街心。

而城中居民，即便没资格走街心，也能穿鞋走街心两侧人行道，当然，一般情况下，他们都是走在临街骑楼底下的走廊上。

洗脚塘也只是方便城外平民百姓，进城前净脚，有个仪式感，无论你光脚也好，穿鞋也罢，踏入城门之前，你必须在城门外洗脚塘洗净沾泥带尘的脚板，才允许进城。初时可能有专人监督守关，后来渐渐约定俗成，进城的人都会自觉到洗脚塘洗脚，清清爽爽、干干净净进城去。

我想，这也是城乡差别，贫富代沟，不过也说明那个年代的一些规矩，确实约束了一些不良习惯和行为，让城里的环境保持清洁。

洗脚塘没罪，古人没错。错就错在时间，经过数百年流转，洗脚塘没了，小城也没了旧时那份清净。

2019年6月11日

# 老饼印

老饼印现时难得一见了。

那天走进琪昌老字号饼业旧物件陈列室，就见到陈列在木架上的各种各样的老饼印。大者海碗口大，小者茶杯般小，都是木头刻出来的老饼印。它们形状各异，刻纹粗细深浅，无不留下岁月痕迹和烟火味。

细细浏览，有月饼饼印、干粮饼（炒米饼）印、寿桃粄印，此外还有状元饼、弥月饼、田艾粄印等等。这里的每一枚老饼印，都会让你找回儿时的记忆。比如小时中秋节市面卖的猪仔饼、猪乸饼和鲤鱼饼，都能从这些老饼印看到它们的原初出处，承载着当初的好奇心，也由此引发旧时记忆里的难忘画面。

小时过中秋，父亲总会从小城里买回几只猪仔饼，兄弟姐妹各得一只。猪仔饼着实可爱，装在一只竹编染着颜色的猪笼里，靠鼻一闻，就闻到饼香。还不能即时吃，要等到中秋夜月起，敬完月公才能吃掉。饼是吃了，猪笼却舍不得扔去，一直玩到褪色，玩到散架。猪乸饼个头大，只能兄弟姐妹共享一只了。

干粮饼，也就是炒米饼，是近一二十年市场最流行的一种地方传统美食，逢年过节、年例、亲朋手礼，也少不了炒米饼。小城人做炒米饼由来已久，但小城人的叫法是“胶粮饼”，胶粮饼的称谓更符合实际。有说是炒米饼最初源于一千多年前的冼太军粮，是把米饭团烤干随身带行军中备用的“干粮”，“干粮”和“胶粮”读音就基本吻合了。所以说，小城人的“胶粮饼”，在一千多年前已形成。冼夫人出生地在城北十里外的山兜丁村，一些饮食习惯至今还在小城一带流行，也是完全有可能的。

琪昌炒米饼获评为省级非遗和广东百年老字号，也就是依托冼太军粮的“基因”和历史，以及后来对产品进行改良创新，走向市场，才赢得顾客的普遍认可。易茂才作为琪昌炒米饼技巧传承人，这些年也付出了为人所不知的努力。

说到胶粮饼，我还是非常怀念小城一段旧时光。三四十年前，小城人过年前几天，家家户户都打胶粮饼，这里的“打”字就最形象，如果用“做”字，就过于平淡了。

进入腊月，小城人就开始备料、备木炭，离过年还有几天，即农历十二月廿五左右，他们开始磨米粉，备花生、红糖，选个夜晚或下午，一家人围在炭火旁，打胶粮饼。临街的人家都敞开门户，在昏黄的灯火下打胶粮，一人坐在大簸箕前调料，用糖浆混到米粉里调均匀，抓一把装进饼印里，再放进些许花生馅，或用白糖腌渍的肥猪肉，手拿一只青白螺贝壳把米粉压实，然后饼印

琪昌的老饼印

反过来，用一根木槌在饼印背轻轻敲打两下，干粮饼就落在用铁丝编成的簸箕上面，由着炭火微微烤，直到饼皮呈焦黄色，用钳子夹起来放在容器上，热气散去，才装进一只瓷缸里，备着过春节。现在回想起来，小城岁末的夜晚，满条老街都弥漫着饼香味。

当然，只是小城里的人家才打胶粮饼，城郊的乡下人没条件打胶粮饼，只能包芥菜包，也就是获得市级非遗的小城林记的生菜包。

每只老饼印，都有一个故事。难怪说，小城故事多。

2024年11月15日

# 百年母校

在电城人心目中，这所百年老校，就是他们至高无上的知识殿堂。

几乎没有电城人不在这所学校读过书，受到知识启蒙，打开他们的求学之门。每个电城人，都会自觉地把她当成人生的第一母校。尽管每个时代的电城人对母校的记忆不一样，所走过的历程不一样，但“母校”二字，已深深地镌刻在他们人生的履历里，甚至成为他们永久的文化基因。

这是电白县有史以来最早成立的一所“官立高等小学堂”，清末光绪三十一年（1905），知县祺威设县学务公所于莲峰书院，委派邵延惠为所长，命拔贡朱元昌、邵延惠及邵士沅、梁润时、廖德谦、黄运光、廖祺南等为学董，负责筹办“电白县官立高等小学堂”，以莲峰书院为堂址（今中心小学、旧一小所在地），拨县内寺庙田租以充经费，所需建设费爰向各族捐题先祖禄位，以资挹注。也就是说，建校资金全部由寺庙田租和社会各界人士捐资，不动用官方分文。

电城镇中心小学校门

据史料记载：政府拨县城内寺庙田产一千六百石租和原莲峰书院盐田收入等，新建禄位楼一座、教室两间，并将尊经阁及书院原址修建为堂舍，校舍面积两千平方米，半载后落成，规模宏伟。县里委派拔贡邵延惠为堂长（校长），至光绪三十二年（1906）二月成立开学，招生一百人，改名为“电白县官立高等小学堂”，是电白县第一所新式学校，而电白的新教育亦发轫于此。

民国元年（1912），改称为“电白县立第一高等小学校”，增建课室、礼堂，扩大校园面积。民国九年（1920）改称为“电白县立第一小学校”，开设一至七年级。民国三十年（1941）秋，全县推行国民教育，各乡办设中心学校，学校改称为“电白县附城乡中心学校”，开设一至六年级六个教学班，有学生二百九十七人，教师十二人。一九四九年，学校有七个教学班，学生三百五十人，教师十五人。一九五〇年，改称为“电白县第一小学”。一九六〇年，改称为“电城镇第一小学”。一九六七年九月，学校附设初中班，一九八二年，初中班停办，共毕业初中学生十五届。一九八〇年，改称为“电城镇中心小学”。一九八一年，“电白县第一小学”的校名改由水东镇“东风小学”使用。一九八七年九月，电城镇第二小学撤并入电城镇中心小学，校名一直沿用至今。

她的历史可追溯至六百多年前，据广东地方志记载，明洪武二十四年（1391）建神电卫城，神电卫署就设于此。明成化四年（1468），电白县文庙、教谕署，随县治迁神电卫。清初顺治五年（1648），电白县建立“电阳书院”；乾隆八年（1743），知县毛邑重建电阳书院并易其名为“莲峰书院”。因电城为七星伴月莲花地形，书院地处莲峰，因地而得名。

乾隆二十七年（1762）春，聘请浙江嘉兴秀水儒学名宿郑孝廉红泉先生为莲峰书院掌教（山长）。乾隆三十年乙酉科拔贡邵天眷（邵咏之父）以副榜掌教莲峰书院。乾隆五十七年壬子科优贡邵咏曾掌教莲峰书院。道光七年（1827），知县王时任重修莲峰书院。光绪十二年（1886），知县孙铸复修莲峰书院。罗定举人陈书锦以县训导之职兼莲峰书院掌教。己卯科举人杨廷会曾掌教莲峰书院。清末民初，邑之名士邵桐孙、杨锡禄（竹轩）等曾在莲峰书院任教。莲峰书院校产历经充实后主要有学田八处、盐田两所、学铺两家，年可收租谷八百二十九石，另有中甲盐厂每年捐资两百元。

从明清至民国，书院（学校）的历任山长（校长）都是知识界社会名流，也因此形成了传统与现代交融的文脉与独特的校风，培养了一批又一批优秀的学子。如邵咏、邵维乔、朱元昌、邵延惠、邵桐孙、杨锡禄（竹轩）等儒学泰斗；许国锋、高群英、邵贞昌、区就宪、陈德滨、黎诚儒等革命先驱；吴兆奇、陈光宗、陆孔尧等当代文化名人；邓经儒、黎天荣、高川若、邵若海、区鲤腾、杨绍森、王恒胤、杨绿、蔡得、吴培菁、黄文、冯春强等军、政、商及科技界翘楚。以及杨韵笙、高淑蕊、潘何相、李团等分别获得“全国三八红旗手”“全国园丁奖”和“全国优秀教师”称号，还有崔秀容、吴琼华、李铿华、黄絮英、张永忠分别获得广东省“园丁奖”、广东省“普教系统先进教师”、广东省“南粤教坛新秀”奖项和称号。陈国振校长获得广东省一级“星星火炬”奖，黄辉福被评为广东省“优秀联教学校校长”。黄化民、钟增兰、蔡建昌、高晓霞、马慧燕、谢玉冰等老师也分别获得省级奖项。学生杨海燕参加省少代会，潘乃瑞、陈向谊、占伟伟、陈小玲等四位学生被评为全国“好少年”，蔡启波等五位学生被评为省“学雷锋、学赖宁”积极分子。陈向谊被评为茂名市“十杰”少年。一九九〇年十月，陈向谊同学代表茂名市出席全国第三次少先队代表大会，并同江泽民、李鹏等党和国家领导人合影留念。

如今，学校聚集了广泛的教育教学资源，创新了课堂教学方法与模式，推动了各项工作的全面发展，在新时期办出了新的亮点与特色。电城镇中心小学以弘扬优秀中华传统文化及电阳文化为核心，以家国情怀教育、社会主义核心价值观教育、八德教育、诗词歌赋琴棋书画兴趣教育、国学经典诵读等为抓手，形成了君子文化教育特色，既传承电阳文脉，又丰富教育内涵，提升了教育教学成果。

电城镇中心小学（电城一小）共拥有神电卫署、电白县文庙、电白县教谕署及莲峰书院四址，一百多年来筚路蓝缕，桃李芬芳，薪火相传，弦歌不断。它是电阳文脉的发源地，更是电白历史、文化、教育的记忆和人才培养的摇篮，肩负着一百年老校文化传承与发展的使命。

（本文取材于《电城镇中心小学简史》）

# 历代官员与文人笔下的电白

从神电卫的创立至今，六百多年间，全国各地来此小城任职的官员，很难知其详。光是县城从高州长坡迁址神电卫的五百多年，县志里有记载的，就有二百二十八名外地人任电白知县（县长），知县以下的官员就忽略不计了。用当下的话说，这些都是“空降”官员，唯独民国最后一任县长，是从日本留学回国的湛江人，这位县长未满任期，就辞职回湛江霞山继承祖业了。

能留下名字的寥寥无几，能从县志里查到的，只有在重大事件、诗词碑刻中留下一些可供后人参考的文字。他们的名字，往往深埋在故纸堆里，或少有人凭吊的石刻上。如唐代诗人刘长卿，出狱后被贬为南巴县尉，其县治即今电白县麻岗镇。他在南巴写了十多首诗，其中有四首入选《唐诗三百首》。当时刘长卿只是县令属下主管治安的小官员，但因为诗歌，他的名字和诗作，留存在《电白县志》里。

明洪武二十七年（1394）建神电卫城，广东都指挥使花茂奏准，委派惠州指挥使王彪和千户张贞督建。永乐七年（1409），神电卫指挥使俞林在土城外砌上砖石，在四门和四角上建城楼，在每面城墙上建垛堞。万历三年（1575），知县王许之在四城门外加建敌楼十二座，每楼四面开一孔（枪眼），可以向外发射火药枪。万历七年（1579），知县张希皋加高城墙，城墙上面马路筑成阳桥，于桥边建击柝铺，加强守御能力。万历十八年（1590），知县陈玉策再修城垣，增南北城楼两座、钟鼓楼一座。万历三十六年（1608），知县周元玮增筑月楼一层和城门一座。天启三年（1623），知县翟拱辰拓宽城濠二丈，加深一丈。清顺治九年（1652），游击汪宗弘修葺城池，将两个垛口并为一个，每面城墙上筑瞭望楼十二座，让守兵在里面值班，以免日晒雨淋。顺治十四年（1657）七月，飓风吹倒城墙，知县相斗南督工重修城墙、城楼及瞭望楼。

自明至清，也仅有为数不多的知县因筑城修城而得以留名。此外，就是隆庆五年（1571），倭寇血洗神电卫城，城中三千八百余人惨遭杀害，指挥张韬（电白人）仓促迎敌，力战而死。乾隆六十年（1795），“海寇入侵，把总傅君彰领兵剿匪，寡不敌众，傅以下官兵三十一人战死。”事迹惨烈，战死而能留名者寥寥无几。

在古迹的碑文石刻、诗文中留名的，倒是略多些。最具代表性的是清嘉庆年间为冼夫人墓城重立碑的知县特克星阿、电茂场大使张炳。清道光十二年（1832）二月，桐城派的广西文人朱琦在电白境热水温泉留下摩崖刻石“温泉”二字。明嘉靖十四年（1535）秋，谪史程文德书，神电卫指挥董廷玉刻石，如今尚存热水温泉区的摩崖石刻“浴沂石”。清康熙三十二年（1693）孟夏，燕京状元、总兵霍维鼐题书的摩崖石刻“山水可人”，等等。小城北庄山也有数处，如清宣统二年（1910）阳湖人周怡暄题书的石刻“庄泉”，清光绪年间刘亚威题书的石刻“利民泉”、石刻“顺流观化”（题书者未详），清嘉庆十七年（1812）电白知县郑域轮题书的石刻“泉韵山光”“回响”，清道光十二年（1832）三月朱琦题书的石刻“涤尘”，清道光十二年繁昌鲍镇方题书的石刻“海飞云立”，以及一批诗文碑。清嘉庆十二年（1807）八月，邵

邵祥龄题写的“电阳试院”石刻

祥龄题书石刻“电阳试院”（今存电白县第四中学校内）等一批具有较高文物价值的石刻，留名者多是神电卫或电白县官员。

从历代官员与文人写电城的诗文里，我们更能读到一个几百年前的旧电城，领略到旧时的风物人文，这是他们留给电城人一笔相当可贵的精神财富。下面摘录几首描写电城人文风光的古诗，与读者分享：

## 题电白八景（选二）

明·孔镛[①]

### 庄山碧嶂

孤城负崇冈，碧嶂高千尺。
藉此作金汤，永固同磐石。

### 莲峰青屏

白云飞净处，天际一峰青。
眺望临残照，相看对画屏。

① 孔镛（1417—1489），字韶文，苏州府长洲（今江苏苏州）人。成化元年任高州知府，弘治二年召为工部右侍郎。

## 咏望海楼

清·相斗南[①]

海边方歇渡龙舟，乘兴登临望海楼。
洁净禅林停钵韵，离骚客伴动诗愁。
遥向洋外晴岚合，近对莲头烟雾收。
且看振衣遴胜地，空劳极目到沧州。

## 题冼庙（四首）

清·赵峒[②]

当年保障在蛮荒，千里提封食德长。
五代忠贞昭史册，自应庙貌遍高凉。

金戈铁马据欧阳，大义灭亲识最长。
更有双眸明似镜，陈侯一见叹非常。

神电钟灵是故乡，春秋士女报蒸尝。
河清海晏无他事，击鼓吹箫乐岁穰。

使军歌舞此岩疆，翚翼山高共水长。
蕉荔只今炎海上，犹存锦伞月昏黄。

① 相斗南，字蓬伯，号寥天，山西运城人。中会试副榜，顺治十三年任电白县知县。

② 赵峒，浙江绍兴县人，曾任电白知县周文杰幕僚。

## 题冼夫人庙

清·特克星阿①

女子能兵惯出奇，平生忠孝更坚持。

世当扰攘天谁补，民获安全佛比慈。

岭海金汤铜一柱，春秋苹藻炬千枝。

名贤器识英雄略，何限男儿有我师。

历史似乎并不遥远，从历代官员与文人诗文石刻里，我们领略到旧时电白的神采灵韵，山水可人，千年冼太，犹如身临其境，历历在目，一切皆能触手可及。

2024年11月7日

① 特克星阿，满族，正红旗翻译生员，嘉庆年间任电白县知县，曾重立“隋谯国夫人冼氏墓”碑于冼夫人墓城。

# “三冼”遗址

## 丁村（冼府）

二〇〇四年正月廿五，我第一次来丁村，这天是我父亲两周年忌日。并非选了这个日子来，而是上午没啥事，闲在家中，小城文友蔡文超和镇文化站长邵叔铿来我家，约我一起到冼夫人故里丁村走走。

丁村在城北十里外，一个非常偏僻古老的村子。小时只听我娘说过，我父亲有个“婴妈”（奶娘）就在丁村，印象中她来过我家，模样一点也记不起来。在我的概念里，丁村也只是我父亲奶娘的丁村，并没有想得太多。

可是来了丁村我才弄清一个事实，这里是冼夫人的出生地——冼府遗址。一千多年以前，丁村是南越俚人首领冼氏家族的所在地，是冼夫人出生成长的地方。从文友庞积聪兄一篇题为《冼太故里：山兜丁村》的文章中读到，二〇〇四年夏天，他以电白县政协副主席和冼夫人文化研究会成员的身份，陪同广东省文物考古研究所专家来到丁村遗址考古，专家们得出结论，称丁村为“三冼”（冼陵、冼府、冼庙）中的冼府遗址，还列举出《广东通志》《高州府志》《电白县志》对丁村有所记载。清道光《广东通志》载：“电白县，谯国夫人故里在城北十里丁村。”更早一点的清顺治《电白志·秩祀志》载：“丁村乃夫人毓秀之地，乡人以为土主而俎豆之。”意思是，丁村是夫人出生成长的地方，乡人把她奉为境主保护神而祭祀她。

从时间节点看，我比积聪兄来丁村更早些，他是在这年夏天来，我是这年春上。记得文超开摩托带着我和叔铿站长去丁村，出小城北门，一路颠簸，实在不好走。当时丁村还是比较原始，村舍多是黄泥砖老瓦房，掩映在竹林和乔木之中。我们的摩托车停在村口一座小庙前，脚下裸露出雨水冲刷过又被晒干的红土村路，沿着竹林下和小山包边的土路，我们走进村子深处。

晌午的丁村非常安静，除了偶尔几声鸟啼和牛哞，就再也听不到其他杂音了。村子北边是一片山脉，叔铿站长是“老丁村”了，他陪同文物部门和考古专家多次来丁村，对村情十分了解。他指着村北的那片山说，山中还有一个俚人洞遗址，洞内有石床、石凳、石墩等生活器具，只是洞穴阴森，没人敢进入洞穴深处。他还说，洞壁一人多高，可伸直腰走路。

在村子里转悠时，极少见到村人，偶见老者坐在老屋檐下，黑衣，无表情，静默，像一小块被现世遗忘的黑影。我问叔铿站长，村里住的都是冼氏家族吧？叔铿说，没有姓冼的，丁村只有黄姓和蔡姓。我就纳闷，怎么丁村一户姓冼的都没有？叔铿说，在唐朝，冼夫人墓城（冼陵）遭朝廷兵毁过一轮，据说当时冯冼家族被诬告谋朝罪，株连九族，丁村冼氏家族的人逃的逃，死的死，从此冼府败落，冼氏也就没人留在丁村了。原来如此。

丁村毕竟是冼府遗址，总有些历史痕迹留下吧。但现存的依据，只有当地文物部门在村边小山包旁立的一块碑，说明立碑处是丁村冼府遗址，仅此而已。此行没有获得更多丁村的信息，不过也小有收获，在村道旁，我捡回几块隋代瓦当残片，存于家中壁柜作纪念，并在一张打印纸上写下几行说明文字：

“隋代布纹瓦当，迄今约一千四百余年。公元二〇〇四年二月十五日（农历正月廿五），此瓦当俯拾于小城（电城镇）北十里山兜丁村冼夫人故里遗址。时值早春，晌午，村静山远，时闻鸟鸣，四野旷达，一地阳光。是日同行者小城友人邵叔铿、蔡文超等。”

往后的二十年间，我几乎每年都来丁村一两趟。有次陪兆奇吴老来丁村，陪同的还是镇文化站长邵叔铿，来到村中一黄姓人家中，主人从屋边地上挖出一只烛台，台壁刻有“冼府”二字。主人说，是他父亲刨地时从泥土里刨出来的，他知道是老物件，是文物，不敢放在家中，担心有失，只好埋到地里藏起来。时隔多年的丁村，地面的老瓦残片几乎绝迹了。主人说，不少外人来丁村，都会捡走一些老瓦片，后来村民发觉，就把露在地表的老瓦片捡起来，用麻包装好存放家中当宝贝。

丁村虽然看不到古代建筑物，但还有不少与丁村历史有关的地名，如“练兵场”“跑马坡”“娘娘田”“娘娘井”等等。积聪兄在他的文章里记录了考古队考察丁村遗址的状况：在当地人的带领下，他们走进了闻名千年的古丁村，走进冼夫人故里核心区。丁村其实是一个很普通的粤西自然村，由蔡、黄两条自然村组成，不足百户人家，人口仅五百余人。这是二十二年前丁村的状况。

下面这段文字，照录积聪兄原文，佐证考古队进丁村考古发现的真实性：

> 眼下稻田环绕小村，果林茂密。夏日的正午，村民三三两两围坐在村口的榕树下，或悠闲地乘凉，或抽着水烟筒海聊，连家鸡和土狗也懒洋洋地散卧在树荫各处。
>
> 当我们站在村边坡地极目四望，只见高山肃穆，山兜岭五峰屏峙，脉起双髻，峰峦重叠如锦伞，绵延至峨皇、石磊山脉，相连千里。
>
> 丁村背倚的群山，经考察，洞穴无数，山外有山，洞中有洞，相互贯穿。我们往上攀爬，其中公洞

可容人二百，南蛇洞、金鸡洞，洞洞有名。往北，公洞与铁板岭的臣洞，竟可容人过千。据村民说，再往北行的热水、录泥无名洞穴数不胜数。古时“洞”与“垌”音义相同，至今，两广以洞（垌）命名的地名众多。

丁村形胜，同《隋书》“跨据山洞，部落十余万家”的地形神合，同夫人少女时父辈那段“官有万兵，我有万山”的殊死抵抗吻合。

但凡冼研学者，一致承认俚族有“血落娘家”的习俗，也就是说，俚族女人外嫁，死后必须归葬故乡。谯国夫人墓东北之丁村，史志载之为“冼太故里”。积聪兄文章中还提到，二〇一七年至二〇一八年间，广东省文物考古研究所专家再次到丁村遗址实地调查勘探，遗址南侧存在古代壕沟，出土大量建筑材料、陶瓷、玉器、石器等，根据层位和出土器物判断，它和“隋谯国夫人冼氏墓”的墓城遗址属于同一时期。丁村遗址发掘中，发现有古代壕沟一条、房址一座、道路一条、墓葬一座、古灰坑十座、柱洞二十个等遗迹。丁村遗址主要文物年代远至商代、汉代、南朝和唐代，之后还有宋代、明清文物出现。

由于种种原因，丁村遗址至今仍未开掘，丁村的地下，仍然沉睡着三千多年的历史，总有一天，它会“苏醒”过来的。

# 隋谯国夫人冼氏墓（冼陵）

时间追溯至二十世纪八十年代初，那时我还在小城一家县企业工厂当文员。有一天县文物普查队来小城，队里有位文友，他说上午去山兜考察冼夫人墓城，我一脸茫然。冼夫人是谁？我一无所知。朋友说，有空一起去吧，我便跟着文物普查队去了山兜冼氏墓遗址。

印象中是夏天，在山兜小学校门外一株高大凤凰树的树荫底下，地面摆着一块老墓碑，县里来的几位文物普查队员，围在这块碑石旁议论。虽然听不懂他们的意思，但我感觉得到，这块上面刻着字的石块非同一般。后来我才搞清楚，这就是后来立于冼夫人墓城南端的“隋谯国夫人冼氏墓”墓碑。墓碑非墓城原碑，原碑已毁。这块碑，是清嘉庆己卯年（1819）电白知县特克星阿、电茂场大使张炳所立。这块被山兜村一户人家作为猪圈“垫脚石”的墓碑，村民提供给县里来的文物普查队，经考证，正是县志里记载的那块“隋谯国夫人冼氏墓”碑。

事隔多年后，我重来山兜，那时的墓城依然是一片荒芜之地，园内种植着台湾相思树，茂密的枝叶遮蔽着多半个墓园。墓城南端靠近娘娘庙不过五米的地方，立着“隋谯国夫人冼氏墓”墓碑，碑高约两米，阴刻楷书，青色麻石凿成。墓碑侧边有个进墓园的入口，沿着这条杂草丛生的小径可进入墓城中心区。我第一次来，却没有丝毫恐惧

冼太夫人塑像

感，反而有股很特别的气场，让内心一下子平静下来。

墓城周边长着竹林树木，偶见农舍，偌大的墓园，晌午的阳光落了一地，树影斑驳，脚底踩过杂草枯叶时，我听到自己足下的回响，这是一种很怪异的感觉。对这座墓城，早有传闻，我在很小的时候就听大人说过，山兜有个“鬼仔城”，指的就是此处的隋谯国夫人冼氏墓城。

对“鬼仔城”之说我一直存疑。有次我到山兜村走访，问了一位村中老人，“鬼仔城”的传说是什么来的？老人答我，哪有什么“鬼仔城”？是吓唬小孩的，“鬼仔城”就是冼太嬷的墓城。老人说，为了不让小孩进入墓城打扰冼太嬷，就编了一个鬼的故事吓唬他们。原来如此。山兜村民用一种特别的方式来保护这座墓城，他们口中的“冼太嬷”，就是冼夫人。

这位长者还说，多年前，曾有外乡人开着一台拖拉机来到墓城，企图偷走那块“磨刀石”，后被村民发现，持着木棍赶来把偷石的外地汉子撵走。不久，又有一个外地人来村里找村民，想花十万元现金买走“磨刀石”，村民不为重金所动，认为这是“阿嬷”的东西，要将它保护好。

这块巨大的“磨刀石”，被泥土半埋在一条小路旁，这条土路北边是山兜岭，是村民去山兜岭砍柴的必经之道。砍柴人经过这里时，都会从腰间取出砍柴刀在“磨刀石”上面磨过一轮才上山，我娘就有过这样的经历。日长月久，“磨刀石”上也就留下了一处光滑乌亮的磨刀痕迹。这块“磨刀石”，被考古学家认定为冼夫人的“身份证”，是“隋谯国夫人冼氏墓”最具考古价值的佐证之一。

从我手头这份纸质泛黄的《电白县冼夫人墓园建筑遗址勘查工作报告》中可查阅到更详尽的资料。勘查报告表明，二〇〇四年七月到九月间，广东省文物考古研究所、茂名市博物馆、电白县博物馆对“隋谯国夫人冼氏墓”进行初步勘查，对围墙范围、墓园内的基本情况等取得了初步资料，最重要的是发现了“三组”地面建筑，并将勘查作为省级文物保护单位“隋谯国夫人冼氏墓”保护工作的一部分，列入二〇〇五年的工作计划，由省文物考古研究所和电白博物馆组织实施。第二次勘查历时半年，于二〇〇六年一月二十三日结束，揭露面积一千六百平方米，取得重要收获。

这次考古出土文物，包括建筑材料、陶瓷器和铜镜、铜钱等。建筑材料有莲花瓦当、兽形瓦、有字砖等，陶瓷器有罐、碗、盏、杯、香炉、砚台等，其中有几件精美完整器，铜镜一面，铜钱两枚。据初步判断，这些陶瓷器、铜镜等都与祭祀活动有关。现场考古的专家认为，该建筑遗址是广东省考古发现的第一个隋唐墓园建筑实例，勘查发现的主体建筑遗址应是墓园中的祭祀主体建筑遗址，墓园历史、科学研究价值很高。

曾一度被上山砍柴村民视为“磨刀石”的巨石，实则是道光五年（1825）章鸿《电白县志》卷十五记载的“赑屃石”，载文说：“谯国夫人墓，旧有碑，已佚，负碑赑屃石质青白，刻鳞甲甚精致，从插碑孔中断，尚存一半，长三尺，欹埋土中。”专家建议，建亭将“赑屃石”保护起来，侧立于墓城正门外。现场可以看到，赑屃残座仅存其身，首及四足缺损，背部“龟纹”清晰可辨。考古专家说，此赑屃长逾一点三米，重达一点五吨。

赑屃，是中国古代神兽。汉族神话传说中龙生九子，其第七子为赑屃，形似龟而好负重，因而又称龟趺石。《隋书·礼仪三》记载：“三品以上立碑，螭首龟趺。”意思是说古代三品以上官员才立墓碑，足见墓主人身份尊贵。一九九五年，广东考古专家麦英豪曾来到山兜考察冼夫人墓时，感叹道：“墓城之大，赑屃之巨，及地面宏大的建筑物，说明墓主人的身份极高，在岭南除了南越王赵佗，唯有冼夫人这么高的封号才能相配。”

考古专家对墓地年代作了断定，认为墓地出土较多唐代风格的陶瓷器和建筑构件，少数可能早到隋代。目前能够确认与冼夫人卒年相当的器物，是1号探沟第三组建筑所用青砖，这些青砖的规格和侧面的曲折纹装饰，与南朝时期墓砖的规格和装饰风格接近，年代可断在隋。换言之，墓地的始建年代在隋代。但从西墙垣发现的带莲花纹瓦当的筒瓦看，墙垣可能建于唐代或在唐代做过修葺；陶瓷器显示有唐一代，这里都有人守卫或祭拜。

二〇〇〇年版《电白县志·隋墓》记载：谯国夫人即冼夫人，隋开皇十年（590），冼夫人以平定王仲宣叛乱功，被隋文帝册封为谯国夫人。冼夫人墓位于电城镇山兜管理区山兜娘娘庙后。鉴于冼夫人在历史上所建树的伟大功绩及在隋朝时的官位，其墓地修筑成帝王式的陵园。清道光《电白县志》记载，“隋谯国夫人冼氏墓在县北十五里山兜娘娘庙后，茔基横直俱四十四丈五尺”，即是说，墓城呈正方形，边长一百四十八多米，墓城占地面积二万二千平方米。据近年文博人员勘测，实测墓城为东南向，呈长方形，长边一百七十三米，宽边一百二十三米，城墙基底厚十二米，墓城总面积近二万一千三百平方米。

该墓城内除陵寝外，还有墓碑、祭坛、纪功碑亭、朝廷派来祭祀的官员休息所、守墓人员宿舍等设施。但在唐代武则天朝，因冼夫人第五代孙、潘州刺吏冯君衡被“矫诬”获罪抄家株连，此墓城被彻底毁坏，陵寝被挖，墓碑被砸烂，龟趺石被凿缺，并移出墓城区外弃置，其他一切设施也荡然无存。宋《太平寰宇记》、明嘉靖《广东通志》、明万历《高州府志》、清乾隆《高州府志》和清道光《广东通志》《高州府志》《电白县志》以及光绪《电白县志》《电白县乡土志》等，对谯国夫人冼氏墓均有记载。高州知府黄安涛主修的《高州府志》在电白县“古迹”中提到：“隋谯国夫人冼氏墓在县北十五里山兜娘娘庙后，土名鬼仔城，茔基横直俱四十四丈五尺，碑佚，鉴石赑屃犹存，离坟一十八丈。”

值得一提的是，二十一年前，当地乡贤杨伟仁、郑华星二位，以个人资本和社会资源，投入巨资保护隋谯国夫人冼氏墓和山兜娘娘庙，在当地政府和有关部门的支持下，隋谯国夫人冼氏墓、山兜娘娘庙先后被中华人民共和国国务院公布为全国重点文物保护单位。这里也是首批全国民族团结进步教育基地、广东省爱国主义教育基地之一。景区内有丁村冼太夫人故居遗址、隋谯国夫人冼氏墓、娘娘庙（冼太夫人庙）等历史文物，其中冼府、冼墓、冼庙“三冼”并存的文物文化资源在全国绝无仅有。

# 山兜娘娘庙（冼庙）

关于山兜娘娘庙，《电白县志》里有记载：山兜娘娘庙，即冼夫人故里祠，在冼夫人墓城前五十米，建于隋仁寿年间，因为是冼夫人故里祠，故筑墓后即建祠。庙为四合院式，坐西北，向东南，前为庙门，中为方亭，后为正殿及左右偏殿，东西两厢房各三间，进深九点五米，宽十一点五米，总面积七百五十平方米。大门两旁有鼓形石雕；门口对联为“山兜保障，高郡屏藩”；亭柱的对联为“隋朝女将功无二，谯国夫人敕有三”。正殿供奉冼夫人木塑神像，左右偏殿为冯宝和甘、盘、廖、祝、陈三官等偶像。此庙毁于唐，宋、明、清各朝虽有重建或修缮，但远不及原庙的气势。新中国成立后为山兜小学所用，且

山兜娘娘庙

逐渐崩毁。今庙的墙体从墙基至一米高处为砖石结构，隋唐青砖砌体清晰可辨，外墙一米高处至屋顶为明清青砖所砌，庙内梁架全为清代结构。庙的前厅墙壁分别镶嵌有清代碑碣六通。今庙仅存前厅、后殿及左廊，亭、右廊及装饰全毁。

二十世纪七十年代末至八十年代初，娘娘庙仍为山兜小学所用。山兜管区干部黄金兴说，他上小学一年级的第一个星期，就是在娘娘庙里上课，一周后，学校从娘娘庙迁至庙西侧的新校区，再后来，因冼太故里景区建设需要，校址搬迁到景区外的新建学校，并更名为“冼夫人纪念小学”。这座经历一千四百多年风风雨雨的老庙，要不是作为学校所用，很可能在六十年代那场“破四旧”运动中毁于一旦。

县志里说“此庙毁于唐”，也即是因冼夫人玄孙冯君衡被“矫诬”获罪株连所殃及。宋景炎年间，电城庄垌蔡氏始祖蔡秋涧和黄氏始祖黄十九后人重修，后来又有过几次重修。在全球两千多座冼夫人庙中，山兜娘娘庙是唯一的，也是至今年代最为久远的冼太“祖庙”。

在电城人的意识里，敬奉在山兜娘娘庙里的冼夫人，他们一直都不叫“冼夫人”，而是习惯称之为“冼太嬷”，“嬷”即“祖母”的意思。这位一千五百岁的老祖母，似乎从来都没有离开过这片故土，逢年过节，或年例，当地人都会以各种形式祭祀纪念冼夫人——他们心中的“老祖母”。

据考证，冼夫人出生于今电白电城镇山兜丁村，历经梁、陈、隋三朝，她顺应历史潮流，致力维护国家统一、民族团结和岭南的社会稳定，功勋卓著，先后被七朝君王敕封，《隋书》《北史》《资治通鉴》等正史均记载了她的事迹。《隋书》中的《谯国夫人传》，是现存可考全面记载冼夫人生平业绩最早的文字。《隋书》卷八十《列女传》共记载了十五位妇女名人，《谯国夫人》列居第五篇。全篇两千字左右，记述了冼夫人一生的主要事功，可见冼夫人有着何等崇高的历史地位。

唐代名臣魏徵主持纂修的《隋书·谯国夫人传》记载：“谯国夫人者，高凉冼氏之女也。世为南越首领，跨据山洞，部落十余万家。夫人幼贤明，多筹略，在父母家，抚循部众，能行军用师，压服诸越。每劝亲族为善，由是信义结于本乡……海南、儋耳归附者千余洞。”

这段文字的意思是：谯国夫人是高凉冼氏的女儿。冼家世代都担任南越的首领，各部落跨据山洞居住，约有十余万家。夫人幼年时就贤德聪明，多谋略，出嫁前在父母家时，就能安抚部众，能够行军用兵，镇抚越族各部落。她经常勉励亲族做善事，因此凭信义在本乡形成了凝聚力，以至海南、儋耳两地归附的部落多达千余洞。

冼夫人在十八岁时嫁给北燕王室后裔高凉太守冯宝，开启了传奇的一生。大通二年（528），梁朝在岭南设置高州、罗州以加强对岭南的管治，冼夫人值此时势，上书朝廷提出在海南岛设置崖州，梁朝准予。冼夫人将自汉代以来脱离中央近六百年之久的海南岛，重新收归国家管理，并在海南岛恢复郡县制，大力推行教育和发展生产，为唐宋以后对南海诸岛的管辖奠定了坚实的基础。

为纪念冼夫人，海南每年的正月上旬至三月中旬，都举行万人空巷的军坡节，有的地方连续四天，举办庙会祭祀冼夫人活动。冼太故里山兜村，村民每年都办三次庙会，一个是正月二十一日的年例，一个是农历八月初，再一个是农历十一月二十四日冼夫人诞辰当天，场面非常热闹。丁村的年例除了“冼太嬷出游”，还有个特别环节，年例前一周，在村里选几位身体健壮人品好的青年人“净身”，净身期间不近女色、吃素，年例前夕夜间，几位青年人到丁村北边的山脚下一口古井（娘娘井），打井水回村里蒸年糕祭拜冼夫人，连年例当天所用的水，都必须是从娘娘井挑回的井水，可见丁村人对“阿嬷”（冼夫人）的敬仰和虔诚之心。

隋唐以来，冼夫人受到七朝君王敕封，《隋书》《北史》《资治通鉴》正史以及《广东通志》《高州府志》等对冼夫人也有记载，不仅如此，苏轼、屈大均、袁枚、吴晗等历代名家都曾为冼夫人写下赞颂诗文。周恩来总理称冼夫人为“中国巾帼英雄第一人”，江泽民把冼夫人誉为“我辈后人永远学习的楷模”。著名学者冼玉清说：

“（冼夫人是）妇女为国立德立功之第一人；妇女开幕府建牙悬肘之第一人；妇女任使者宣谕国家德意之第一人；妇女享万民祭祀之第一人。”

如今，这位一千五百岁的老祖母冼夫人，其事迹、其精神，都得到更广泛的弘扬歌颂，特别是近年来，冼夫人文化通过各种文学艺术形式，通过影视作品表现得淋漓尽致，家喻户晓，冼夫人精神已被茂名市“好心精神”推广和传播。如今，山兜娘娘庙与隋谯国夫人冼氏墓，并列为全国重点文物保护单位。

2024年10月10日

# 庄　山

庄山，电白旧八景之首，海拔二百五十米，为大冈岭余脉，位于神电卫城（今电城镇）北一公里处，整片山峦树木郁茂，时花常开，鸟语泉鸣。因其背负青峰，面向海洋，春光秋色，冬暖夏凉，四时可游，山中又有古寺、亭阁、诗碑、石刻点缀其间，故成了历代文人墨客览胜之地。

清代邵咏《洗心亭记》中的这段文字，足可领略庄山的旧景："涧石嶙峋，大者如屋，次者如屏，小者如几……中有巨石横卧，老树蟠焉，藤萝垂蔓。涧泉自山顶循石奔流，或流或伏，音淙淙然，至树旁，争出石峡，其声尤喧，归树下，汇而为壑，镜然以清。"

由于泉水清冽，夏日游人如织。泉左侧，前人建有洗心亭。依亭"仰观俯听，四山翠滴，轩槛泉声，终日绕砌而鸣，水光山影，动摇衣袖，觉尘虑之尽涤也。因额之曰'洗心'。"由于亭临山泉，"虚明清澈，春夏花木芳妍，秋冬岩谷峭露，变态各出，令游者情移意悦。"泉右侧，洗心亭西数十步，是著名的山中古刹，旧称净土寺，建于明代，清光绪十七年重修。寺院巍峨宽敞，气宇轩昂。寺内花草满庭，四季争艳。上龛是金身佛像，大小高矮，依次罗出，肃穆威严；下龛是金身观音，盘莲静坐，端庄慈祥，可敬可亲。伫立寺外，依山望海，“廓外高峰对远潮，碧云终日挂山腰”，气象万千。寺前原立有“海飞云立”四个大字碑刻，每字约一点八平方米，俊逸遒劲，出自名人之手，可惜已毁，用来铺井。

山下原有铁身韦陀，手按长锐，莞尔而立，像高齐人，神态飘逸，据说是从海外漂浮而来，实属艺术珍品，可惜后来也被用来炼钢铁了。

民国时期，有人还在山下筑别墅，山上建大观亭，引山上泉水汇流成河，曲折回绕，划艇上落，增添不少雅趣。

电白庄山这一古迹名胜，历代官宦名流题咏很多。明知府孔镛题句：“孤城负崇冈，碧嶂高千尺。藉此作金汤，永固同磐石。”邑贡生迪贞诗云：“崛沸危峰入望来，登临赢得晓云开。灵钟虎踞千寻势，翠积龙湫半壁堆。玉气常悬交地火，枕屏不起汉池灰。等闲种得幽山满，结隐林中泛酒垒。”

据县志记载，民国十四年（1925）重修“庄山寺”碑和洗心亭，并增建云雨亭、大观亭，修筑上山石径，辟为庄山公园。“文革”期间，山上的寺、亭均遭毁坏，仅

庄山古寺

存遗址陈迹。登临山巅，近览电城古镇全貌，远眺浩渺之南海。“庄山碧嶂”，素有“古、奇、美”之誉，山上秀石错落，古木参天。源于山巅的庄泉全长两百多米。其间形成三十余个大小不一的天然浴池，掩隐于石群之间，水清如镜。溪畔明清石刻如“临流观化”“海飞云立”“涤尘”“庄泉”等散布于石涧、峭壁之上。

二十世纪七十年代末至八十年代初，庄山寺主体未被毁坏，古色古香，老瓦灰墙，两扇寺门朱红褪尽，二进左右侧有月门，阶前芳草铺绿，墙根青苔斑驳，西墙外有棵数百年树龄荔枝树，山泉绕寺侧而过。寺门边立着半人高的三块石刻，上书“海飞云”（即“海飞云立”碑刻），“立”字那块却被人铺在寺前老井边作“垫脚石”。

时人不识文物之贵重，“海飞云立”题字是出自清代盐官鲍镇方之手。鲍是安徽繁昌人，监生，生平事迹未详。鲍在入粤前，或以幕僚为生，有关其生平、宦迹记载寥寥，入粤后，以盐官身份与岭南及外省籍仕宦多有交游。他精于书法，雅好鉴藏碑帖。江西新城人喻福基（字少白）曾与鲍一同游幕岭南，并写诗记载了两人的交往。

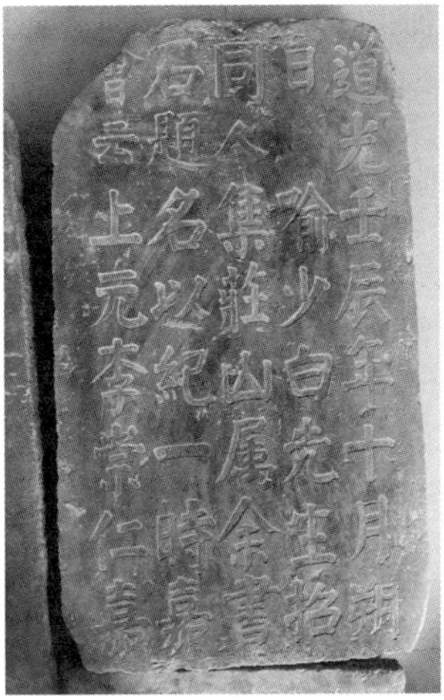

《道光壬辰碑》局部

“海飞云立”石刻的过程，鲍镇方在《道光壬辰碑》中有较详细表述：

> 道光壬辰年十月朔日，喻少白先生招同人集庄山，属余书石题名，以纪一时嘉会云。上元李崇仁、嘉应李宪曾、桐城朱弦、新建胡国裕、清泉崔元英、江西喻荣生。后至者锡山稽承敬、海昌陈桂堂、金匮秦文楷、清泉朱诗范、山阴刘家瑜、会稽陆仲逵。繁昌鲍镇方题并书。宜宾王时任同次男树堂获观因题。

这年秋天十月初，鲍镇方公务之余，应好友、诗词名手喻少白之邀，与十余位来自浙江、江苏、四川、安徽等地的同僚、友朋同游神电卫的庄山览胜。时值清秋，天朗风清，云静山闲，渺渺沧海，田园秋色，小城全貌，尽收眼底。

诗酒唱和之余，喻少白提议鲍镇方为此行雅集“书石题名，以纪一时嘉会”，因而便有了后来的《道光壬辰碑》和“海飞云立”石刻。只可惜时至今日，《道光壬辰碑》已残缺不全，而“海飞云立”石刻亦仅剩残片，在今新建的庄山寺内。

庄山不少人文景观时过境迁，有些仅存残迹遗址，有的如细沙漏于时光之指缝，尽管岁月无情，电城人依然将庄山视为他们的“故乡山”，这里有着他们太多的记忆和生活痕迹，这座山的一泉一石、一草一木，都难以从他们的情感和内心割舍。

小城上了年纪老人的记忆里，二十世纪五六十年代，庄山泉水依然充沛，飞瀑如注，响声如雷，在城中也能隐隐约约听见山中瀑布的轰鸣声。夏天，他们到庄山天然浴池冲凉，有时顺便带上家中被单蚊帐或衣物，到泉边洗涤，在峭壁上晾干再回家。

民国时，庄山寺前还有茶楼，跨溪而筑，饮着山泉泡的茶，后观青峰，眼前古城、沧海，无限惬意。

县志里有过寥寥几笔记载：宋端平元年（1234）至祥兴二年（1279）这四十五年间，元兵不断向南宋进攻，宋廷节节败退。宋末小皇帝赵昺被元兵追逼，于景炎三

高群英纪念亭

年（1278）五月离崖山（今广东省新会县南）渡海南下，驻跸电白庄山。元兵逼至，在国家民族处于危亡时刻，黄十九对南宋朝廷赤胆忠心，他以文天祥为榜样，以勤王护驾为己任，率领军民三千多人，奋战抗击元兵，护卫赵昺脱险。黄十九因寡不敌众，壮烈牺牲于庄山北麓。

从这段旧文记载里可知，宋末小皇帝赵昺南逃途中，曾在庄山小住或歇足。庄山净土寺虽然建于明代，但山中很可能早就有了年代更为久远的古刹遗址或其他建筑物。

庄山寺东侧，隔着溪涧，有座“高群英纪念亭”，亭边是“高群英烈士之墓”。高群英是电城麻茂村人，光绪二十六年（1900）投军清政府防营，后离职报考广东陆军将弁学堂。高群英是位进步人士，同盟会会员，参加过推翻清朝帝制活动。民国三年（1914）七月，孙中山在日本东京成立中华革命党，高群英被电召赴粤，策划讨伐龙济光军事行动，不幸被捕杀害，时年三十二岁。追悼会上，朱执信、廖仲恺发来唁电凭吊。他的忠骨埋于庄山，后人为了纪念他，在他墓前建了座高群英纪念亭。先生长眠于山中，每年清明，都有后人上山祭扫，献花凭吊者众。

如今庄山这片山峦依然郁茂苍翠，大树成林，溪水虽少了，山涧依然泉水叮咚，沿溪而下，注入山边的田野，只可惜当年的湖池泛舟、风荷遍野的景色不再。然而，近些年，山径以石条从山脚铺至山巅，早晚来山中徒步的小城人，又可登高览胜，找回他们曾经的梦境。

小城人的故乡山，今又添了三处石刻，一处是已故著名书法家陈光宗先生题的“故乡山”，一处是文化名人吴兆奇先生题的“古城韵”，另一处是陆孔尧先生的，三老都是出自小城的书家和文化名人。

“山不在高，有仙则名；水不在深，有龙则灵。”庄山不因仙名，不依龙显，却也有着它独特的人文景观、天然环境，成为广东百景之一和电白旧八景之首。

# 庄垌，宋朝遗存下来的古村落

去城四五里，三二五国道旁，有处不显眼的村落，村名“庄垌”。

平日里少有外人至，村中长者多在家门屋檐下做杂活，或闲坐打发时间。

村道空空，偶有鸡鸭从道旁树木竹林处窜出，又闻到牛粪味，家禽走动，才让人觉得村子生气依然，人间烟火依旧。

与邻近村庄所不同的是，庄垌村里，随处可见老砖老瓦老石条，一路走过去，遍地都是。它们沉睡在时光里，不知今夕是何夕，一味地破落，一味地古老。

一扇岁月之门，穿过时光隧道，直抵宋朝。

## 一

这是一处宋朝遗存下来的古村落。

村子西南面是电城镇，明朝老城旧址，与庄垌村比，号称“神电卫”的小城，却晚了两个朝代，少了二三百年。

庄垌其实是由两个古村构成整体，即黄屋村和蔡屋村。村分两片，中间隔着田园坡地，地北这边是黄屋村，地南为蔡屋村，他们的祖先同是从福建莆田迁居于此，迁徙的时间相近，都是南宋咸淳年间。

两村都出过显赫人物。据《电白县志》载，黄屋先祖黄十九，祖籍福建莆田，宋初闽邑巡抚司徒十三之后。宋咸淳年间，黄十九自闽来粤任高州巡检（州最高军事统领）。卸任后，择居电白庄垌。

黄十九一生最精彩的一笔，也是最悲壮的一笔，是在宋末小皇帝赵昺败退岭南时，两人在电白有过一次相遇。

庄垌村老建筑遗址

景炎三年（1278）五月，宋末小皇帝在元兵追迫下，离崖山（今广东新会）渡海南下，登陆粤西境驻跸电白庄山净土寺。元兵穷追不舍至电白，黄十九率三千多名军民抗击元兵，护小皇帝赵昺脱险。因寡不敌众，三千余名军民与黄十九等将领全部阵亡于庄山北麓。

黄氏后人把黄十九尸骨葬于大岗岭下。是月，赵昺在硇洲登基，改元祥兴。赵昺小皇帝因念及黄十九精忠报国，壮烈牺牲，敕封他为“忠烈侯”。

纪念黄十九的忠烈侯庙，建于明末，毁于新中国成立初期。据当地人说，当时整座庙拆下的墙砖、老瓦、木材，运至电城建起一座电影院，可见忠烈侯庙气势恢宏，面积不小。

庙内不单供奉着黄十九公，还供奉着同时战死的将领——陈、蔡、许三员副将和终身不嫁、随兄征战的黄十九公的胞妹黄五妹。

现修的忠烈侯庙仍在旧址，一派崭新。气势格局是有了，却少了岁月熏陶洇染过的味道。在庄山北麓山边，庙宇黛瓦红墙，熠熠生辉，遥对三四里外的庄垌古村。

倒是宋祥兴元年（1278）修的黄十九公墓，隐于庙边的山林深处，芳草萋萋，墓墙斑驳，树木森然，显得无比落寂。

# 二

庄垌黄屋村另一位人物黄廷圭，是黄十九公第十一代裔孙。据县志记载，黄廷圭生于明正统八年（1443）正月十四日，明成化十年（1474）中举。弘治元年（1488），县尹徐亨聘黄廷圭纂修县志，此为有史记载的电白县第一部地方志书。弘治七年（1494），授任广西罗城县知县。

黄廷圭任罗城知县期间，为官清廉，体恤民情，关心百姓疾苦，下令废除前任立下的苛捐杂税，深得民心，百姓称他为“黄太平”。黄廷圭治罗五年，政绩卓然，还主修了《罗城县志》。

弘治十二年（1499），因母亲去世，黄廷圭辞官归里守孝。离任时，“罗城士民数百泣送”（《罗城县志》），并赠黄金千两，黄廷圭坚辞不受。罗城士民对黄知县爱戴情深，无可为报，遂“爰凿石栏井口，相率百余人，踊跃奔驰，自罗至电，不惮远涉之劳，在庄垌，就公居第之旁，掘地及泉，砌成一井，供公日用饮食之需，表公爱民如子，而爱公如父母之意”（《罗城县志》）。此井后人称“罗城井”。

守孝期满，黄廷圭出任福建龙岩县令，治理有方，颇多惠政。离任后，龙岩县百姓为他立“爱民父母碑”。黄廷圭告老还乡，正德八年（1513）二月二十日寿终，享年七十一岁。

罗城井今存，几经破败修复，后于一九八四年被列为电白县重点文物保护单位。井东筑有方形砖墙，墙上镶着清道光七年（1827）所刻石碑二通，上者为横书石阴刻楷体“罗城井”三个大字，下者为竖书阴刻楷书《罗城井来历》碑文，碑文侧刻有联一副：“名列乡贤光电邑，井留古迹念罗民。”

## 三

蔡氏宗亲曾撰文记录庄垌蔡屋先祖蔡秋涧：宋代，福建人蔡秋涧任琼州太守，离任归里路过庄垌，见此地风土人情甚佳，于是举家由原籍迁居庄垌，并带来祖父蔡济阳塑像，将之供祀于村边新建的济阳公祠（俗称“妆春宫”），以表后代虔诚之心。

由此推断，蔡屋秋涧公比黄屋黄十九公更早迁居电城庄垌。蔡屋村秋涧公后人说，蔡氏族谱有记载，秋涧公在琼州当太守离任归故里，船行至庄垌境外海面时，遇上坏天气，上岸避风。

庄垌原是顺着大岗岭山势下来的一块平地，依山傍海，草木郁茂，藏龙聚气。秋涧公认定是块风水宝地，临离开此地时，命下人从随行的船上搬下一块“压舱石”，埋在地边，权当为来日的居宅“奠基”。

秋涧公官至太守，相当于现时的市长之职。他给后人留下的不是多少财产，而是让族人颇受裨益的家族文化和好家风。由秋涧公一手倡导的“妆春”“菩提地”，便是对后人进行传统美德教育、扬善揭丑的民俗活动。

蔡屋村“妆春”起源于宋代，据蔡氏族人说，到了清道光年间，秋涧公后世孙定阴历正月十五日为济阳公祭祀日。每隔两年的元宵节正月十四、十五、十六日，在妆春宫前搭台戏演出，并举行“妆春”、“扮菩提”（即“扮话剧”）民俗活动，以示鞭挞邪恶，迎春祈福。“菩提”，意为正觉，即明辨善恶、觉悟真理之意。

“妆春”的内容与形式，与粤西的“飘色”大同小异。有民间艺人说，“妆春”可能比“飘色”更早，这属专家研究范畴。但庄垌蔡屋村的“妆春”，近年影响更广，受捧程度更高，并成功申请为市级非遗。

蔡氏后人在文字里记载：“妆春”，由表演者饰扮我国古典小说中斗邪除恶的传奇人物，配以欢快鼓乐游行，以示欢度元宵，驱邪引福，百业兴旺。“扮菩提”，由演员扮演当地道德败坏者其人其事，内容是通奸败俗、欺压民众、侵吞公款之类事儿，用街头话剧表演揭露，以示斥责丑恶，以儆效尤。

蔡屋村“妆春”“扮菩提”民俗活动，是从蔡屋祖宗公款拨钱作为费用，由族中有威望者主持，雇用演员（农村中的男子）、吹鼓手、打杂工等人组织表演。“扮菩提”演出前一两个月，主事人四处查访，收集民众揭出本村别村的丑人丑事，从中挑选民愤极大的伤风败俗事儿，作为当年“扮菩提”的素材，编成节目，然后对扮演者讲述话剧中人物台词、动作、态度和表演要求，由扮演者化装演出。

有位已故当地文人在文字里回忆：“民国二十五年阴历正月十五日的夜晚，我曾到蔡屋村亲睹其景。深夜十二时许，妆春宫前放土炮三响，锣鼓喧天，妆春节目‘唐僧取经’‘武松打虎’‘哪吒闹海’等，一个个从宫后循序出场……”

时至今日，“妆春”已成为庄垌蔡屋村人的年例，传统的“妆春”和“春班”（粤剧），依然是蔡屋村年例的重头戏，而“扮菩提”，民国末就停演了。与其他村庄的年例不同，蔡屋村“妆春”（年例）从正月十四日至十六日，三天，参演“妆春”的成年男子要“净身”，族人全都吃素。

## 四

庄垌古村，至今还留下两个具有特殊意义的地名——“庄垌海铺”和“蔡屋圩”。这两处故地，人事已非，时过境迁，早已无从考究它昔日的繁华。但从长辈们口中，仍然感觉到当年的“庄垌海铺”和“蔡屋圩”，是他们这辈人向往之地和挥之不去的记忆。

在庄垌黄屋村的村边，有片荒芜已久的田地，地边凸起一堆巨石，一株古榕长在岩顶上，盘根错节，繁密郁茂的枝叶覆盖面足有半亩地大。村人指点，此处原来是海岸，海浪常常扑到岩石顶上来。二十世纪五十年代围海造盐田，海水上不来了，经过改良，海滩成了稻田，现时不耕作了，地也荒了。村人说，传说中的“庄垌海铺”，就在这里。仔细辨认，还能看出通往“海铺”的风化石铺成的路基，坎坷凹凸地延伸到村里去。

村中长者说，“海铺”哪个朝代就有了，谁也搞不清楚。父亲的父亲，爷爷的爷爷，口口相传。直到三四十年前，海铺街两边的老店铺还在，附近十里八里的人，远及岭门、马踏、阳江等地的商贩，都来海铺做交易，做海的来这里卖鱼虾，耕田的挑来谷物杂粮换海鲜，确是个热闹

村边古榕树

的村中圩场。米铺、药店、杂物店都有，其实就是个傍着海边小码头的商品集市。

这个海铺的形成，有人说，早在几百年前就有了。宋元时，神电卫还未存在，电白县城的历史就更后了。海铺，毫无疑问，是明以前的码头小集市，这也是庄垌黄屋村人一直引以为荣的一段历史。

蔡屋圩自然是在庄垌蔡屋村地头。蔡屋圩的形成和历史，同样无从考究。不过蔡秋涧公后人蔡景生先生写过一篇《蔡屋圩》，文章写道："蔡屋圩现在是电城镇庄垌村委会一个只有五六十户人家的小村庄，水泥路贯村而过，两边是一律朝东南的农家房舍，无任何特别之处，没有人会想到，六十年前这里曾是相当繁华的圩集，是电白二十四圩之一。每逢一四七日是蔡屋圩的圩期，方圆几十里的村民、商客，打油籴米的、卖海味山货的、做各类小生意的、算命看相的、耍杂儿卖药的，都赶圩期来了。"

从这段文字里，蔡屋圩昔日的繁华，可见一斑。

## 五

走在黄屋村的乡道村巷上，那些散弃在地面的老砖、老瓦、老石条，包括一些石头凿成的形式各异的石物件，随便一件都是宋时的遗物，宋时的建筑遗址村中也有几处，只是都成了杂草丛生、树木疯长的废墟。

有的人家庭前屋后都用石条砖块砌起矮矮的围墙，树下一米见方的长石条，成了村中老人闲坐的石凳，猪栏鸡圈多是深灰色老砖垒成。这些被村人看作无用之物的残砖断瓦，极少有人知道，一千几百年前，它们是他们黄氏先人财富的积累，家族的荣耀。极少有人知道，这些散落在村场角角落落的“废物”，曾经撑起黄屋村九座大祠堂。

蔡屋村老宅整片遗址保留下来的，也有几处，建材用料极其奢侈，宅院结构非同凡响，老宅面积也大得超乎想象，未倒塌的部分依然住着人家。

让蔡屋村人引以为荣的是，在他们村书记家中，还保留着一块清皇帝赐予的木刻“嘉奖令”，实则是一块黑乎乎、金字早已褪尽颜色的木匾。

说起这块木匾，蔡氏秋涧公后人总有一种荣耀感。那年大饥荒，蔡氏族人开仓济困，周边灾民蜂拥而至，不出三日，仓库内的粮食一扫而光。当时女主人又从娘家借来谷物，救济灾民，此举传为佳话。

秋涧公后人在县上为官，其父母及族人的善举逐级呈报到朝廷，感动了当朝皇帝，便御笔书写了“嘉奖令”，刻成匾，派钦差送达蔡屋村，表彰这位在县上做官的秋涧后人的父母。

村人说，这块匾原来藏在生产队的谷仓里，后来村书记觉得这是先人的荣耀，便搬回家中保存了起来。

千年庄垌古村，总有说不完的故事。如今黄十九公和蔡秋涧公的后人都生活得好好的，他们虽然没有先人昔日的荣耀华贵，但小日子也过得滋润、安宁，黄蔡族人相互往来，和睦相处，亲如一家。

2016年8月12日

# 岭南盐仓

电白沿海曾有“岭南盐仓”一说，其实并不夸张，《岭南舆图》有记载：“每当天日晴霁，如小山积雪。”这就是对电白盐田丰收场景的真实写照。

据《电白县志》载，电白设置盐场始于宋，在此之前多为沿海居民于海滩之上晒沙取卤，熬煮成盐，没有一定的区域。南宋绍兴五年（1135）正月七日，朝廷始诏高州创置博茂盐场，时电白县为高州的州治所在地。博茂盐场场区在电白县的西南部和茂名县南部，但其规模大小无可考。元、明朝盐场区域变化不大，明万历年间有灶丁五百八十一丁。

如此说来，电白生产海盐的历史也有将近千年了，明代万历年间已有灶丁五百八十多，可见当时从事产盐者之众。为什么明代称产盐者叫“灶丁”？下面这段文字说得明白：

“电白盐的制作工艺，随着多次的变革而不断进步。早年制作，只在海边滩涂上，垒起灶来，把海水舀入铁锅中，用柴火煮制。这种制作，成本高，产量低。后来，发展到在海滩上，把海沙铺平，形成高低错落的梯形状，先让太阳蒸发海水，待海沙加热后，再纳入海水过滤蒸发浓缩，这样一次次过滤，一次次蒸发，浓缩成盐。这种生产方式成本比煮制有所降低，但产量仍很低，由于过滤像漏斗一样，因而也叫做漏（埇）。这个‘埇’即现在的盐田，一直沿用了几百年。到了近代，由于生产发展的需要，人们便将海边滩涂一块块地圈围起来，把原来埇的海滩面积扩大，把埇的形式改为自然排灌，级级落差，用太阳蒸发卤。有的滩涂改成沙石池板，这种制盐方式，成本低，产量高，质量好，一直沿用至今。”

因此，灶丁与盐工是有区别的。灶丁是从事柴火煮盐者，盐工是从事海水晒盐者，包括后来的盐业工人。

电白盐业有过一段鲜为人知的发展史和辉煌史。“清乾隆三年（1738），于电白置电茂场盐课司，设场大使总理电白、茂名二县之博茂场盐务。”电茂场场区即现在的茂名滨海新区电城镇和博贺镇一带，博茂场场区在现时的水东至吴川一带。“清乾隆二十一年（1756）始，倡导筑生盐埇，以晒沙或晒水法，晒制生盐。”到了光绪年间，电茂场设有十个厂，其中南厂、西厂、麻茂厂、庄山厂、上甲厂等五个厂，都是在今时的茂名滨海新区境内，场区纵横四十里，盐田面积一万亩。

清乾隆三年（1738）置电茂场盐课司，设场大使总理二场盐务，场署驻电白县电城。城中北街有条“盐场巷”，旧时盐课司所在地，大概就是设置在这个巷子里。据史料记载：乾隆五十四年（1789）实行“改埠归纲”，地方所产的海盐，由省局总经销配运。当时电茂场、博茂场由于改灶制熟盐为墈晒生盐，盐产量大增，故行销地区也日广。大量海盐由省城盐商配运场盐，用海船运往广州，其路线为：电茂场海盐在县城（今电城镇）之北门付家巷起航，由莲头的放鸡洋经阳江县之清澍、前澳、大澳及新宁县之泥泞，于虎门关口查验，抵达东汇关候配。电茂场盐运广州，全程七百四十二点五公里。至于电茂场盐外输始发地“北门付家巷”，我辈小城人从未听说过。城北有护城河通出海口，“付家巷”很可能就在北城门附近。

民国初，电茂场管辖十一个分厂，南厂列第二，电茂场博茂场两场盐工由一千三百余人减少到七百多人。民国二十年（1931），盐田一千公顷，盐工一千人左右。民国三十二年（1943），盐田面积一千八百零五公顷，晒盐工一千八百零五人，运盐工两千多人。可见，盐业不仅是国家经济支柱，同时也解决了不少地方上人员的就业问题。

新中国成立初期，盐区进行民主改革，盐田收归国有，分给盐民晒制，原盐实行公收，场务由粤西盐场管理处电白分处代管。一九五六年一月，成立电白盐场，其属下王巷、西麻、双登、三甲共四个工区拥有盐田逾一千七百五十二公顷，全场干部职工一千七百一十三人。一九六一年六月，电白盐场归属广东省化学工业厅管辖，更名为“广东省电白盐场”，总部设在西麻工区，即今天的茂名滨海新区区域内。

当时的电白盐场，汇集着来自全国各地的专业人才，行政级别比县级高，首任场长是南下干部。盐场附设医院、气象站等机构，还有机关幼儿园、大礼堂等。一九五六年四月成立电白盐场气象站，一九七六年增设七百一十一个测雨雷达，建设雷达楼，配备收报机，一九八一年购置传真机，气象人员由一九七六年的三人增加到十二人，积累了三十年完整的气象资料，具有作出长、中、短及超短期的天气预报和对各类灾害性天气预报的能力。这在当时是屈指可数的。

二十世纪六七十年代，由于开始电器化，国家又投资将这些盐田进行技术改造和扩建，将原先的一小块一小块盐田连成一体，并安装高低压电网，使盐业生产制作工艺走向了机械化。当时，电白盐场拥有盐田生产面积一千七百多顷，年原盐产量七千吨，成为广东最大的海盐生产基地。

一九五八年，电白盐曾以质量第一，收藏于北京人民大会堂。二十世纪五十年代初至八十年代初，电白海盐出口越南，以及港澳地区。在当地流传着“马踏蕹菜水关藕，沙琅豉油西厂盐”的民谣。西厂（即今白蕉盐灶村）

是电白盐的发源地。明清时期，电白海盐不仅供本地食用，还远销至福建、江西、湖南、贵州和云南等地区。

一九七七年大旱，原产盐反而增产，当年总产量高达十八万吨，创电白盐业史年产盐最高纪录。八十年代由于“文化大革命”的后遗症未能消除，尤其是围海造田使一些盐田不能纳潮而报废，加之在改革开放年代，其他经济领域已逐步实行市场经济管理模式，而盐作为国家的专利商品，仍实行指令性计划管理，生产和运销、盐税和盐价仍受着国家的严格控制，盐业企业的各项经济活动和经济管理均在国家既定的方针、政策下进行，因而盐业生产步履维艰，电白盐产量逐年下降，以致后来电白盐场解体，结束电白产盐的历史。

然而，一些与盐有关的名称，依然在茂名滨海新区这片古老的土地上存在着，成为地名或村名，如“盐灶”“西墩”“盐坨”“南厂”“盐墉”“古盐道”等。清朝以前没有专用盐业码头，运盐船泊于深水处，以小艇接驳盐包上船。民国三十五年（1946），电博场盐大部分在博贺港集坨，然后运销各地。民国三十六年（1947）始，在博贺港建成一座桥式专用盐业码头，长一百五十米，宽八米。后又扩建，一九七六年博贺码头向海延伸扩建，实现机械化装卸，小码头停止使用。

一粒盐能走多远？我曾思考过这样的问题。我老家南门头村南边是南厂，又与电白盐场总部一墙之隔，围墙内是盐场办公地和住宅区，围墙外是我们的村庄。货运小码头离我们村子不过两百米，我懂事时起，南厂产的海盐是从小码头装卸到货船运往外地的。这是盐出发的地方，这些雪白的海盐渡海过江，进入内陆河流，然后进城，散布于圩镇乡村，进入寻常百姓家。也许，这就是海盐跋山涉水、疲于奔波的宿命。

有一段历史是很值得一提的，二十世纪六七十年代的电白盐场，场部就挨着我们村边，除了建筑和生活方式不一样，村民与盐场总部的工作人员和家属同在一个区域内。当时，这里是电白盐场机关所在地，那些在机关里的人们，几乎是来自全国各地的知识分子和盐业专家，厂区内有家属宿舍区、医院、发电厂、气象站、大礼堂、幼儿园等，是被围墙圈起来的一个小社会。

生活在盐场机关大院里的人们，我们村里人统称他们叫“同志”，他们的后代，男孩叫“同志仔”，女孩叫“同志妹子”。若干年后才明白，“同志”是机关人的代称，他们的后代，自然就随父母的地位享有“同志仔”“同志妹”的尊称。

每个星期，电白盐场都有两个放电影的晚上，固定时间是周三和周六晚。那时小城人看电影是奢侈的，每到盐场放电影的晚上，小城人几乎是全体出动，从南街口拥挤着出来，走过我们村中的小公路，到盐场看电影。

“同志”总是说着我们听不懂的话，但非常和蔼可亲，他们的后代“同志仔”也经常和我们村的小孩一起玩，现在回想起来，真是一段非常美好的时光。八十年代末九十年代初，盐业逐渐走向低谷，盐场里的老一辈“同志”已退休或告老还乡，他们的后代也走向社会到外地发展。这个曾经掌握着“岭南盐仓”命脉的机关要地，曾经在六十年代接受过越南派来留学生学习中国造盐技术的地方，由于时代的变化、市场的冲击，辉煌不再，悄然落幕，令人唏嘘。

2023年7月4日

# 寻找古炮台古盐道遗址

这是一次寻找古炮台古盐道之旅。

滨海新区民俗协会会长陈排约好在白蕉村委会接头。上午九点多从神电卫（电城）出发，日学、永忠、阿哥同行，二十多分钟车程，到达白蕉村委会。村委会几位干部和陈排会长在等着我们。

从地图方位显示，第一站，我们来到兴平山下的渡头村。隔海相望是博贺，对岸建筑物清晰可见，海湾上船只遍布，我们所处的位置，正是博贺大桥横跨两岸的一处桥墩下，这里立有一座“广东南路抗日第一枪”标志雕塑。

据村委会干部说，这是南方日报记者在报道上写的，这里是广东南路抗日打响第一枪的地方。该报记者不久前曾到此地采访。《电白县志·战事》有记载：“民国二十八年（1939）七月的一天晚上，一小股日本海军乘橡皮艇窜到电城附近海面挑衅，用机关枪扫射后靠岸观察，妄图登陆骚扰。时电白县国民兵常备队一个四十多人的加强排，在中尉政治指导员黄秋耘的指挥下，以海滩礁石为

南头村渔港

掩护，向敌艇猛烈射击。敌艇用机枪盲目扫射后仓皇逃窜。”后来的史料证实，兴平山下靠近海边的这个点（今立碑的地方）就是广东南路抗日打响第一枪的地方，具有非常重要的历史意义。

从雕塑点到兴平山（又名鸡笼山），仅几米距离。这处临海的山丘，海拔仅有三十多米，在白蕉村和博贺港之间。上山的路不太好走，杂树杂草拦道，好在之前陈排会长派人探道开路，才不至于迷失方向。

古炮台遗址荡然无存，除了埋在山土里的基石，再也看不到什么了。白蕉村干部陈亚洪回忆说，一九七三年围海造田时，他经常爬上兴平山炮台遗址休息乘凉，那时还有炮台石屋。后来农村搞猪栏化建设，村民就上山来把炮台遗址的砖石拆去建了猪栏。

陈亚洪今年六十开外，他见证的是四十多年前的事。据《电白县志》记载，兴平山有着鲜为人知的一段历史。县志上说，十八世纪末叶，各地重要港口相继建置炮台。嘉庆四年（1799），两广总督吉庆视察海疆，到电白时，指令在鸡笼山建置炮台，当年建成使用，是电白建炮台之始。此后，赤水、兴宁等炮台陆续兴建，全县共有炮台八座，置火炮五十七门，碉楼两座，置火炮四门，设官佐六员，炮兵二百零三名。

关于兴平山炮台，县志里还有一段比较详细的记录：嘉庆四年（1799），两广盐运使永某，委前三水知县孙树新（建炮台技师）在县城西鸡笼山南面，筑上下石城，周六十五丈，高二丈余，设十五个大小炮位，又建碉楼、官廨（官员值班的房舍）、兵房、弹药库等十二间，同年十一月竣工，交付使用。吉庆命名为兴平山炮台，取兴盛、太平之意，鸡笼山亦随之改名兴平山。

兴平山炮台内设置火炮十七门，其中五千斤炮一门，二千五百斤炮一门，二千斤炮三门，一千斤炮六门，七百斤炮一门，五百斤炮一门，三百斤炮一门。附设碉楼一座，上设小铁炮一门，兵十名。额设炮兵八十名，隶属于右哨千总。

由此可见，兴平山炮台在当时确实有着举足轻重的战略地位和地理优势。只可惜，这批具有历史意义的火炮，不知所终。村干部陈亚洪说，听说兴平山的火炮后来被广州博物馆运走了一门，其他的在大炼钢铁运动中砸了炼钢铁了。至于真实如何，还待考证。

盐灶西墩，也是此行必去的一个点。今天所见的西墩，依然是一片草木不长、粗砂扎脚的盐碱地，我们的车子停在一处几间旧屋民宅旁，举目四望，地势平坦，景况却有点萧条。二十世纪六十年代至八九十年代，这里是电白盐场一个主产盐区，不仅如此，把时间推至一千年前，这里已有人造盐了，而且这里的造盐史可追溯到宋代。

白蕉村西面的“盐灶”和“西墩”两处地名，在宋代已经形成了。因为“盐灶”是宋时滤海沙煮熟盐之地，也属官盐产地，平时有士兵监守。“墩”是囤盐的盐仓，“西墩”地处盐灶之西，故称“西墩”。

在我们车子停放附近，有一处旧的红砖瓦房，肯定是二十世纪六七十年代的建筑物。村干部说，这个地方过去是外地盐商的客栈，后来在遗址上建起来的红砖房，确是六七十年代建的，是那个时候盐田盐工住宿的地方。

这个地方似曾相识，记得七八年前，我与外地作家朋友来过这里，当时周边的盐田还在产盐，红砖房附近堆积着“如小山积雪”似的白盐。如今，旧时景况不再了。

村干部指着前方的盐碱地说，以前还没有搞围海造田，前面的那片全是海，盐是从西墩运到博贺的，西墩西边是大桥河出海口，水上运输很发达。

跟随着村干部，我们驱车来到古渡口，在博贺大桥未通之前，这里渡船在海面穿梭往来，是电城与博贺两镇唯一的水上交通要道。现时渡口功能几近消失，但在这里，我们依然能看到古渡口痕迹。水闸内，那大片水域，村干部指着说，围坝内，过去就是大桥河出海口，现在依然是，只不过在七十年代围海造田时，河海隔开了。

从盐灶、西墩到古渡口，再到博贺古港，这无疑就是一条古盐道。宋始，至明代，茂名地区的古盐道，西墩、盐灶是始发地，从“盐灶”“西墩”地名是可以考证的。清代至民国，乃至新中国成立后的二十世纪六七十年代至八九十年代，盐的主要产区和输出地，已转移到神电卫城（旧电白县城）以南的沿海一带和南门港码头。

据县志记载，电白县城（今电城镇）为四邑交通要道，北上广肇，南下雷琼，西入高化，都从这里经过，还有大路可通县内各圩场、里图。水路自南门外的莲花洋，上通广州、浙江、天津，下达雷琼，外接安南（今越南）诸国。清代至民国时，县城内集市贸易以农产品、畜产品、水产品和盐为大宗。前来购运食盐的船只云集于南门外的龙船港，“樯帆蔽空”，热闹非凡。“军妇贸易充溢于市，盐妇担负络绎道途”，由此可见，当时县城南边的南门港码头，是盐产品转运外销最繁荣热闹的集散地和输出地。南门港码头旧址仍在，但留下的痕迹却不多，被村场扩建和修路所埋没。

但是，从这里输出的海盐，从宋朝至今，遍及大半个中国。古盐道不再，而盐的味道，依然是海水和阳光构成的结晶体，散发出那种千年不变的味道。

2021年12月3日

# 南巴郡遗址

第一次来南巴郡遗址是十多年前一个深秋傍晚，刚进南巴村时下起小雨，我们在雨意朦胧中走过一道石板小桥，眼前视野豁然开阔，这里便是梁朝大通二年（528）设置的南巴郡遗址。

郡城遗址在今电白区麻岗镇西的南巴坡上，它的东边紧挨着南巴村。近一千五百年前的郡城所在地，在这片荒芜的土地上已经找不到丁点痕迹，仅在旧县志里留下寥寥几笔文字记载。

记得当时遇到一位村民在整理菜地，我与他聊了一会儿，问他在刨地时有没有发现过什么异常的东西，他说他这块菜地下面，挖深一点就能看到房子的轮廓基础，老砖头、老瓦片是经常翻出来的。这位村民还说，他的一位邻居在这片坡的花生地上捡到一方墨砚，有次做生意去了武汉，与生意伙伴说起这方墨砚，这位武汉生意人懂货，叫他邻居第二次去武汉时顺便把墨砚带上，结果以两百元成交。当时我就想，这方墨砚少说也是千年前的古物了，这样廉价卖掉实在是可惜。

《广东通志》载："梁大通兼置南巴郡，隋平陈，废郡，改为南巴县，属潘州管，后废潘州，以连江、南巴二县合并茂名。元废良德、南巴，并入电白。"《电白县志》对南巴郡变迁记载较为详尽：南巴故县为隋开皇九年（589）废南巴郡建，隶高州。大业二年（606）并入连江县。唐武德五年（622），析连江县复置。永徽元年（650），南巴县改隶潘州。宋开宝五年（972），县废入茂名县。明成化四年（1468），原南巴县部分地域划归电白县，辖地为今霞洞以南至麻岗和茂名市茂南区至吴川覃巴镇一带。其县城在电白麻岗镇西，此地尚有南巴坡、南巴河及南巴村，城址在南巴坡。城呈正方形，边长三百七十八米，面积近十四万三千万平方米。

清道光五年重修的《电白县志》有段记载是与唐代诗人刘长卿有关的：至德三年（758），刘长卿出狱后被贬为南巴县尉。在赴任途中和到达南巴后，他写了十多首诗，抒发其被贬蛮荒的愤懑之情和旅途、住所的孤单寂寞之感。《唐诗三百首》选录了其中四首。在任南巴尉期间，刘长卿借吟诗解闷外，还倡办县学，作育人才，为发展南巴的文化教育事业出了力。数年后，刘长卿迁任睦州（今浙江建德）司马，后再任随州（今湖北随州）刺史。唐建中元年（790），刘长卿终老任所，享年六十三岁。

二十世纪八十年代初，电白县文物普查队偕同湛江地区博物馆钟绍益等若干人，到麻岗区南巴坡，调查考证南朝梁置南巴郡遗址，考证结果刊登于《湛江日报》上。电白县文化局当时编撰《文物志》初稿（手稿复印件）记载，此次参加南巴郡遗址文物调查测绘人员有：朱耕辛、马聘、刘仲绍、黄雄、朱权、区丹玫、陈祖辉、李锋、朱福燊、温国良、刘士成、马文伟、黄光成等。他们都是从县文化局、文化馆等单位抽调来临时组成的文物普查队成员，南巴郡遗址只是其中的一个普查点，此外还有电城镇山兜冼夫人墓城等多个文物遗址。据说一九八四年这轮文物普查是在全县展开，范围相当广，也是至今为止唯一的一次。

刘长卿画像（选自《晚笑堂画传》）

《文物志》里记述：南巴郡址在今麻岗圩侧面的坡地上，即南巴岭前的南巴坡地。此次偕同湛江博物馆的钟绍益同志到该地勘探，纵横有五百四十步，比电城小百步。全坡栽满农作物。据群众反映，开荒时挖出成堆砖石。我们租用小块地，雇工开挖，地下确埋藏不少砖石，其砖石尺度，比明建神电卫城砖略小略薄。城基找不到可靠迹象。《文物志》还提到，南巴郡境内古驿站有四处：五蓝驿站、热水驿站、三桥街驿站、下洞驿站。这些驿站均沿着古大道而建。

今年六月中旬，我在御水古温泉参加一个文旅项目落成活动的第二天，去了一趟南巴坡。两地相隔仅五公里多，而且，按县志的说法，唐代诗人刘长卿赴南巴任职时，必经热水驿站然后抵达目的地南巴县城。在南巴任县尉三年，说不定刘长卿也曾到过热水温泉览胜。南巴河的源头始于热水山，两地也就是当年古大道的两个连接点。

这天中午我与几位同乡冒着盛夏酷暑再度来到南巴坡，与十多年前所见的南巴坡变化不大，依然是菜地，只是面积比十年前扩大好几倍，整片旧城遗址都开荒种农作物了。从菜地穿过时，有种时空跨越感，阳光里，仿佛还混杂着些许千年前的海腥味。一千多年前，南巴县城的南边，是大海，也是南巴河的出海口。

南巴坡西北方的菜地边是一片林地，地势抬高，形成丘陵状，很可能这里就是县志里说的南巴岭，南巴村尚存，南巴河已无迹可寻。旧城遗址东西边缘有两道水沟，依然有活水流动，说不定这就是一千多年前的护城河遗址。

我的一位同行文海在地边捡到几小块瓦片，其中有块是有文字的，由于年代久远，字迹难辨。而我，总是绕不过一个坎，脑海里浮现出《新年作》诗中的场景，这是刘长卿贬南巴第二年，即乾元二年（759）除夕，由新年思乡有感而作的一首五言诗：

乡心新岁切，天畔独潸然。
老至居人下，春归在客先。
岭猿同旦暮，江柳共风烟。
已似长沙傅，从今又几年。

这一年的除夕，诗人刘长卿有感年华“老至”，反遭贬到南蛮之地“居人下”，他的内心必然是孤独、悲愤而郁积的。南巴历经梁、隋、唐、宋、元数百年，南来北往官员无数，一个也没有留下名字。唯独刘长卿，在县志里“隐居”千余年，偶尔让人想起这位唐代大诗人，偶尔找出他的旧作重温、凭吊和感怀。他与宋朝苏轼的待遇截然不同，苏轼每到一处流放地，都受人敬如上宾，而刘长卿，却是如此孤清而冷寂。

2022年6月22日

# 南门头蚝

蚝的学名叫牡蛎。老家人不叫牡蛎，叫蚝，对外称南门头蚝。

南门头蚝产于南门港，海水退潮时，蚝田一望无际。蚝田全是石头。大者，斗大。小者，谷叉子般小。石头棱角狰狞，蚝长在上面，像大大小小的刀子集体对外，不敢轻易碰它，轻者伤及肌肤，重者伤口血流不止。这时，只能就地挖团乌黑海泥止血。

蚝民不怕，他们有经验，提着蚝托子，一棱棱把蚝从石头上敲下来。装满两大竹篓，又从海里挑上岸，回家。

回家的路上是黄昏。蚝民挑着蚝走在海堤上，夕阳落在海里。满海都是金灿灿的夕照，湿漉漉的滩涂有种梦幻感。村子离海不远，三四里地距离。其实涨潮时，海水涨到我们村边的小码头上。

三四百年前，这小码头是海陆两运的接驳点，各种商品，包括洋货，都是从这个小码头上岸，然后小板车拉、人力挑，搬运到小城里。

我的老家南门头村，介于城和海之间。从记事起，家乡就很美，背靠古城，面朝大海。夜晚总是枕着涛声入睡。鸡啼，狗吠，萤火虫，渔灯，成了儿时记忆中的词汇，这些活生生的词，如今全都走失了。

唯有蚝田还保留着部分。南门头蚝依旧在，而且成为村人的生计和餐桌上的美味。吃法不复杂，作为我，最喜欢原汁原味。冬末春初，韭菜蚝汤。清明前后，蒲瓜炒蚝。

六七月，新拔的花生去壳，一半蚝一半花生，煮熟加盐油，味道令人叫绝。我说的是南门头蚝，别的地方的蚝，吃不出这种味道。乡音难改，乡味也忘不掉。

小城人却喜欢蚝炸，反过来说叫炸蚝。蚝炸、炸蚝随便你叫，反正做法、味道都一样。米粉调水，糊状，下蚝，加葱花，抖匀，小勺，放进沸腾油锅里，炸，色微显焦黄，上锅，脆香爽口。我不能多吃，上火，不是牙痛，就是喉咙不舒服。但超级喜欢，见人吃，自己不吃，咽口水。

说起我们村的蚝田，都是祖先留下的遗产。后来各家各户的蚝田归公，成立了蚝业队。

我家纯农户，与蚝田无关。蚝业队人吃国家供应粮，纯农户羡慕他们。蚝民没有耕地，有蚝田，他们耕海。

小时经常去蚝田拾海菜、捡各种各样海螺，还有石头蟹，藏在贝壳里的鸡公头鱼。这种小鱼尖牙利齿，咬你一口即时见血，痛得嗷嗷叫。石头蟹（老家叫“狗常”）更狠，钳住你，别想它主动松开，只能拿块石头砸它，砸碎它那只脚还是死死钳住你，可恶、可恨的家伙。

蚝民把蚝挑回村庄，集中在旧队屋旁一块空地上。第二天一早，蚝民开始挖蚝，用工具将一只只胖胖白白的蚝从蚝壳里挖出来，丢进一只装着清水的小木桶里。每天都有人架起大铁锅，煮蚝，晒蚝豉，大半锅蚝汤，下姜煮，用柴火，煮几小时，最后成为香喷喷的蚝油。

当下的南门头蚝成了奢侈品，市场很难买到，城里人和蚝贩子都到我们村里来，等着买。我娘在世时，每次回老家，娘都买回蚝，炒萝卜干那味道呀，好极了！娘走后，再也吃不到这种味道了。娘的厨艺一流。没了娘，就没了家的感觉。娘的好厨艺，她永远带走了。

2020年5月25日

# 城边的年例

在我印象里，神电卫小城没有年例的记载，也不曾有过小城人家请吃年例的经历。每年的年例期，集中在小城周边那些散落在田园阡陌间的村庄，从农历正月初到二月初，都有“做年例”“吃年例”“看年例”的热闹场面。

年例起源，没人说得清楚。百度里的种种说法，也只是各抒己见，如粤西的年例，其出处就列出三种可能，但无论是哪种说法，都涵盖不了年例全貌，也只是一种假设或推论而已。

神电卫小城周边村庄的年例，方圆十里八里，也不尽相同。我粗略算了一下，做年例的村子约有二三十个，分布在不同村庄不同的日子里举行，有时一天好几个村子都做年例。但这里的年例有个共性，都少不了“游神”（俗称“公出游”）这个重要环节。

小城北十里的山兜丁村，是冼太故里，冼夫人的出生地。可以断定，城边的年例，当是丁村年例历史最为悠久。丁村年例是在农历正月十九这天，多年前，城里的一位长者对我提起过丁村的年例，说丁村年例前三天，从村里挑选出八位年轻力壮的男丁，“养”起来净身，此期间不近女色，不抽烟喝酒，早晚焚香祭拜祈福，以为这只是说说而已。后来接触到丁村村民，才证实“净身”确有其事。这几位“净身”的男丁，到村北山岭边的“妈井”扛水回村中。年例这天，丁村人吃斋，他们的饮用水，都是从“妈井”扛回来的，这一习俗，延续千年。

丁村和藕塘的年例都是在正月十九这天，这两条村子的年例过后，正月二十二，山兜村才举行年例。因为丁村是“阿嬷”（冼夫人）的出生地，山兜的年例，最早起源于丁村。

还有一个我无法证实的“奇迹”，说丁村男丁年例前夜去村外岭边“妈井”扛水时，一路摸黑来回，即使没提灯火，没有月色，路面也是明亮一片。难以置信。但，小城文化站老站长邵叔铿为这事做过解释，那年丁村年例，一地方电视台记者前来丁村探秘，虽然没传说中的“一片明亮”，但通往山脚的泥土路，基本能看清路面，走起来一点不费劲。

庄垌村的年例，与周边村子的年例不同，最早始于宋，而且庄垌年例从正月十四至十六连续举办三天，这在粤西地区是绝无仅有的。庄垌年例重头戏是“妆春”，顾名思义，就是把春天打扮得亮亮丽丽，其实庄垌的“妆春”是另一层意思，大体讲，就是类似民间的“飘色”，但又与别处的“飘色”不尽相同。

二〇一七年二月十日晚，我第一次到庄垌看“妆春”，当时被“妆春”的场面震撼了。那晚是农历正月十四，天气非常冷。我从手机相册里翻看当晚的一幅现场照片，我们几个坐在戏台前的夹道边，人头拥挤，整个村场都站满了看“妆春”的本村人和外地人。坐在村干部为我们安排的塑料凳上，我们几个都穿着厚厚的外套，脖子围着围巾，照样冷得发抖。

“妆春”出游前，我们还冒着霏霏细雨来到村边“妆春”始发点。在一片竹林边的空地上，搭起木围栏，用红蓝相间蛇皮塑料布围一圈，里面就是“妆春”化妆现场。演员都是庄垌村里挑选出来的孩子们，年龄在七八岁至十一二岁之间，他们都是村小的学生。化上妆后，他们个个都是那么漂亮可爱，化妆师都是他们的父亲。这些年轻的父亲，不仅为孩子们化妆，还要为孩子们上架，也就是把孩子们用木条绷带固定在“春车”上，这是一个很有意思的过程，非常有仪式感。村民还有个说法，这个场地叫“春山”，也叫“春场”。把孩子们安置到“春山”上，叫“绑春”，也叫“妆春”，前来“春山”观看的，叫“探春”。至此我才明白为何叫“妆春”。

孩子们很乖，他们任由大人摆布，化妆上油彩，固定身位，然后按角色分别固定在各自的位置上，整个过程要两三个小时，可孩子们依然保持不受周围环境影响的表

“妆春”巡游图

情。在聚光灯下，他们的面部就像古装戏里的脸谱，不动声色，满脸的严谨，孩子们天真稚气的一面，全都被角色的表情代替隐去了。这帮平时活蹦乱跳的乡村小孩，训练有素，他们是如何做到的呢？

戏台前是一块几亩地大的空间，连演三晚大戏，据说场场爆满。戏台对面的大榕树下，是庄垌蔡氏宗祠济阳庙。从宋代起，济阳庙就一直在这个位置，历经多次修葺，但整座庙还是初时的结构。

“春车”从田埂边小道上缓慢过来，随着一阵锣鼓八音声。这时，“春田”上燃放烟花，这些五光十色的烟花在漆黑夜空中迸发出来，璀璨壮观。“春车”进入夹道围观的观众区时，有一长者在“春车”前鸣锣开道，并把嗓门拉到极致喊出一声：“春来了！请让开一条春路。”

这一声喊，真是让我大开眼界，在城边这样一个偏僻乡村里，居然有着如此深厚的文化底蕴，言语里全是诗意。

“春来了！请让开一条春路。”这一声喊，使我对这方水土、对这里的古宋遗民后裔肃然起敬。这一声喊，足以把这片沉睡的土地喊醒。“春车”就顺着人们让出的“春路”敲锣打鼓、兴高采烈地过来。“春车”上的孩子们，盛装打扮，他们扮演“八仙过海”“冼夫人出征”“穆桂英挂帅”“西湖借伞”“三英战吕布”“铁扇雄风”等传统故事人物，栩栩如生。

对庄垌年例“妆春”，我曾登门拜访过村中老者。在他们的记忆里，旧时的“妆春”还有一个重要内容，叫“拂地”。初听不解，长者解释说，旧时蔡氏家族有租田，每年的租金用来办一件事，就是年例期办“拂地”开支。我仍不明白，长者说，“拂地”就是每年从村中选一个有违村规家风的村民，在年例期间把他的丑事在乡村戏台上演，也就是把他的丑态向全村人曝光，其实就是对干坏事的人进行教育，所以这个环节叫“拂地”。我所理解的“拂地”有两层意思，一是扫尘，二是除恶。再者，“拂地”也是庄垌蔡氏家族独创的“乡村小话剧”，编剧、演员都是蔡氏宗亲。这场戏不仅是做给村民看的，“小剧”的主角原型，必须坐在戏台前受训，接受教育。这是一件非常有意义的事情。只可惜，新中国成立后，“拂地”就不再演了。

洋尾河村的年例比较早，在大年初九这天。绍精兄弟有请，我专程从市区赶回来，“吃”他家的年例。前面提到，年例有三者，即“做年例”“看年例”“吃年例”，我来洋尾河村纯粹是“吃年例”，席间高朋满座，菜肴丰盛，主人家更是热情无比。这样的年例确是享受，酒足饭饱，握手言欢，相互告别。吃者分文不花，主人家也花得满心欢喜。“吃年例”，这二十年间，都成了粤西乡村长长的流水宴，而且全是免费宴席，恐怕天底下，也唯独粤西这片土地，才可能形成出如此特殊慷慨的民风，他们从不计划付出，进家门便是客，认识不认识，一视同仁，一概接待。

“看年例”呢，只有庄垌村的年例是纯粹“看年例”，其他村也只是“吃年例”顺便“看年例”而已。其他村的年例，除了“走公”“游神”“社戏”，大抵也没什么可看。可庄垌村的不同，连看三天“妆春”，偏偏就没有请“吃年例”这一习惯，因为，庄垌村年例三天，都是吃素，所以没请。“看年例”饱眼福，也是挺好的。

南门头的年例，既是“吃年例”，也是“看年例”，一年中两个年例期，大年初七人日，九月九重阳，都是村中的年例。与邻村年例所不同的是，尽管是年例，村子都是十分安静祥和，没有半点喧嚣热闹。村人一般不请外客，来的都是外嫁女或亲戚。以我老家为例，年例从来都没请过客人，杀鸡宰肉，多则一两桌，少则一家几口，安安静静地吃着。饭后提个椅子，扛张板凳，一家子喜气洋洋去天后宫前看大戏。

其实南门头的年例是人神共享，请来戏班连演几场，说是演给天后娘娘看的，实则坐在戏台前的全是人。好多年，我都没体验过这样的年例了。有次回老家恰好遇上九月九年例，戏台上传来锣鼓声，像有一只有力的手，一下子把我拉回到儿时。

城边的年例每年都在重复着一个模式，一代又一代人像在做着一道填空题，周而复始，历久弥新。

2024年3月12日

# 民间草纸

## 纸　媒

草纸在民间大有用途，六伯父就把草纸用到极致。

二十世纪六七十年代，村中的大人都抽水烟，引火点烟用的是纸媒。纸媒，即老草纸折成的点烟引火的纸条子。我父母也抽水烟，但没六伯父懂得纸媒的品性，一根纸媒，在六伯父手里，变出花样来。

六伯父家在我家西墙边，中间隔着一段屋与屋之间的巷子。他家洗锅斩草药，我家也听得清晰。

六伯父是小城运输队拉平板车的搬运工，闲时，村里村外的人有病痛，尤其是骨折摔伤，都来找他。六伯父在当地是个很有点名气的业余郎中。每每听到六伯父斩草药的声响，我都会穿过巷子来到他家，不为别的，就想看六伯父用火刀、火石、纸媒接火，招待来求医的人抽水烟。

村里的大人，都是用火柴点着纸媒引火抽水烟，只有六伯父例外。

六伯父从来不用火柴引火，无论在哪，他大襟衫口袋里，都装着三样东西——纸媒筒、火刀和火石，外加一小包烟丝。

外人上门来求医时，六伯父总是不紧不慢，从一只小木盒里取出他的“三件宝”，火刀、火石、纸媒筒。具体地说，是一小块厚厚的铁片，一块纯白小石头，一节小竹管里套着的纸媒条子，媒头带半个指甲大小的灰烬。然后六伯父左手握紧小石头，对着纸媒筒口，右手挥动火刀，嚓嚓几下，火星四射，纸媒点燃了，接着给客人递烟丝。你一轮，我一轮，抽过水烟后，六伯父才开口问，你哪里不舒服？求医的人才细细把病情说来。

六伯父也是个最会讲古书的人，如《三国演义》《罗通扫北》《封神榜》《水浒传》，他都能倒背如流，烂熟于心。

那时的乡村无任何娱乐，除了听六伯父讲古书，偶尔到盐场南厂看场电影，就再也没别的了。夜色一降临，六伯父屁股就坐不定了，在村里他有许多粉丝。晚饭过后，六伯父就带上他的“三件宝”，唯独不带烟丝，上好烟丝听“讲古仔”的人早为他备好了。穿大襟衫的六伯父在众人拥簇中，来到我外公家大围屋门外的楠麻树下，方一坐定，就有粉丝递过水烟筒。

六伯父依然是慢悠悠地从大襟衫口袋里掏出火刀、火石、纸媒筒，娴熟地擦石引火点纸媒。抽完几口水烟下来，才开始“讲古仔”。

一个夜晚，六伯父要抽好几次水烟。楠麻树下偶尔有月影的光斑漏下来，有时没有，夜色黑黑的。六伯父烟上瘾了，就摸出口袋里的宝贝，嚓嚓几下，纸媒亮了，半个指甲大的“媒头”，像给黑夜烧穿了一个小洞孔，猩红猩红的。

谁也没吭声，静候着，只听见水烟筒的气泡“咕咚咕咚”地往上冒。

六伯父作古多年，每每想起他的“三件宝”，就会引发无尽的遐思。

这些年，每逢父母忌日，都回趟乡下。去宗祠上香时，必经我家与六伯父家夹在中间的那道小巷，有时站在巷头侧耳，依稀能听见六伯父擦石取火的声响。六伯父家早易其主，雨天挂着如丝如线檐滴的茅舍，也换成二层粉墙平顶的水泥房了。

## 接生纸

在乡下，草纸还有另一种叫法——“接生纸”。

初时不懂，小时候跟母亲去村边晒谷场，经过一人家屋边，见一老婆子在簕竹围栏下烧一堆带血的草纸，血迹深红稠浓，我见了很害怕，双手紧紧拉着母亲的衣角。母亲知我怕那带血的草纸，就说，莫惊，那是“接生纸”。

母亲说，村中每个小孩出生时，都是接生婆从草纸上抱上来的，你也是。

这我才明白，草纸上的血，每一滴，都是从母亲体内流淌出来的。村中的每个人，无论老小，他们诞生的那一刻，都与草纸有着关系。草纸是他们的“胎衣”。

“胎衣”留下乡下人人生最初的印记，比族谱还早。

带血的“胎衣”，记录下我的出生时辰，多么浓墨重彩的一笔。里面有我的第一声啼哭，也有剧痛中母亲的一丝喜悦。打那以后，我偶尔会想，我从母体脱离出来下地的那一刻，会是个怎样的场面呢？稠浓的胎血中，那个赤身裸体的小婴儿，被乡村接生婆从深红潮湿的“接生纸”上抱起来，对于人生，也许是最隆重的仪式感，对于父母，对于这个家，又是何等的不平凡，因为我是这个家庭第一个来到人间的宠儿。

一张小小的草纸，对于我，对于卑微的生命，又是何等的奢侈和珍贵。

乡下人的命虽贱，但也庄严，起码老草纸维护了他们的庄严。

从生到死，由始至终，都有老草纸为他们接生，为他们走向九泉一路送行。

我父亲走时，面容安详平躺在宗祠地面的草席上，一身色彩华贵的寿衣，头戴“秀才帽”，我长跪在他身边，按母亲的嘱咐，不断地给他老人家烧纸钱，添香火。间或看一眼烛火摇曳下的父亲，才发现父亲仪表堂堂。他走时，未过七十。

四体僵直、面色蜡黄的父亲，后脑枕着草纸，脚踝下压着纸钱。宗祠里就只剩下我一个人，乡村的夜晚沉寂漆黑，不时有狗吠声传来。宗祠内洒满暗黄烛光，纸钱灰烬不时从我身边腾起，像白蝴蝶悬浮在空气里。这一夜，我陪着父亲，直到母亲让三弟来唤我回去，才起身告辞。

“你父亲生前日子过得紧巴巴，手头没几个余钱，死后，不能让他空着口袋走。”母亲说。父亲出殡那个夜晚，一路撒纸钱，从村口撒到村外。

父亲走后的第九个忌日，平日寡言的母亲，话也多了起来，她反复在我身边唠叨：“多给你父亲烧些纸钱，香烛也多烧点。”在宗祠待了许久，母亲也不让我们收拾祭品回家，说：“让你爹吃久点，他请的客多。”

这也是母亲陪着我们兄弟过完父亲的最后一个忌日。

一年后，我母亲也走了。父母忌日竟然同一天，头尾只相隔一个月。

记得十七年前父亲下葬的那一幕，山头夜色未散，东方已吐出鱼肚白，墓穴米余深，按道士的意思，烧着几张草纸掉进“棺床”内，没想一束火焰蹿出地表，众人惊奇。我即时跪地，长叹一声：“爹，走好！”

# 花　纸

阴历七月十四，这天是老家的“鬼节”。节前四五天，家家户户都印花纸。

我娘与往常一样，从杂物房里找出一只上面沾满尘埃的竹簸箕，到村边池塘里去洗刷，晾干，去城里买回颜料和毛刷子，备着印花纸用。

做法也简单，簸箕底翻过来，朝天光这面，然后涂上用水兑好的紫红色颜料，再用整张草纸覆盖下去，软刷子在上面来回扫过几下，一提，草纸上就有了簸箕编织的图案，简朴、原始，却也有笔墨难以表达的美感。

娘印好一张，我与弟妹就拿到家门外沙地晾晒，干了再收回家中。

离“鬼节”还有两天，村中人家都动手剪花衣、织花筒，然后分类装满几大竹箩，堆放在家中屋角边。至今也不明白，外婆和母亲裁的花衣都是女装大襟衫，上窄下宽，翘衣角，像中原一带皮影戏里的道具服，唯独没有男装。几回想问外婆，怕犯禁忌，话到嘴边又收回了。

“鬼节”这天，全村人家都宰杀田鸭祭拜，先拜宗祠，再拜田间地头。据说是祈求风调雨顺，作物丰收。再一层意思，鸭子水性好，“水鬼”也奈它无何。花纸呢？是烧给孤魂野鬼的。当然不可信，说说而已。

不过小时候，过这样一个节日，也是蛮刺激的，而且

花纸

充满仪式感。

挨近傍晚，天色尚早，家家户户门口都堆满花衣花筒、纸钱香烛。天色渐渐黑下来，也不知谁家先点火烧纸，一时间，屋前屋后，村里村外，青烟四起，焰火灼灼，照红半个天空。村童捧着一把点燃的骨香，绕着自家的外墙根，一路插过去，香火烛光，烧纸的团团烈焰，整个村子都弥漫着诡异神秘的烟火味。

这时，在家门外烧纸的大人，神色凝重，把在外玩耍的小孩赶回家中，大门一关，谁也不许再出来。这一夜，村场空若废墟，人迹尽隐。剩下的是一野地的蛙鸣虫叫，狗吠孤月，蛇遁草丛。

谁也不愿破坏清规习俗，管好自己家人，尽量不外出，还一个平日里人气沸腾的村场给各路神明鬼魂，这也算是阳界对阴界的尊重和默契吧。

默契什么呢？谁也说不清楚。

小时候，也许多数小孩与我一样，这个晚上总会失眠，夜特别漫长。门一关，大人就把家中的灯火熄灭，屋子里一团黑，只有屋顶的“品”字形天窗漏下月光，三柱，斜射到床前地面，死一般的寂静，无论你如何强迫自己，也难以入睡。

于是就想，等明早天亮，趁大人未起床，赶紧溜出家门去收“香脚”，也就是骨香未燃尽的小段，牙签般大，两厘米左右长。这是“鬼节”给村童留下的一份额外的馈赠。收来的“香脚”，几个小孩聚到一起，“扭香脚”赌输赢。

“鬼节”，就在花纸灰烬随风散去，在村童“扭香脚”的叫嚷声中，草草收场了。

## 草纸手札

小时的乡村是罕见字纸的乡村。

我家还算好，父亲识文墨，当过乡文书，据说新中国成立初期，还在县总工会做过一段很短的秘书工作。“文革”后期，父亲订过一份《参考消息》，直到他去世前，还订阅这份报纸。

父母抽水烟，家里常备草纸折纸媒，我少不更事，见到草纸就手痒痒，拿来写毛笔字，对着报纸的标题隶书，一遍一遍地临写。父亲回家，见到满地写过字的草纸，不说什么，有时歪着头看几眼，然后从地上将草纸捡起来，拿到家门外去晒干，再折纸媒。

我喜欢上隶书，也就是从草纸开始的。草纸粗糙，吸墨性好，内敛藏锋，能写出蚕头燕尾的效果。可我并不知道，写过字的草纸，对于抽水烟的人，是十分的难受。多年后，村中一位叔父才对我说，小时候，你父亲对你宠得不行，买回的草纸都让你拿来练毛笔字了。叔父说，你知道写过字的草纸是什么滋味吗？一股浓烈的墨臭味，谁都受不了，你父亲受得了。

这我才明白，不会抽烟的我，愧对父母了。

后来有条件用宣纸，但宣纸找不回草纸的感觉，草纸写出来的字，笔画入纸，不浮躁，有质朴感。宣纸是贵族，草纸是草民，草民品性更符合我心性。

有次去山区，遇到一处草纸小作坊，见到晾在竹竿上的草纸，有种久别重逢的亲切感，于是买了两刀（一刀百张）带回来，琢磨着写些什么。见到书柜有本《论语》，心一动，干脆用来抄录《论语》。一抄不可收拾，每天抄几张，这样下来，用行楷足足抄了几十张草纸，还美其名曰“草纸手札”，现都存于书柜里。

草纸不娇气，一身竹子的纤维，粗糙，显厚，坚韧，拙朴，不像其他纸张，华丽，圆滑，易碎，也不像宣纸，让你一时半会儿掌握不了它的脾气，且昂贵，写坏一张，半刀草纸也赔不起。

有友人索取草纸手札，我说不行。草纸字不可赠人，我也说不清为什么。

# 草纸作坊

初来东水山，只图这里的空气好，环境幽静，满山冈的竹子，风过处，一片山麓都在苍翠中摇晃着。

是夜，下榻龙潭边一小客栈，房门正对一池幽深潭水，山泉从上游直泻而下，便形成眼前这口龙潭。本就可以安枕入睡，手边无书，风高月小，加上耳际虫鸣细密如丝，一宵清梦，才不枉此行。

谁知时近三更，虫鸣渐微，水声更幽，而另一种沉闷坚韧的声响占了上方。初时觉得陌生，渐又觉其如此谙熟。

想起童年的岁晚，就是这种诱我胃口舂米粉的声响，一记一记的，从臼屋里蹦出来。没错，这是舂臼声，久违的乡愁。

草纸作坊

听到深宵，人也倦了，安然睡去。

一觉醒来，外面山色朦胧，我沿着走廊来到墙角，透过早雾，见水潭边有处竹木搭成的简陋工棚，一黑衣人在弯腰舀纸。原来这是一处草纸小作坊。

这种在民间流传了千百年的造纸工艺，居然这地方至今还保留着。问了客栈主人，才知这里的山民，祖祖辈辈都有做草纸的传统，近些年村里的青年人外出打工，经营草纸小作坊的，都是留守家园的中老年人。做草纸是苦活累活，干这行的也渐渐少了。

客栈主人说，对面山头还有几家，那个地方叫“龙骨田”，村子很小。

与客栈一溪之隔，过道水泥桥，爬上陡坡竹林小径，便是龙骨田村了。村子确实很小，十多户人家，家家户户门前都晾晒着竹片，有的成捆地摞堆在家门边。这些竹料，是用来造草纸的。村貌破落荒凉，成片老瓦房倒塌得不成样，偶见老人坐在家门屋檐下，看着远山晒太阳。

我独行溪边，找到掩映在竹林里的二三处草纸小作坊，只有一间开工，其余两间闲歇着，看样子都还在正常运作，作坊旁木棚竹架上，晾着半湿未干的黄草纸。

复转山边竹林深处，这里草纸小作坊比较集中，约有七八间，随处可见浸泡竹料的石灰池，池边是一片芭蕉林。这些传统而简陋的草纸小作坊，面积都很小，操作间只容一二人，或单人独立操作。木棚内光线阴暗潮湿，池边舀纸的多是黑衣人，面无表情，动作机械，手捧纸模筛子，从纸浆池里一张张地捞出草纸，整齐划一地堆在池边，水淋淋的。

堆放好的成品草纸

草纸小作坊非常原始，全靠人力和自然条件来完成整个造纸过程：凭借山上流淌下来的泉水推动水磨，上山砍竹，去皮破片，切段晾晒，下池浸泡，石灰发酵，人工捞纸，等等，一系列工序，几乎是保留着千百年前的造纸传统。

这十多年间，每年几乎都来东水山两三趟，在龙潭客栈住上一晚，第二天一早，便出门逐个去寻访草纸小作坊，手机拍下大量原始资料，担心这些老古董一旦消失了，连看一眼的机会都没有。

果然不出我所料，十余年间，这深山里的草纸作坊，宛如老灯，油尽灯灭，一间接一间地停产，唯独一二间，艰难地坚守在岁月的长河里，哪天突然消失，谁也说不准。

真到了那天，我来东水山，还有意义吗？不敢往深处想。

2019年1月31日

# 从方言里听出来的故乡

吃乎无啦？从老家这句方言里，听出一个之乎者也的故乡。

是位穿长袍马褂的老先生，高瘦，文质彬彬，见熟人文绉绉地打个招呼“吃乎无啦”（吃饭了没有），然后反抄着双手，踏着老街光滑的街石，优哉游哉地走过去。与台湾那首流行歌里的“酒干倘卖无”有所不同，两者介于雅与俗之间。

老家方言确实非同一般，骂人也骂得诗意含蓄，想象力非凡。如小孩调皮不听话，就骂“你去塞天河也”，哪像骂人，简直是在背文言文。这句骂人话后面的“也”，是古文里的虚词。其意更让你眼界大开，还闹？还哭？天河都哭崩了，闹塌了，再不听话就让你去塞“天河”。

听起来不算狠，想想确实狠，语气坚决，不留余地。哪个小孩还敢哭闹，乖乖地抹着鼻涕眼泪溜掉。虽狠，那语气，也像是个有教养的长辈。

我老家村外是大海，有个南门港，常常也是被当作骂人的载体。谁跟谁闹矛盾了，闹到白热化时，又不至于动拳脚，其中一个冒出一句：“不跟你吵了，你去南门港拥浪呗！”这里的“拥”，可以理解为“挡”或“推”的意思。南门港的浪，潮起三尺，风来八丈，谁敢去“拥浪”？“拥浪”等于白白送死。

说到菜地或菜园子，在我老家，几乎没有这个说法，尤其是小城里的居民，从来都不说。菜园子从他们嘴里说出来，是方块古汉字，老宋体，叫“生理园”。从“生理园”挑出去的“生理”，上了菜市，才名归正传，葱是葱，瓜是瓜，萝卜是萝卜。

我一直不明白，为什么菜园子叫“生理园”？别处是否有此说法？也未曾听过。小时听菜农说，生理，生理，你不理它，它就不理你。个中道理，长大才明白，“生理”也有个性，有脾气，你不伺候好它，它也不会给你长好。

乡下有首“咸湿歌”（儿童不宜的那种），歌词是这样说的：“昨夜落雨云脚齐，做（有）个妹仔担（打）线（伞）无穿鞋，身穿罗衣白衫底，仅仅发身兼开花。”

从字面解，一点也不黄，更说不上“咸湿”。歌词大意是：黄昏后的雨，一线整齐的雨云压到天边，从雨中走过一个打伞光脚板的女子，身上衣裳被雨水淋湿了，透出白底薄衫，刚刚发育的身体散发着少女的丰韵，像半开在雨中的一朵鲜花。含蓄美，美得像首意象丰盈的散文诗。

我就想，这哪是“黄歌”？放牛坡上的牧童也会唱，扶犁耕田的老农也唱，打情骂俏的男子唱，甚至姑娘家也背地里唱。放到今天，也顶多是首歌词有点轻佻的市井民谣而已。

童谣里的月光，就隐藏着更多的乡村故事。有个童谣这样唱：

> 月公光光，细蛹（村童）地陀（陀螺）村过村，
> 有心做娘留门等，无心做娘早关门。

月光明亮的夜晚，村童打着陀螺，从这个村子到另一个村子，夜深了，也忘了回家。家中的娘，有耐心的站在门边盼着小孩归来，没耐心的早早关门熄灯入睡了。那时乡村民风淳朴，门不闭户，路不拾遗，孩子外出玩耍没什么可怕的。

另一个与月光有关的童谣，故事的层次就更为丰富：

> 月光光，月光光，
> 照个公仔（汉子）担条槌。
> 走起坡，拿把关刀，
> 大刀砍大竹，细刀砍竹子，
> 大竹织大箩，细竹织箩子，
> 大箩载大鱼，细箩载鱼子……

画面是月光下的竹林，照着一个扛着木槌上山砍竹的汉子，手中提着砍刀。为了加强韵味和渲染氛围，用了传统诗歌的比兴手法，“大刀砍大竹”“细刀砍竹子”，一系列的比喻。砍下的竹用途是织竹箩，大箩装大鱼，细箩装鱼子，是非常形象有趣的一首童谣。

还有一种是幽默方言，比如“咸鱼翻生”，就很有意思。也就是说，这个人时来运转了，死了的咸鱼也能活过来。这是一种非常有智慧的说法和比喻。

方言里还可以找到你祖先的原乡和乡愁。老家有句骂小孩的话：“你调皮！再哭再闹，就送你回福建取田。”

小时不懂，听大人骂过也就过了，没有寻思这句话的本意。后来听长辈说，我们村的祖先都是从福建莆田迁徙来的，才明白“回福建取田”是怎么回事。这句骂小孩的话，不单是让你知道先人是从哪里来的，恐怕还有一种眷恋和乡愁在里面。

方言是一帖良药，离开家乡久了，偶尔听到家乡的方言，整个人都提神了，会不自觉地朝那个说方言的人看一眼，有种特别亲切的感觉。

从方言里听出来的故乡，一半是回不去的时光，一半是慰藉心灵的归宿。

2019年12月30日（农历腊月初五）

# 昆虫绝迹的乡村

昆虫的鼎盛时期早已消失了。没有昆虫的乡村变得如此寂寞单一，夜晚的虫鸣成了童年的回忆，那些色彩斑斓的昆虫们，销声匿迹，它们去了哪里？

乡村，曾经是那样的富饶。河流，田野，密林，竹丛，有时闲坐在家中发呆，闭上眼睛把曾经的乡村“拼图”，如同当下小学生用纸卡片拼图一样，拼凑着我支离破碎、七零八落的乡村。那时的乡村昆虫特别多，如金虫、知了、铁蝉、放屁虫、狗毛虫、拱屎虫、珊夏（蜻蜓）、纺车婆、水鬼蚊、放光虫（萤火虫）等等，还有许许多多叫不出名的昆虫、小动物。小时候的乡村，简直就是个小动物品类繁多的动物世界。

蜻蜓（俗名“珊夏”）。乡间俗语“点珊夏”就是捉蜻蜓的意思。蜻蜓有好几种，有水蜻蜓、蜻蜓蝹和最常见的大头蜻蜓。水蜻蜓个头最小，常栖于池塘边和田沟边的草叶上，样子可爱得不得了。一种通体深红，一种靛蓝色，还有黄黑间杂的。它们小立在绿色草叶上，基本是极少挪动位置的，小小的倒影落在清澈如镜的水面，连天空轮廓也能看清楚。经过池塘边时，见样子可爱，就用双指捏住它的小尾巴，玩一下又把它放飞。这是儿时“点珊夏”的一种。

蜻蜓蝈个头最大，样子有点可怕，像京剧脸谱，翅宽尾长头大，性孤僻，不聚群，喜欢孤立在田园边篱苋叶上。这种植物双边长刺，蜻蜓蝈总是选择带刺的篱苋叶落脚，想捉它时还真不易，伸手之间会被刺伤皮肤。蜻蜓蝈警觉性极高，两只圆而凸的大眼像探照灯一样，环视四周。捏住它尾巴时，它会反过来咬你一口，不痛不痒，有点好玩。村童折腾它时，就在尾巴上绑根狗尾草，然后放飞，没飞几下就掉到地面上了，再挣扎也回不了天空。

大头蜻蜓慈眉善目，通体半透明，双翼浅黄，翅纹清晰，笨拙得可爱。大头蜻蜓喜欢结群，极少单飞。六七月间，台风天前，村里总有成千上万只蜻蜓在穿梭低飞。出了村口小公路，蜻蜓铺天盖地，扑面而来，人在其中，真是眼花缭乱。俏皮的村童手拿一根竹枝，一路横扫过去，就有很多蜻蜓随之坠地，这时，路面走来一群小鸡小鸭，追逐蜻蜓，美美地饱餐一顿。

至今我不明白，为什么大头蜻蜓群总是出现在台风天之前？乡间有句俗语“珊夏飞，风筛来”。“风筛”即“台风”。我觉得“风筛”更形象，台风像把巨大无比的“筛子”，在气流变化旋转中，“筛下”漫天大风和雨水。

金虫指甲头大小，浑身翡翠绿。一般是在夏天楠麻树开花时，金虫才会出现。以前村庄到处都是叶茂枝繁的楠麻树，几乎家家屋前院后都有，茂茂密密一大片。开花时，树冠像节日挂满枝头的黄灯盏，楠麻花可以在一个早上全部爆开花蕾，绽放出满树冠茶杯大小的明黄色花朵。

这个时候，早上太阳刚刚爬上屋脊，屋顶还冒着袅袅炊烟，家禽们刚刚出栏，鸡鸭声、牛哞声、鸟声连成一片，乡村早晨一点也不清静。金虫出现了，如天兵群降，散落在楠麻树上。它们火速啃掉一片楠麻花，轰然散开，又飞到另一片楠麻树，继续啃。

这种外表可爱的金虫，最不讨人喜欢，啃完满树楠麻花不足数，还撒下满地黑红腥味极浓的金虫屎。难怪人们给它个很不雅的绰号，叫“放血虫”。

铁蝉是乡村“男高音”，叫声铿锵洪亮，穿透力强，隔条村子鸣叫，也能听到。铁蝉多栖高枝，如苦楝树、樟树或凤凰树。这种昆虫我最不喜欢，铁黑，像包公脸，声嘶力竭叫整个上午，叫叫停停，停停叫叫，飞走时，还撒一泡尿洒到我们头上身上。夏天，我们小时常常在苦楝树下煮“泥沙饭”，玩兴正浓，一阵铁蝉尿洒下来，抱头就跑。

知了（俗称“知嘛”）叫声比铁蝉斯文多了，它们在竹丛间，或石榴树上，细声细气地长吟短唱，不喧嚣，叫一阵停下来，好像它们挺有规律，一只知了停下来，其他也戛然而止。现在想来，动物们也有个约定俗成的规律，只是我们不懂而已。小时候，我们常常捉它来玩，剪断它半边翅，它就再也飞不起来，在泥沙地里打滚，拍着半边翅膀，叫个不停。真是儿时恶作剧。

铁蝉呢，栖于高枝，难捉，但也不是完全没办法。用一支长竹竿，顶端涂着树脂，慢慢接近铁蝉腹部，趁它叫得欢时，竹竿一捅，把它粘紧，再挣扎也没用。捕获后，将铁蝉装进火柴盒，放进书包里，去上学时，一路叫个不停。自然不会把它带进教室，在校门外打开火柴盒放飞，让它回归自然。

以前村子没有电灯，天一黑，夜色浓黑得化不开。小时我家门口有树木竹林，夏夜非常寂静。这时，星星点点的萤火，在黑夜里浮动，忽明忽灭，神秘幽深。我用父亲用完墨水的一只小玻璃瓶，把捉到的萤火虫装进里面，整个瓶子都在闪闪发光。

后来林子砍掉建房了，只好到村外的“甜薯园子”捉萤火虫。甜薯园子连着大片田野和荒坡，坡边有片墓地，听大人说，那地方常常有鬼火出没，很吓人的。后来才知道，“鬼火”即“磷火”，想想也没那么可怕。

记得小时候把装萤火虫的小瓶子放在床头，看着萤火忽闪忽闪的，然后睡着了。第二天一早起床，发现萤火虫不发光了，全都窒息死在瓶子里。觉得可惜，心里有点

水鬼蚊

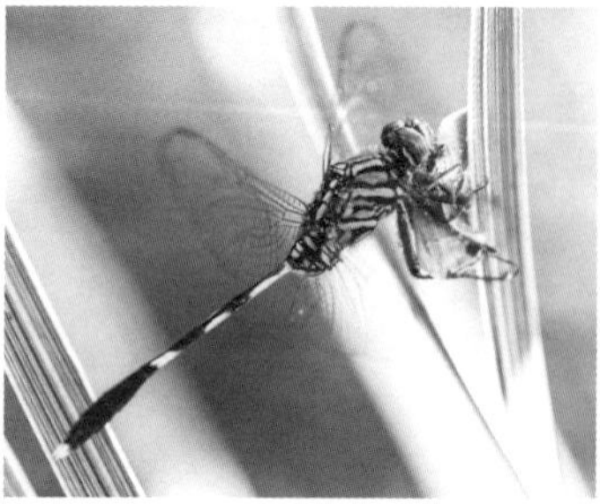

蜻蜓

萤火虫

金虫

铁蝉

金龟子

柴担鸡

纺车婆

难过。

夏夜是萤火虫的，如果没有萤火虫，童年的夏夜漆黑无光，会少去很多乐趣。

小时养过金鱼，堂兄养的金鱼喂鸡蛋饼，蛋白和面粉糅合晒干，然后每次掰开一小块，放进金鱼池里。堂兄家境好，用蛋白养金鱼，令人很是羡慕。

我家没条件，只好放学回来时，提着小桶和网兜，到池塘边去捞水丝，作金鱼主食。水丝是非常微小的水生动物，比蚂蚁还小，它们像小蝌蚪一样喜欢结群池水边，灰灰黑黑的一片。水丝是金鱼最喜欢吃的小生物，小网兜下水一捞，就一大把。那时的池塘多是野塘，鱼虾多，小昆虫也多。有种蚊虫个头很大，比大蜘蛛还大，四腿弯曲长瘦，灰灰地栖在水面，偶尔挪动转一圈又回到原处，样子像当下小孩玩的变形金刚。这种蚊虫俗称“水鬼蚊”，一听名字就毛骨悚然。

纺车婆是昆虫中的“巨无霸”，个头颇大。有种浑身灰白的纺车婆叫“白牛虪”，可想而知它非同一般昆虫。这种昆虫有个习惯，只有早晨和傍晚后才显身。说不清为什么，滋生纺车婆的地方肯定是坟场，沙地上长满串骨草和仙人掌。在我们村边西头，有片沙地叫“坝尾坡”，靠海湾，很荒凉的地带。这片荒芜的沙地埋着村子已故的先人，坟头一只只地隆起在沙地上。也只有这个地方，才能捉到纺车婆。

人小不怕鬼，天一黑，几个小孩结伴溜出村子，光脚踏着软软的沙地爬上高高的沙丘，这时眼前景物依稀可见。纺车婆从墓地爬出来，满天飞翔，耳边是一阵又一阵纺车婆飞翔时扇动双翼发出“嗡嗡”的声音。我们拿着树枝去扑打纺车婆，捉到后装进口袋里。说来也怪，纺车婆飞翔的时间很短，只有十来分钟，又销声匿迹了。

这种巨无霸的昆虫最好玩，断其爪，用一根线绑在它的腿上，手提线头，纺车婆悬在空中。动一下手中线，它就拼命地旋转，一旋十几圈，累了才停下来。这些从墓地里爬出来的昆虫，是我们儿时的宠物。

金龟子最漂亮最可爱，谷粒般大小，背部红黑两色，非常鲜亮。这种小昆虫一般是在南瓜地，宽大的绿色南瓜叶，是金龟子的乐园。

娘下地时，我跟着她来到园边，园边是片爬满南瓜藤叶子宽大葱郁的南瓜地。我经常趴在南瓜地看昆虫，有时是浑身翠绿的虫子，隐藏在南瓜叶背上，爬行时全身都在扭动，一节一节的，此起彼伏，是多爪爬行小动物。不太喜欢它，但又无法避开它。我喜欢的是金龟子，它在宽大的南瓜叶面，一点点地蠕动，从叶心到叶沿，要爬许久也没到顶，速度比蜗牛还慢。

不过我真的喜欢金龟子的小巧玲珑，加上它红黑两色的外壳，衬在一柄宽宽大大的绿色南瓜叶上，真是一幅非常写意的小画。

说到昆虫，总有说不完的话题。小时去我大姑家，二表姐捉“舂臼狗”给我玩。她是个残疾女孩，白净爱笑。二表姐教我，你捏住“舂臼狗”两条腿，它就舂臼。果然如此。“舂臼狗”样子与水鬼蚊差不多，但不讨人嫌，舂起臼来有板有眼，抖腾半天也没停下，像有股用不完的劲。多年不见二表姐了，她可安好？

小时经常被伯母们带去“刺客口”乘凉。老家俗语“刺客口”就是簕竹长成的竹门。自古以来，我老家南村都是一姓一居、一族一围的宅居环境，直到二十世纪七八十年代才废除。张家有两个“刺客口”，一个在北边，一个在西边。夏天，族人都到“刺客口”乘凉。一把葵扇摇呀摇，夏天就过去了。

可是有一种昆虫，叫“狗毛虫”，实在可怕。手指般大小，浑身长毛，又长又硬，这种昆虫常常会从你头顶的竹叶上掉下来，触及人的皮肤，就会火烧火燎地痛。接着痛处发炎，好了也会留下块疤痕。

最有意思的是“柴担鸡”，应该是蝴蝶中的一种，双翼明黄，间杂着白斑点，是我见过昆虫中最漂亮的种类。小时家门外有棵老龙眼树，“柴担鸡”经常从树冠飞出来，飞翔时姿态非常柔美，扇动着明黄的两翼，在阳光里。这时我们几个小孩就唱着童谣：“柴担鸡，挑担水，摔湿鞋。”

这么多年过去了，这句童谣，谜语一样，猜不透。童谣里的“柴担鸡”，与旧时乡村所有昆虫的命运一样，都逃不过劫难，早已消失殆尽。

这些年常回乡下，短短几十年间，乡村物种所剩无几，除了人口增多，和偶尔见到的鸡鸭，连狗的影迹也难得一见。像样的树木成了稀有品，田园不是荒芜，而是全都建起房子，池塘水沟几乎绝迹。有时走在乡间水泥道上，被四周高高低低的房屋包围着，有种窒息感。

唯一一口池塘，弃耕的几块水田，在我乡下老家周围。前些年夜晚还能听到虫鸣蛙叫，现时是一片死寂。没有虫鸣的夜晚，村庄是寂寞的。

2021年1月16日（农历腊月初四）

# 春海天

城去数里，东南方海角，是朝雄的老家。

又是个雾天。春天的小城，一般早晚都有雾，有时整天都是白雾茫茫，空气湿润，能见度极低，老家人称这种天气叫“春海天”。

我这趟是专程从市区赶回小城的，之前与朝雄有约，春海天来了，去他家村边海滩看海。看的并非海，海一片辽阔空茫，啥也看不见。来这海滩，是看刚从海里上岸的渔民，他们拖着水淋淋的渔网，网眼挂满白花花的大鱼小鱼，看渔民在春海天里劳作的场景。

从朝雄老家沙豆仔村到海滩，不足两里地距离，步行十来分钟，可我们赶时间，直接开车到海边。时近中午，天色依然乳白浑浊，有种雾未完全散去的感觉。这片海滩傍着海水南北走向，估约有十多公里长，北接鸡打港闸口，南衔接南峙岛，此时，两端看不到尽头，被水汽和浓雾隐去。这里，也就是我所说的“海角”。

我多次来过这海滩，就是没赶上春海天。前些年，滩头长满仙人掌和红骨草，还有贴着沙地疯长一年四季开着紫色喇叭花的鲎仔藤。现在，这些植物不多见了，虽然这是一处尚未过度开发的“原始海滩”，但由于上下游开发，对这片海滩生态的影响，是必然的。

朝雄说，小时候这片海滩沙白得很，垃圾都没几根。二十世纪七十年代末，就经常有塑料花从海上飘来，挂在沙滩上，他们捡回家玩，插在花瓶上。后来才知道，这些塑料花原是从香港、澳门随水漂来的“洋垃圾”。

那时的海，一到春海天，鱼虾蟹多得吓人，最讨厌是网到龙虾，朝雄一位堂兄弟说。我不明白，问他为何讨厌龙虾？他说，个头大，几斤重一条，坠网，再一个呢，不好吃，到市场也是贱卖，三角多钱一斤，有时还卖不掉。

讨厌龙虾原因原来如此。可眼下的春海天，又是另一

春海丰收

番景象，别说龙虾，其他鱼类也少了。不过，沙豆仔村人还是保留着原始的捕捞方式，船还是旧时的小渔船，船体长四五米，宽不过两米，头尖尾宽，月牙形，过去靠摇橹行舟，后来改装柴油机了。网具也先进了许多，过去是麻织网，现时用的都是机织网。也正因为生产工具改进，对海洋生态造成严重威胁。

沙豆仔村外这片海，当属内海。朝雄堂兄半辈子都是以“做小海”为生，他对这片海怀有感情，说是他们村人活命的“米缸”，世世代代都是靠海吃海。在他记忆里，以前的春海天，无论海里还是滩头水洼，都是鱼群扎堆，取之不尽。有时，看到成群大鲨鱼在海里翻浪，小渔船都怕它们，一旦撞上，人仰船翻。我觉得朝雄兄弟说的，未必就是鲨鱼，很可能是海豚。

滩头二三十条小渔船一线展开，全都是早上七八点钟才上岸的，有的船头还插着一炷冒着青烟的香火。香火对于渔民，就是神灵，是庇护他们平安的保护神。过去，女人是不能上船的，现时不同了，一条渔船上，有男有女，他们是一家子，分工合作，拆鱼网，收网具，忙得不亦乐乎。

与他们闲聊，用家乡“海话”。见我不像乡下人，就问，你家哪？我说小城南门，父亲也是渔民，不在了。

海沙有些发黑，上面有漏网之鱼、死蟹、珊瑚。是活珊瑚，色丹红，捡了几块，给了同行老刘装饰金鱼缸。

虽然此行与我预想的有差距，但也找回了春海天的感觉。记起小时的春海天，才真叫春海天。南村傍城靠海，有条小公路从南门港小码头通往南街口，每逢春海天，渔民挑着鱼虾上岸赶市，他们几乎是急促行走，从我们村子土公路经过。返程时，卖不出去的熟鱼，几分钱一斤在村子里贱卖，再卖不了就地倒掉，赶潮水登船回家。

我父亲虽说是渔民，但也不是名副其实的渔民，他是渔村的渔业队长。有朋友跟我开玩笑，说我是“官二代”，我认了。父亲每天都可以享受六斤免费鱼，名义上叫“菜鱼”。七十年代时，父亲订阅一份《参考消息》，直到他去世前，每天必看这份报纸。当然，他不能称作官，只是一群渔民兄弟的小头目。

我对春海天的执念，是从父亲当渔民小头目时开始的。父亲渔业队里的渔民全是“做大海”，与朝雄堂兄弟“做小海”是不一样的。那时我还小，父亲去海边收购点时，总是带上我。春海天常常起大雾，村里村外白茫茫一片。雾再大点再浓点，就是“雾雨”了。往往这个时节，盛产墨鱼。渔民上岸时，挑着两大箩筐墨鱼，个头大，浑身蓝光闪闪，刚脱水不久的墨鱼，才有这种好看的颜色。当地人不称墨鱼，叫“乌贼”。这名字听起来，像出没黑夜风浪里的海盗。

听父亲队里的渔民说，墨鱼过了春海天，雌鱼产卵后全都死掉，雄鱼守着鱼卵，等到小墨鱼破卵而出才离开。

听起来确有点悲壮，为了繁殖后代，雌鱼太伟大了。

小城鱼行在南街，周边圩镇，也只有小城专设鱼行。最能体现春海天特征的就是鱼行。鱼行分早市和晚市。早市多是“隔夜鱼”，以熟鱼为主。过去没冰库没冰冻设备，夜里回岸的鱼虾不易保鲜，就用柴火煮熟第二天到鱼行卖，这叫“熟鱼”。品种多得很，用竹编平底高沿器具装着，小山似的摆在摊位上，任由人选购。价钱呢？低得很，有时卖不出去论箩计价，随便给点柴火钱拿走。

晚市一般是在下午两三点后，这时赶深海的渔船靠岸了，渔民挑着“钓口鱼”往小城飞奔般赶晚市。这个季节，以金丝鱼、头鲈鱼、黄花鱼为主，是春海天上好的鱼品。老家有句俗语“三月卖田买虾姑，四月卖田买头鲈”，意思是，三月虾姑最赤（有膏），四月头鲈肥美，即使是变卖田亩，也不可错过吃虾姑吃头鲈的机会，可见小城人对这两样海鲜的偏爱。

一个春海天，就是小城人的一席盛宴，把春天的海鲜吃个透。

2024年3月30日

# 过　年

过年总是随着“年味”一点点靠近除夕的。从腊月廿三过小年，到廿四扫除日起，年味就渐渐地浓起来了。

乡下的年味来得更早，进入腊月，家家户户都忙于备足过年的食品，如糯米、花生、红糖之类。小时闻到新出炉的红糖味，年就近了。糯米、花生用来做芥菜包（又称生菜包），红糖用来做生粉。这两样东西，必不可少。

腊月一过，整个村子的人都在剥花生、舂谷米，把家中的簸箕、蒸笼、粑印拿到池塘洗刷干净。那时的塘水几乎清晰见底，不仅洗家什，衣服被子也是在池塘里漂洗。

生粉有最简单的做法，可做成儿时最喜欢吃的年糕。用粘米粉和糯米粉混合，放进红糖浆，加水调稠，装在圆圆大大的竹簸箕里，入锅蒸煮一炷香工夫，就可以出锅了。趁热度未散，用粗线在生粉上面划成一行行小方块，干了硬了，也就可以随意拿一小块来吃，松软爽口，关键那个时候能吃到甜品，也是一种奢侈。

年味最浓处是小城里卖对联的摊档，有的写好摆在街边，红彤彤的对子在阳光底下，格外的鲜艳喜庆有年味。也有的在临街的铺面写，乡下来买春联的人，大都不识字，看着字大墨气足的对子就买。我父亲却不喜欢这类，说是“墨猪”，只买柳体字对子。

我小时候是个“对迷”，经常到小城十字街钟鼓楼下的对联铺，看几位老先生挥春。那种痴迷的程度，现在想来有点可笑，站在一旁看得入迷，直到写对子的老先生说“细佬哥，好回家吃饭了”，我才不好意思地离开对联铺回家。

贴春联贴门神是过年最隆重的仪式，至少我父亲是这样认为的。他的要求近于苛刻，家中的两扇大门丝毫不得马虎，必须把去年的门神纸洗刷干净，不留丁点痕迹。贴门神更是讲究，别人家贴上去就行了，我父亲不，贴上去还要用一张旧报纸在上面扫平，眯眼看老半天，也一声不吭，直到他觉得没丝毫瑕疵，才大手一挥，“去扛梯子来”，我和我弟才敢离开，屁颠屁颠去扛木梯子给父亲大人贴门联。门联贴好了，才放心让我拿着“利是”红纸贴在大水缸和米缸上。

其实我觉得最热闹最有年味的是菜市和鱼行，外人不理解，菜市不是包括卖鱼的吗？在我们小城，偏偏不是，几百年来，菜市、鱼行都是分开的。鱼有鱼行，肉有肉行，划分得清清楚楚。小时跟父亲去菜市，总会买几只黄芽白、蒜子、慈姑、芽兰豆，还有芫荽（香菜）。菜市、鱼行人挤人，把腊月的寒气都挤没了，一派热气腾腾的年味。

从菜市出来，父亲还会带我去十字街买腊蔗。腊蔗是当地产的一种甘蔗，只是品种不同而已。到十字街边，父亲挑上两根蔗尾带叶的腊蔗扛回家。至今我还搞不懂，腊蔗为什么一定要带叶，不能砍尾？扛回家中，又必须放在门角后（即家中大门后面）藏着，等到过完年初三，才能砍吃。

在乡下，过年的规矩实在太多。比如大年初一不能骂粗口，小孩子不能随便说禁忌话，倒是这个时候，规矩也约束了大人，不能随便骂小孩，更不能动手打人，即便小孩再调皮，也只能忍着。这一天，除了规矩约束之外，小孩子是放任自由的。

我最好奇的是敬灶神。平时柴火熏黑的炉台墙壁，总有一小块地方是亮眼的，贴上一张写着“灶神在此”的小红纸，整个灶厦（厨房）便有了几分神圣感，加上灶台上那盏昼夜都亮着的火水灯，昏黄的灯火照着“灶神”，似乎就真是那么回事了。

夜半娘起身进灶厦添灯油，我跟在身后窥望，有只猫蹲在灶台边昏暗的灯火下，亮出两只幽蓝的猫眼。我在想，灶神的脸也像猫脸一样斑驳吗？也是有四只短脚的吗？其实家家户户都敬灶神，真没谁见过灶神。

围炉守岁是家族中最庄严隆重的盛典，只有男丁才允许参加。团年饭吃过后，男丁洗个澡，净身来到宗祠围炉守岁。宗祠里烛火通明，四壁生辉，神台供品在香火缭绕下平添几分圣洁感，每样东西都沐浴着神光。长辈晚辈围在一只灰烬通红的火盆边，不断烧香添纸钱，短暂的除夕夜，顺着闪闪烁烁的香火，越烧越短，渐渐挨近凌晨。一过凌晨，村子里全是一片迎新除旧的鞭炮声。这时，宗祠里围炉守岁的人，也起身烧起鞭炮，一时间，小小的空间烟雾缭绕，暗红火光中，仿佛看见先人大步跨过火盆。

旧年新岁，就这样告别和到来。我真佩服古人的智慧，造出一个让华夏子孙传承了几千年的传统节日，又如此丰富地让人们在祥和喜庆中过完春节。过年习俗起源于远古，据说这一民间节日是上古时代岁首祈年祭祀演变而来的，反映古人崇拜自然、天人合一、慎终追远、固本思源的人文精神。这是理论上的说法，过年，我认为除了时序更替，同时也在检验着人生的阅历。爆竹声中辞旧岁，说的就是这个意思。一年的日子结束了，人们又得告别旧岁跨进新年，这样想来，古人用“过年”来形容年岁轮回，实在是太形象生动了。

再想想，年都是在“过”中完成的，人们在盼着年即将到来的日子里，会做着很多事情，为过年准备，尽量让年过得有滋有味、丰富多彩。从旧年腊月到来年元宵，整个中国民间都在过年，不由得想起无数匆匆过往的身影，为年在奔波，在赶路，直到鞭炮纸屑落红满地，春暖花开。

2024年2月7日（庚子腊月廿八）

# 鸣　谢

此书的顺利出版，得到了下列人士与机构的襄助，在此谨致谢忱。

感谢叶春强先生、康日学先生、陈庆南先生、陈排先生、杨伟清先生、陈兆东先生、陈国平先生、范同元先生、叶惠民先生、吴泓豫女士的慷慨资助，感谢李为强先生的精妙速写和国画作品，感谢林峰先生、潘少华先生、邵志豪先生、庄健鹏先生、李好先生、黄信涛先生提供摄影佳作。

特别感谢茂名滨海新区管理委员会的大力支持。

张慧谋

2025年5月1日